財界貴公子と身代わりシンデレラ

プロローグ　身代わりの花嫁

昭和五十一年、秋。

都内でも最も格式ある神宮の一つで、近年稀に見る、盛大な挙式が行われた。

高砂席の緋毛氈の上にちょこんと座っている花嫁の名は、樺木ゆり子。

二十二歳で、春に大学を卒業したばかりだ。

傍らに座す新郎の名前は『斎川孝夫』という。

日本人ならば、誰もが名前を知っている『斎川グループ』のオーナー一族の御曹司だ。

小柄なゆり子は、そっと傍らの孝夫を見上げた。

孝夫は、どの角度から見ても完璧に整った顔立ちをしている。

優雅で気品に溢れた美貌の主だ。

普段から物静かな彼は、和の婚礼衣装を身に纏っていると、二十四歳とは思えないほど、大人びて威厳に満ちて見える。

百五十二センチのゆり子よりも頭一つ以上背が高い。

容姿、立ち振る舞い、引き締まった表情、身に纏う凛とした威厳……なにもかもが完璧だ。座り姿勢もまったく崩れることなく、堂々としていて力強い。

水も滴（したた）るいい男とは、孝夫のような男性を言うのだろう。

「どうしました？」

視線に気付いたのか、孝夫がかすかにこちらを向いて、低い声で問う。

「疲れたら言ってください。帯も打ち掛けも髪も、全部重いでしょう？」

「はい、ありがとうございます」

ゆり子はちらりと己（おのれ）の装束（しょうぞく）に視線を走らせた。

身に纏（まと）っているのは、お色直しで羽織（はお）った、金糸のきらめく素晴らしい打ち掛けである。

京都（きょうと）の人間国宝の作品で、ただお金を積めば手に入るものではなく、縁のある名家に仲介を頼み、特別に誂（あつら）えてもらった逸品と聞いた。

だが、なにより来賓（らいひん）の目を惹いているのは、髪を飾る絢爛（けんらん）な花々だ。

先ほど、四度目……最後のお色直しをした。

文金高島田（ぶんきんたかしまだ）に結っていた髪を解（ほど）かれ、西洋風の結い髪に直されたのだ。

驚くゆり子に、美容師の女性は言った。

『最後のお色直しは、新しい時代を築く夫婦の姿にふさわしく……と奥様が仰（おっしゃ）いまして。素敵でしょう？　日本髪でなくても、これほどにお美しく整うのですよ』

鏡で仕上がりを見たゆり子は、思わずため息を漏らした。

――こんな花嫁姿、見たことがない……なんて綺麗なの……

生花のブーケと、ダイヤモンドのかんざしで飾られた結い髪は、燃え立つような華やぎに溢(あふ)れていて、まさに新しい時代の象徴のように見える。

来賓(らいひん)の人々は、最後のお色直しを終えて現れたゆり子の花嫁姿にどよめいていた。

こうして大人しく佇(たたず)んでいるだけでも、人々の視線を絶え間なく感じる。

——装(よそお)いは素晴らしいわ。問題は、花嫁衣装の中身である私……

ゆり子は旧華族、樺木家のお嬢様。

いわゆる『没落した名家の娘』である。

樺木家の当主はゆり子の伯母だ。ゆり子の母の姉が、婿を取り家を継いだ。

伯母と母は二人姉妹だった。

だが、母は若くして樺木家を捨て、英語の個人教師だった父と駆け落ちしたらしい。その後、父母は交通事故で亡くなり、残されたゆり子は伯母夫婦に、『養女』として迎えられた。

ゆり子が三歳のときだった。

——私は、実際には樺木家のお嬢様ではなく、居候(いそうろう)……そして家が没落した今は家政婦だわ。

そう、本来ならば、この花嫁衣装を纏(まと)っているのは、樺木家の『本物の』お嬢様だった。

ゆり子は身代わりの花嫁なのだ。

樺木家には、小世(さよ)という美貌の一人娘がいた。

小世に縁談が舞い込んだのは、二年ほど前のこと。

樺木家が斎川家に、政略結婚を打診したことが切っ掛けだった。

元華族の樺木家は、都心の一等地に『千本町（せんぼんちょう）』という広大な土地を所有している。のんびりした下町で、今でも旧樺木侯爵家の邸宅が残っている場所だ。

周囲は大都会なのに、千本町だけが別世界のようにレトロで、いまだに戦前の暮らしが残っているとされている。当然、日本の名だたる大企業は、千本町の土地を強く欲していた。

買収をオファーしてきたたくさんの企業の中で、一番の資本力を誇っていたのが、斎川グループだった。

伯父は小世を嫁がせることを条件に、千本町の売却を承知すると、斎川家に伝えた。

もちろん斎川グループからすれば、落ちぶれた華族の娘と、自慢の嫡男（ちゃくなん）との縁談などお断りだったはず。できれば呑みたくない条件だったろう。

しかし斎川家は、小世の美貌と教養を評価し『こんなに素晴らしいお嬢様を、息子の嫁にお迎えできるなら』と、樺木家の申し出を呑んでくれたのだ。

小世が病気にならなかったら、きっと様々なことがうまく行っていただろう。

樺木家は小世の結婚を切っ掛けに立ち直って、斎川家の縁戚（えんせき）として、まともにやり直せていたかもしれない。

小世は、素晴らしい夫を得て、幸せな新妻として暮らし始めていたかもしれない……

そこまで考え、ゆり子はゆっくりと瞬（まばた）きをした。

——全部、仮定。そんなのは夢。だって、小世ちゃんはもういない。

一生分の涙はしぼり尽くしたと思っていたのに、また涙が一粒だけ零れた。

傍らの美しい花婿の姿をちらりと見上げ、ゆり子はそっと目をそらす。

孝夫は、小世の誠実な婚約者だった。

余命幾ばくもない小世との婚約解消を周囲に勧められても『人としてできない』と頑としてはねつけ、小世の入院費を支援し、小世と、彼女を看病するゆり子を励まし続けてくれた。

『体調が落ち着いたら、小世さんの負担にならないように工夫して式を挙げましょう。大丈夫。車椅子に乗ったままでいいですよ、俺が押しますから』

迷惑を掛けてごめんなさいと泣いて謝る小世に、あんな優しい言葉を掛けてくれる男性が、他にいるだろうか。

孝夫が誠実に小世を支え続けてくれて、本当にありがたくて嬉しかったのに……

――ごめんなさい……孝夫さん……

最後のお別れのとき、小世は、孝夫ではなく、別の男の写真を胸に抱いて旅立った。

小世に写真を持たせたのはゆり子だ。

孝夫への裏切りだとわかっていながら、小世の胸に、小世が恋した人の写真をしっかりと抱かせた。

あの悲しい別れから半年。

運命の歯車は大きく空回りして、孝夫の花嫁になったのは……ゆり子だった。

小世がこの世を去り、空中分解しかけた千本町の買収話をまとめるために、斎川家が仕方なく受け入れてくれた『身代わり』の縁談だ。

——歓迎なんて、誰からもされていない。でも、この結婚は自分の意志で決めたのよ。

誰にも悟られないよう、ゆり子はそっと唇を噛んだ。

「なにか心配事でもありますか？」

ゆり子の頭上から、不意に静かな囁(ささや)きが降ってきた。

驚いて顔を上げると、孝夫が真剣な眼差しでゆり子を見ている。

心配を掛けまいと、ゆり子は慌てて頭を振った。

ゆり子の潤(うる)んだ目に気付いたのか、孝夫は、形の良い唇をかすかに吊り上げ、優しい声で言った。

「大丈夫、俺がゆり子さんを守ります」

澄み切った秋晴れの空から、まぶしい光が差し、孝夫の美しい顔を照らした。

肌の滑(なめ)らかさが一層際立ち、ゆり子は目を奪われる。

「孝夫さん……」

ゆり子の胸が、罪悪感と感謝と、不思議な温かさでいっぱいになる。

孝夫は、ゆり子が吐(つ)いた嘘のすべてを知りながら、助けの手を差し伸べてくれたのだ。

ゆり子はぎこちなく、口の端を吊り上げる。彼を困らせてはいけない。ちゃんと花嫁らしく笑っていなければ。

孝夫がふと、社交的な笑みを浮かべて、ゆり子に言った。

「ああ、首相の奥様がこちらにいらっしゃるようです。奥様は着物がとてもお好きですから、ゆり子さんの打ち掛けを間近でご覧になりたいのだと思いますよ」

離れた席から歩み寄ってくる夫人の目は、きらきらと輝いている。少し離れた場所に立ち止まり、ためつすがめつ、艶やかな打掛の柄を楽しんでいるようだ。夫人は最後に、ゆり子の斬新で気品溢れる結い髪に視線を移して、ほう……と満足げなため息を吐きながら、席に戻っていった。

ゆり子は頷き、孝夫に小声で尋ねた。

「首相ご夫妻の左隣の席は、出水製鉄の会長子息ご夫妻ですよね？　そのさらに左隣はポーランドの元副大使ご夫妻。今は外資系の製薬会社の重役をなさっていて……合っていますか？」

孝夫が形の良い目を瞠り、口元をほころばせる。

「本当に、半月足らずで今日の来賓五百人を、全員覚えてしまったんですか？」

「はい。暗記は得意なので……」

「さすがです、噂通りの才女だ」

大袈裟な褒め言葉に、ゆり子は頬を染めて、小声で孝夫に反論した。

「わ、私は、学生時代『ガリ勉チビ』とか『メモガッパ』とひどいあだ名を付けられていて、さ、さ、才女なんかではありませんでした。ご存じでしょう、私の身上調査をなさったんですから」

孝夫は首を横に振り、ゆり子に微笑みかけながら、励ましの言葉をくれた。

「自信を持って。貴女は小世さんの自慢の『妹』でしょう？　胸を張ってください。貴女は誰よりも綺麗です。花婿の俺が保証します」

力強い声に励まされ、ゆり子は勇気を振り絞って頷く。

――そうだ。私は今日、最高の花嫁を演じるんだ……。弱気になっては駄目。

そう思い、ゆり子は精一杯の微笑みを浮かべた。

「はい、孝夫さん」

第一章　私の大切な人

昭和五十一年、二月。

病室の壁に掛けたカレンダーが、今日が節分だと示している。

大学四年生の樺木ゆり子は、二十一歳の冬を迎えていた。

——発病から、三百七十二日めか。緩和治療に変わって七十七日目。小世ちゃんは頑張っている。

頭の中で計算し、ゆり子は唇を噛んだ。

ひな祭り生まれのゆり子は、あと一月（ひとつき）で誕生日だ。

もうすぐ大学も卒業する。卒論は完成させ、単位も取り終えて、必須授業を消化しながら卒業を待つ立場だ。お陰で、小世の看護に時間を割くことができる。

ゆり子は顎（あご）のあたりで揃えた真っ直ぐな髪を耳に掛け、メモ帳をポケットから出した。

——そうだ、忘れないうちに控えておこうっと……

小世の今日の様子、薬の量に変更があったかどうか。メモ魔のゆり子はひたすら書き込み続けている。

看護師がカルテに記載している内容だけれど、ゆり子自身も覚えておきたい。

彼女の具合にまつわるデータをいつでも確認できるように。

あとで不安になったとき、少しでも、安心の材料を見つけられるように。

――こんなにメモばかりしてるから、大学で『メモガッパ』なんて呼ばれたんだろうな。

メモを終えたゆり子は、横たわる小世の様子をうかがった。

幼い頃からゆり子の姉代わりだった小世は、二十三歳の頃から、もう一年入院していた。

回復の兆（きざ）しは見られない。

衰弱（すいじゃく）はひどくなる一方だ。今はもう鼻から吸入する酸素を手放せない。

痩せ細った薬指には、婚約者から贈られた、美しいルビーの指輪が輝いている。椿の花のように鮮やかな赤だった。

「小世さん、次にお見舞いに来るとき、なにか持ってきましょうか」

ベッドの脇に置かれた椅子に腰掛けた、スーツ姿の男が言った。

背もたれのないパイプ椅子に腰を下ろし、前屈みになった姿が、絵に描いたように美しい。

こんなに容姿のいい男をゆり子は他に知らない。

男の言葉に、小世が思い出したように微笑んだ。

「そういえば、この前また幸太（こうた）君がお見舞いに来てくれたの。プリンをもらったわ。久しぶりに食べました。全部は食べられなかったけれど、美味しかったなぁ……」

小世の言葉に、男が端整な顔をほころばせる。

「俺の弟にしては気が利いていますね。では、冷菓子なら召し上がれそうですか？」

「ええ……そうね、ゼリーとか……久しぶりに……」

孝夫を見上げ、小世はそう答えた。

――小世ちゃんがなにか食べたいって言うの久しぶり！

希望が見えた気がして、ゆり子は今の小世の発言をメモに書き付けた。

――小世ちゃんが、ゼリーが欲しいと言った。二月三日　十八時四十五分。

書き終えたゆり子の前で、男が立ち上がった。

「わかりました。明後日またお見舞いに来ます、そのときにゼリーをお持ちしますね」

告げた顔は、誠実そのものの笑顔だった。小世が彼を見送るために、身体を起こそうともがく。

ゆり子は慌ててメモ帳をしまって小世に駆け寄り、痩せ細った身体を抱え起こした。

「ありがとう……ゆりちゃん……」

小世を支えながら、ゆり子は傍（かたわ）らの男を見上げる。

改めて間近で見ると、息を呑むような美貌の持ち主だ。

さらさらの黒い髪に、冷ややかに整っているのに、不思議な甘さを感じさせる端整な顔立ち。

――本当に、小世ちゃんにお似合いの、貴公子様だわ……

彼の名前は、斎川孝夫。

名門、斎川家の長男で、小世と同じ、二十四歳だ。

二年前にイギリス留学から戻り、斎川グループの関連企業で勤め始めたと聞くが、若手社員とは思えないほど落ち着き払っている。

孝夫は、周囲からそれとなく婚約解消を勧められても『闘病中の小世さんを失望させるような真似は、絶対にしない』と言い切ってくれた。

口先だけではない。自分で言ったとおり、週に一度は十七時半の定時に会社を上がり、勤め先から二駅先のこの病院に、小世を見舞いに来てくれる。

どうやら、とても朝早く会社に行き、定時に上がれるよう仕事をこなしているらしい。

お見舞いを終えたあと、また会社に戻って仕事をしているようだ。

孝夫は斎川家の御曹司という立場でありながら、小世のために貴重な時間を割き、常に気を配ってくれる。それだけ小世を大切にしてくれている証拠だろう。

ゆり子は、孝夫に対して、感謝してもし切れない気持ちを抱いていた。

「斎川のおじさまとおばさまにも、ご心配をおかけしますとお伝えくださいませ。あと幸太君にも」

ゆり子に支えられた小世が、か細い声で孝夫に言った。

「気を遣わないでください、うちの皆は、小世さんが元気になることを心から願っていますから」

孝夫は、形の良い口元に、礼儀正しい笑みを浮かべた。

「では、次にお邪魔するとき、道灌堂パーラーのゼリーをお持ちしますね」

孝夫が優雅な仕草で小世の手を取り、手の甲に口づける。

ここが病室であることさえ忘れさせる、映画のワンシーンのような光景だった。

イギリス留学を経験している上、幼少時には両親と海外を転々としていた孝夫は、時々外国の貴族のような振る舞いをする。

手の甲に接吻（せっぷん）を受けた小世が、微笑んでゆり子を見上げた。

「ねえゆりちゃん、孝夫さんを、お見送りして……」

ゆり子はそっと小世の痩せた身体を支え横たえさせて、孝夫に深々と頭を下げた。

「お忙しい中、小世ちゃんのお見舞いに来てくださって、ありがとうございました」

「気になさらないでください。俺も小世さんの変わりない様子を見に来られて安心しました」

優雅で気遣いに溢（あふ）れた口調だった。そう言ってもらえてほっとする。

――斎川さんがいてくださらなかったら、私一人では、小世ちゃんを支えきれなかった……

ゆり子は伏し目がちに、心の中で思った。

主治医や看護師、ヘルパーは、一丸となって小世を支えてくれる。

でも、ゆり子を支えてくれるのは、赤の他人に等しい孝夫だけなのだ。

――私のお父さんとお母さんは天国で、まともな親戚も、知り合いの大人もいない……頼れる人がいなくて、本当に辛かった。斎川さんのお陰で、私は、とても救われたわ。

連れ立って歩き出すと、孝夫が静かに病室の扉を閉め、小さな声でゆり子に尋ねてきた。

「あの……小世さんのご両親は、今日もお見えではないのですか？」

「……あ、あの、はい」

ゆり子は三十センチ近く背の高い孝夫を見上げ、ぎこちなく返事した。

伯父は壊れてしまった。元から気の強い伯母に振り回されている人だったが、樺木造船の倒産と、娘の余命宣告が立て続き、心身共に弱り切ってしまったのだ。

『夫』というストッパーが弱まったとき、伯母は誰よりも自分勝手な行動に出た。

樺木家が先祖伝来持っていた芸術品や、軽井沢の別荘や様々な特許を売り払ったのだ。そして自分の『お小遣い』にするためにそのお金は懐に入れてしまった。

小世の治療費にするのだと思っていた伯父とゆり子は驚愕した。

当時の樺木家は、経営する会社からの収入もなくなり、『千本町』にある小さな商店街からの家賃収入で暮らしていた。

だが自宅と、大都会の真ん中にぽつんと残った下町『千本町』の分を合わせると、固定資産税は半端ではない額になる。

とくに土地評価額に見合わない千本町からの家賃収入のせいで、生活は苦しかった。

だが、伯母は家計に興味などなかったらしい。

伯母は驚くほど高価な宝石や着物を山のように買って着飾り『最近気詰まりなことが多いから、気晴らしがしたい』と家に寄りつかなくなった。

財産をほぼ売り払い、千本町からの収入でやりくりしているのに、伯母の遊興は止まなかった。

小世を見舞うこともなく、これまで付き合っていた上流の奥様達ではなく、怪しげな男達を侍らせて宴会だの旅行だのに勝手に出掛けるようになってしまったのだ。

伯父と違い、伯母は娘の心配など一切しなかった。

どんどん露わになる伯母の身勝手さを、誰も止めることはできなかった。

伯母と昼日中から、人目も憚らずいちゃいちゃと振る舞っている男達は……ゆり子の目にはまともな筋の者とも思えなかった。

確かに伯母は、四十なかばを過ぎても、女優のように美しい。

毒々しい深紅の薔薇のような美女だ。

男達にとっては伯母は金づるであり、玩具であり、上流階級への伝手として使える道具に過ぎないのだろう。

大人しい入り婿の伯父には、立て続いた不幸に抗う気力はないようだった。

妻の身勝手さに憤る元気もなく、妻の借金を返せと迫る人々に頭を下げては、なんとか小世の治療費を工面していた。家に戻ってこられないのも、お金をかき集めるためだ。

一方、伯父に迷惑を掛け続けている伯母は、勝手に売り払った財産でかなりの金額を手にしていたはずが、最近どうもそのお金すら使い果たしたらしい。

今では、勝手にゆり子の財布からお金を抜き、伯父がなんとか工面した小世の治療費までくすねていく有様だ。

ゆり子は惨憺たる樺木家の内情を呑み込み、小さな声で答えた。

「樺木は今……夫婦共に仕事で……」

「そうですか。会社の清算の件も、大変でしょうからね」

明らかに嘘とばれているだろうに、孝夫は話を合わせてくれた。きっと、ゆり子と小世に恥をかかせまいとしてくれたのだろう。

「ご両親が忙しくて、小世さんはなにか困っていませんか？」

ゆり子の脳裏に、病室まで押しかけてきた借金取りのことが思い出された。

ほとんど身体も動かせず、酸素吸入に頼ってやっと息をしている小世の側に陣取り、ネチネチと小一時間『母親を隠したのではないか』と詰問してきたあの男。

ナースコールなんて押しやがったら、この女の酸素吸入器をうっかり脚で引っかけて壊してやる、と脅されて、凄まじい怒りを覚えたことを生々しく思い出す。

小世は気丈ににらみ返していたが、真っ青だった。衰弱しきった小世にあんなに怖い思いをさせてしまって、可哀相で……

たまたま、主治医の田中が顔を出してくれなかったら、どうなっていただろう。

『なにを勝手に器具に触っている！　誰だ、貴方は！』

部屋に入ってきた田中は異様な雰囲気に気付いたのか声を荒らげた。

小世の酸素チューブに脚を引っかけ、ニヤニヤしていた男は、医師の登場に慌て『彼女の父親に迷惑を掛けられているのだ』と言い訳した。これには脚が絡まっただけだ、何秒か外れるくらい、たいしたことじゃないだろう、と……

だが、田中は、愚にもつかない言い訳には、耳を貸そうとしなかった。

『彼女は病気と闘っているんだぞ、あんたの相手をしている余裕なんかない。今すぐ出て行け！』

小世の主治医の田中は、凄まじい怒声と共に一喝し、あの屑みたいな男を追い払ってくれた。

――のんびりした優しい先生が、あんな怖い声で怒ってくださるなんて……

だが、田中が本気で怒ったことが伝わったのか、債権者はもう顔を出さなくなった。伯母さえまともならば、小世にあんな思いはさせずにすんだのに。

かすかに歪(ゆが)んだゆり子の表情を気遣ってか、孝夫が優しい声で励ましてくれた。

「小世さんは、貴女への感謝ばかり口にしていますよ。ゆりちゃんは私の本当の妹だって」

「はい、私にとっても……お姉ちゃんです……一生、ずっと……」

自分が小世を守らなければ。唇を噛むゆり子に、孝夫が尋ねた。

「どうしました？　なにか心配事が？」

「い、いえ、大丈夫です」

静かな廊下を歩きながら、ゆり子は小声で答えた。

「そういえば田中先生は、他の偉い先生と違って、小世さんをこまめに気に掛けてくださるようですね。患者さん想いの主治医で良かった」

ゆり子は、孝夫の言葉に深々と頷く。

「はい、本当に親身になってくださるので、安心して小世ちゃんを託(たく)せます」

その言葉に孝夫が微笑んだ。

「ゆり子さんも家に帰ったらゆっくり休んでくださいね、そういえば、大学のほうはどうですか？」

「もう、卒業前なのでほとんど授業もなくて……」

曖昧(あいまい)に答え、ゆり子は心の中で思った。

ゆっくり休む時間なんてない。

家に帰ったら、樺木家の家政婦としての仕事が山積みだ、と。

家政婦を雇えなくなってから、ゆり子は伯母から山のような家事を押し付けられている。気の弱い伯父はなにも言えずオロオロしていただけだった。

あの家で必死に庇ってくれたのは、小世だけだ。その小世も、伯父の目を盗んだ伯母によく平手打ちされていた。厄介者の居候を庇う、頭のおかしい娘はいらないと……

――伯母様は、自分より若い女も綺麗な女も大嫌い。両方満たしていて『美人で聡明』と評判の小世ちゃんのことは、自分の娘なのにとてもとても憎いのよ……なんて人なの。

小世が入院してからは、伯母の態度は悪化する一方だ。

伯父が金策のために不在がちになり、母親を諫めようとする小世もいない。

ストッパーがなくなった伯母は『居候の厄介者』を公然といたぶるようになった。

だが、ゆり子は伯母に逆らわない。無駄な力を使わないためだ。

命じられたとおり朝四時に起き、最低限の力で家事と掃除をこなし、大学に行く。残りの力は、なにより大事な小世の看病に注ぐことにした。

――今日も心を無にして家事を終えよう。

そこまで思ったとき、病棟の出入り口の扉が見えた。

孝夫が足を止め優雅にゆり子に会釈する。

「見送って頂いてありがとうございました、ゆり子さん」

「斎川さんこそ、今日も本当にありがとうございました。お見舞い、小世ちゃんも喜んでます」

ゆり子の言葉に孝夫は微笑んだ。

「……そうだといいな」

孝夫は、結婚の予定をなにも変えないでいてくれる。小世に対しても『なにも気にしないで、無理なら何度でも式の日程は調整するから、貴女はゆっくり身体を休めて』と約束してくれた。

——小世ちゃんがせめて車椅子にずっと乗っていられるくらい回復したらいいのだけど……

表情を曇らせたゆり子の視界に、分厚い封筒が映る。孝夫が差し出したものだ。

「いつもの分です。預かってもらえますか」

身体を強ばらせたゆり子は、ぎこちなく腕を伸ばしてそれを受け取り、深々と頭を下げた。

「ありがとうございます……」

孝夫が困窮した状況に気付いてくれたのは、数ヶ月前のことだ。

彼が『良かったらこれを』と、封筒に入れたお金をくれたとき、安堵で腰が抜けそうになった。

——神様みたいな人って、本当にいるんだな……なにもかも完璧で、優しくて……

先月も、先々月も、ゆり子は孝夫にたくさんお金をもらった。

今では小世の治療費と、入院費、その他、小世にまつわる諸々の費用はほぼ、孝夫がゆり子に渡してくれるお金から払っている。このお金は絶対に伯母に見つかるわけにはいかない。

「足りなかったらすぐに連絡をください」

孝夫の声音はとても優しい。恩着せがましいところなどまるでない。

孝夫がくれた『お見舞い』を手に、ゆり子は深く頭を下げた。

「本当に、申し訳ありません。お医者様への付け届けも、これで……払えます……」

震え声のゆり子に、孝夫が優しく言う。

「回診のたびに教授への付け届けがいる、なんて、本当によくない習慣だと思いますけれどね……少しでも小世さんを気に掛けてもらうためですから、今は目を瞑りましょう」

そう言って孝夫が長身を屈め、ゆり子の耳に囁(ささや)いた。

「ゆり子さんも一人で悩みを抱え込まないようにしてくださいね。俺や田中先生になんでも相談して。俺も、できることはなんでもしますから」

ゆり子は、孝夫の申し出に無言で頷く。入院棟の区切りの扉に来たところで、孝夫が立ち止まった。

「ではまた明後日、ゆり子さんも身体に気をつけて」

孝夫はそう言って、片手を上げて去って行った。

――私にまで優しくしてくださるなんて、なんて器の大きい人だろう。伯母様にお金を使いこまれたときは、心が折れると思ったけれど、斎川さんのお陰で助かった。私、まだ小世ちゃんを守れる……

孝夫を見送り終えたゆり子は、もらった金額をその場で数え、メモ帳に控えて、小世の病室に駆け戻る。小世はぐったりと目を瞑っていた。

先ほど起き上がったせいで疲れてしまったのだろう。

「ありがとう……孝夫さんのお見送り……」

そう言って、小世が見事なルビーの指輪を外し、ゆり子に差し出した。

――どうして、最近すぐ外しちゃうんだろう。前はとても気に入ってたのに、綺麗って……

ゆり子は小世から指輪を受け取り、枕元のポーチの中に片付ける。

そして、孝夫から預かった封筒を小世の目の前にかざして見せた。

「あのね、小世ちゃん。斎川さんがお金を貸してくださったの。あ、もちろん、使った分は、私がアルバイトをして分割払いで返すから、気にしないで。もしくは結婚したら斎川さんにいっぱい甘えて、うまくチャラにしてもらってね」

冗談交じりに言いながら、ゆり子は封筒から抜いたお金を、小世の枕元のポーチの中に隠した。

残りは自分のぼろぼろのポシェットの、隠しポケットにしまう。

財布に入れたら伯母に抜かれる。病院に無事に納めるまでは、このお金は守り抜かなくては。

小世のポーチと自分の隠しポケット、それぞれいくらずつにお金を分けたかをメモしたあと、ゆり子は明るい声で小世に言った。

「いつも通りに、一番偉い先生が回診にいらっしゃったら、ここからお金を取って渡してね」

小世はなにも言わずに微笑んだままだ。最近どんどん元気がなくなってきて、ゆり子がなにを言っても笑っているだけになった。

「もちろんそんなのいけないんだけど……この病院はそういうところだから、割り切ろう。ね？」

ゆり子の言葉を笑顔で聞いていた小世が、不意に小さな声で言った。

「……ああ、幸せ。私、今が一番幸せなんだわ……」

妙に達観した声音に、ゆり子の身体が強ばった。

どうしたのだろう。何故急にそんなことを言うのか。

小世が幸せになるのは、これからなのに……ゆり子はまだ諦めていない。小世を無理に励ますことはしないけれど、心の中では絶対に小世が元気になると信じているのに。

ゆり子は唇を開こうとしたが、うまく言葉が出てこなかった。

「私は、ゆりちゃんをあの家から出してあげたい。あんな場所に置いておけないわ……」

小世が静かな、決意を込めた声で言った。

明日をも知れぬ病で苦しみ続けていても、小世はゆり子の『お姉ちゃん』なのだ。

昔から、必死にゆり子のことを庇ってくれた。

今もその愛情深さは変わらない。どんなに自分が苦しくても、ゆり子のことばかり心配している。

「私のことなんか、あとでいいよ……」

「だって、ゆりちゃん、貴女は私の宝物なのよ。宝物を放り出したまま行けないわ」

——行けないって……どこに……？

ゆり子は不吉な言葉に青ざめた。

「え……急に、どうしたの……？」

小世は大きな目で真っ直ぐにゆり子を見つめ、静かな声で、言い聞かせるように告げた。

「ゆりちゃん、これからなにがあっても、貴女は幸せになって……。私が貴女に抱いているのは愛情と感謝だけよ。絶対にそれを忘れないで」

「なに言ってるの？　小世ちゃん……急にどうしたの？」

ゆり子は身を乗り出し、小世の痩せ細った指を握った。

——嫌だよ、そんなお別れみたいな言葉。これから先もずっと一緒だよって言って……！

喉元まで出かかった言葉を、ゆり子は呑み込んで、別の言葉にすり替える。

「小世ちゃんは、私のことなんかより、まず結婚式を挙げられるように元気になろう？　斎川さんだって言ってくださるでしょう、元気になるまでずっと俺が支えますって……」

ゆり子の言葉に、小世が優しい笑みと共に言った。

「……ねえ、ゆりちゃん、もう、七時過ぎよ。真っ暗だから帰って、危ないから」

優しい声に促され、歯を食いしばっていたゆり子は、はっと壁の時計を見た。

もう、面会終了時間を五分も過ぎている。いつもは、受付の人に迷惑を掛けないよう、きちんと時間を守っているのに。

急いで病院を出なくてはと、ゆり子は立ち上がってコートを羽織った。

「そうだね、遅くなっちゃった！　明日も病院が開いたらすぐ来るね」

頷いた小世が、気付いたようにゆり子に言った。

「あ……そうだ、ゆりちゃん。明日、アルバムを何冊か持ってきてくれる？　お気に入りの写真を何枚か、手元に置いておきたいの」

「わかった。じゃあね、小世ちゃん」

ゆり子は小世に手を振って、病室を出た。

廊下を急ぎ足で歩いていると、小世の主治医の田中とすれ違う。

ひょろりと背が高く、男前なのに身なりに構わない。髪は今日もボサボサだ。

初めて会ったとき、『田中良と言います。三十三歳、毎朝髪をとかすのを忘れます、言わなくても、見ればわかるかな？』と自己紹介され、小世は大笑いしていた。

――あら？　先生は昨夜も当直で、今日の昼過ぎにお帰りになったのでは……？

多忙すぎる田中の身を案じつつ、ゆり子は足を止め、彼に声を掛けた。

「こんばんは、田中先生」

「やあ、こんばんは」

田中は足を止め、温厚な笑みを浮かべて挨拶を返してくれた。

「先生はまだお仕事なのですか？」

「気になることがあって、顔を出しただけなんです。本来は明日の朝までお休みなんですけど」

ここは、名門の私立医大附属病院だ。

偉い先生の中には、お金のない小世に冷淡な態度を取る者もいた。

けれど、田中は違う。患者さんは皆平等に見るから、付け届けは要らないと言って、ゆり子が必死にかき集めたへそくりを断ったのだ。

田中は『将来、付け届けなんて制度は罰則対象になると思いますよ。僕は時代を先取りしているだけですから』と笑っていた。

たまたま応接コーナーで立ち話をした他の患者達も『田中先生は本当に素晴らしいお医者さんで

すよ。腕もいいし誠実だし』と、口を揃えて言っていた。

──でも、時間外にわざわざいらっしゃるなんて……なんだか不安だわ。

ゆり子は田中の顔を見上げながら、恐る恐る尋ねた。

「気になることってなんですか？　小世ちゃんの体調が悪いんでしょうか？」

怯えた顔のゆり子を安心させるように、田中は言う。

「いいえ、新しい薬は合ってるかなって。忘れ物を取りに来たついでにここに寄っただけです」

田中の答えに、ゆり子はほっとして頷いた。

笑顔の田中に頭を下げて、ゆり子は歩き出した。だが、その足取りがだんだんと重くなる。

──本当についでに寄っただけなのかな。小世ちゃんの具合、私が思っているより悪いんじゃ。

そう思ったら、足が止まった。覗き見は悪いとわかっているけれど、不安に突き動かされて、ゆり子は足音を忍ばせて小世の個室に向かった。

扉を開けようと躊躇ったゆり子は、わずかに開いた引き戸の隙間に耳を寄せた。

中から小世の声が聞こえる。

「もっと早く来て頂戴」

孝夫やゆり子に向けるのとはまるで違う、甘い、拗ねたような小世の声が聞こえた。

「また君はそんな我儘を。約束通りの時間に来ただろう？」

同じく、甘やかすような、ゆり子の知らない田中の声が聞こえる。

――え……？　田中先生……？

ゆり子の頭が真っ白になる。

「……斎川さんや、ゆり子さんがいる時間帯には、来られないからね」

ゆり子の心臓が、異様な音を立てた。

自分が今耳にしている会話は、なんなのだろう。

ひとしきり笑い合ったあと、田中が切り出した。

「小世、あの……そろそろ、痛み止めを変えないか？　夜も寝られないんだろう、身体が弱ってしまうよ。量は僕がちゃんと調整するから」

「万が一にも、話せなくなるのは嫌なの。ゆりちゃんと、先生と、最後までずっと話したい。頑張るから、もうちょっと待って……」

すすり泣く小世の声に衣擦れの音が混じる。枕元に置いたパイプ椅子の位置を変えるような音がして、小世の声が聞こえた。

「ねえ、私、痩せた？」

小世の声が不自然にくぐもって聞こえる。

まるで誰かにしっかりと抱きしめられているかのようだ。

「変わらないよ。大丈夫だ」

「……先生の言うことなら、信じるわ。最後まで、馬鹿みたいに信じる」

しばらく、会話が途切れた。どのくらい時間が経っただろう。田中の静かな声が響く。

「息苦しいだろう、やはり身体を起こさないほうがいい。横になろう」

ゆり子はなにも考えられないまま、息を殺して耳を澄ました。

「待って、先生……」

ゆり子は音を立てないように息を呑む。

「私……元気になれたら、先生と一緒に逃げたい」

小世のすすり泣きを聞きながら、ゆり子は後ずさった。

違う、小世は元気になったら、孝夫の押してくれる車椅子で結婚式を挙げるのだ。そう約束してもらって、笑ってうなずいていたのに。

「うん……治ったら、必ず……」

主治医の田中は小世の身体のことをよくわかっている。治ったら、なんて言葉は、口にするのも心裂かれる思いに違いない。

ゆり子は激しくなる鼓動を誤魔化すため、慌ててコートの胸を押さえた。

足音を忍ばせて廊下を突っ切り、入院病棟の仕切り戸の先に出たあと、ゆり子は全力で走った。

そういえば、田中は最近、孝夫の前に姿を見せない。いつから見せなくなったのだろう。

――そうなんだ。小世ちゃんは、田中先生が好きなんだ。

じわじわと、実際に目に見た光景を心が受け入れ始める。

さっき、小世が『幸せ』と繰り返していた理由が、ようやくわかった気がする。

呆然と病院のロビーを歩きながら、ゆり子は小世の甘い声を反芻した。

小世はあんな風に、孝夫に甘えたことなど一度もない。

ゆり子の前だから照れているのかと思っていたけれど、いつも礼儀正しくて、距離を保っていた。

――そうだよね、婚約してすぐに病気になっちゃって、斎川さんとはデートもしたことがないんだもの……好きとか恋とか、そんなの……なかったよね……

孝夫からもらった婚約指輪を、お見舞いの時間以外は外してしまう理由も、今更ながらにわかった。

田中の前では、孝夫にもらった指輪は外していたいからだろう。

一歩建物から出ると、暖かな病院の中と違って、外は凍えるほどに寒い。

小世には好きな人がいたのだ。人目を忍んでしか会えない恋人が。

ゆり子に漏らさなかったのは、相手が自分の主治医だからだ。

田中はこの大学病院の優秀な医師であり、たくさんの患者を抱えている。

そんな彼が特定の患者と特別な関係になるなんて、許されない。

露見(ろけん)すれば田中の責任問題に発展する。誰かに知られたら、会えなくなるかもしれない。

その想いが、小世と田中の口を固く閉ざしているのだ。

寒いのに、ゆり子の頭は異様に熱く火照(ほて)っていた。

『薬を強くしたらゆりちゃんや先生と喋れなくなる』

小世の言葉が脳裏に浮かぶ。

――ああ、小世ちゃん……斎川さんの名前……言ってなかった……

ゆり子の頬に、涙が一筋伝い落ちた。

小世の恋は、咲いてはいけない場所で、儚く咲いている。あんなに美しく優しい婚約者との間にではなく、道ならぬ道の路傍に……

ゆり子は孝夫に対して強い罪悪感を覚えつつ、ぎゅっと手を握った。

――黙っていなきゃ……小世ちゃんのこと、斎川さんに内緒にしなきゃ……

小世の幸せな時間が、一秒でも長く続いてほしいと心の底から思う。

あんな家で、娘をどうすれば高く売れるかとそろばんをはじき続ける親の下で、小世はゆり子を庇って、ずっとずっと冷たい傷ついた目をしていた。

婚約者の孝夫に対しても、優雅に振る舞いつつも、一歩引いた態度を崩さなかった。そんな小世が、あんなに頼り切った甘えた姿を、田中の前では見せるなんて……

――小世ちゃんは先生が大好きなんだね。ちょっと抜けてるけど、優しいもんね、先生。

ゆり子の心にとてつもない悔しさが湧き上がる。

小世は歯を食いしばって生きてきた。なのに、どうして一番幸せなのが『今』なのか。

神様は意地悪だ。元気で綺麗な小世と、田中を引き合わせてくれれば良かったのに。

冷たい頬に、涙が流れた。

――斎川さん、本当にごめんなさい。でも私、小世ちゃんの気持ちを……優先してあげたいです……ごめんなさい……

周囲からの破談の勧めもはね除け、一途に小世に尽くしてくれる孝夫。

ゆり子のことまで気に掛け、手を差し伸べてくれる彼を、ゆり子は今日から裏切るのだ。

――小世ちゃん、小世ちゃんは……私が絶対、守ってあげるから……

ゆり子を心から愛し、守ってくれた人は、小世だけだ。

伯母は、一度もゆり子の世話などしたことがない。

引き取った当初も、三歳のゆり子をほぼ放置していたそうだ。泣いていても危ないことをしていても止めようともせずに。世話は家政婦に任せ、抱っこすらしなかったと聞いた。

ゆり子が大人になれたのは、二つ年上の小世のお陰だ。

幼い小世は、『さよが、おねえさんをします』と、常にゆり子の側を離れなかったそうだ。

昔勤めていた家政婦が『小世お嬢様は本当に小さい頃から賢くて、ゆり子さんが危ないことをしないように見張っていらしたのですよ』と、何度も話してくれた。

小世は、ゆり子が口に入れたものを器用に取り出し、縁側に出て行くゆり子を捕まえて、部屋に引っ張り戻していたらしい。家政婦達は皆、口々に小世の聡明(そうめい)さを褒めそやしていた。

――小世ちゃんは奥様にも旦那様にも似ず、本物の神童だったって、皆口を揃えて言っていたわ。私のことも、本当にちゃんとお世話してくれたんだろうな。

小世は、大きくなってからも、頻繁(ひんぱん)にゆり子の部屋にやってきた。

二人で一枚の布団にくるまって、お喋りをして過ごしたものだ。彼女が病に倒れるまで、いつもいつも、時間さえあれば二人で過ごしてきた。

ゆり子の人生は小世と共に在(あ)った。これからも、小世に側にいてほしい。

――三歳の頃から、小世ちゃんは私のお姉ちゃんなの……だから、絶対に私が守る。

病院の敷地で嗚咽(おえつ)している若い女を、警備員が気の毒そうに一瞥(いちべつ)して通り過ぎていった。

第二章　託(たく)された『花嫁』

昭和五十一年、春。

柔らかな雨が降る中、小世の葬儀が無事に終わった。重苦しい気分で、孝夫はあたりを見回す。

――ああ……桜が終わるな……

綺麗だった小世にふさわしい、美しく寂しい春の日。咲き誇る桜が雨に散らされ、白いカーペットのように葬送の道を彩っていた。

小世の父親は放心状態だった。空っぽの声でゆり子に仕切りを任せてすまない、と言っている光景は見かけたけれど、この半年で十も老けたように思える。

無理もない。一人娘の命を救えず、家運を懸けていた『政略結婚』までもが破綻したのだから。

一方で母親のほうは、特に気にした様子もなく、それはそれで異様だった。

孝夫は、小世の母の喫煙姿から目を背(そむ)けた。

周囲に気付かれないようにそっと振り返ると、喪服のゆり子は、血の気のない顔で足元を眺めている。手には古びたカメラを抱えていた。撮影する様子はない。ただ、持っているだけだ。

その傍らには、主治医の田中が立っている。

孝夫の姿が目に入っているだろうに、田中は、一度も声を掛けてこなかった。理由はわかっている。

三ヶ月ほど前、小世をアポなしで見舞いに行ったとき、見てしまったからだ。

小世を車椅子に乗せて屋上に向かう、田中の姿を……

白衣の田中は、『婚約者』の孝夫を一瞥し、無視して、笑顔で車椅子の小世に声を掛けた。

まるで、恋人のように親しげな仕草だった。

――先生はあのとき、邪魔するなと言わんばかりに、はっきりと顔を背けて俺を無視した。

車椅子を押されている小世は、孝夫がいることに気付かぬ様子だった。

背後から身を乗り出し、小世の顔を覗き込む田中の頬を撫でて、笑っていた。

あんなに幸せそうに、甘い笑い声を立てる小世を見たのは、初めてだった。

孝夫は二人に声を掛けず、足音を忍ばせて元来た道を引き返した。

田中を呼び止めなかったことは後悔していない。

もし声を掛けていたら、小世の最後の幸福を潰していたからだ。

残酷な男にならずにすんで、良かったと思う。

――あれで良かったんだ。俺は……間違っていない。俺の名誉よりも、小世さんが幸せに過ごせる時間のほうが大事なはずだ。田中先生も、俺に責められる覚悟だっただろう。

孝夫はため息を吐き、雨上がりの空を見上げた。

分厚い雲が裂け、まばゆい春の光が雨上がりの道を照らす。

差し込んだ陽光は、まるで天国への階段のようだ。

けれど、小世がその階段を上っていく姿が浮かばない。

小世が何度も振り向き、足を止め、田中とゆり子を案じ、姿を捜しているような気がして、たまらない気持ちになる。

——俺と変わらない歳で、恋も叶わず……どうして……

孝夫は目を伏せて、黒い革靴のつま先をぼんやり見つめた。

普段は感情をコントロールできる自信があるが、さすがに今はかすかに涙が滲む。

同時に、小世との『約束』を思い出し、背にずしりと重いものがのし掛かった。

——俺は、大変なことを引き受けてしまったな……

最後の小世との面会が孝夫の頭に浮かぶ。

小世が昏睡状態になる数日前のこと。会社にいた孝夫は、小世の病院から電話を受けたのだ。

なにかあったのかと焦ってコールバックすると、電話をかけてきたのは、ヘルパーの女性だった。

小世から、伝言を頼まれたという。

『ゆりちゃんがいないところで話をしたいから、明日の午前中に来てください』とのメッセージに、孝夫は急遽午前半休を取って、彼女の元を訪れた。

——なんの話だろう？　なにか深刻な問題が……？

だが、戸惑う孝夫の気持ちと裏腹に、小世はずいぶんさっぱりした表情だった。

『どうしたんですか、今日は急に』

笑顔で尋ねると、小世は横たわったまま、大きな目でじっと孝夫を見つめた。

『来てくださってありがとう。ごめんなさい、無理を言って。孝夫さんに見て頂きたいものがあって』

小世はきゃしゃな手を持ち上げ、枕元に置いてあったアルバムを指さした。それだけの仕草でもとても辛そうだ。慌てて手に取ると、小世は言った。

『それ……私が撮った写真なの。ご覧になって』

頷いてアルバムを開くと、色あせた写真が何枚も目に飛び込んできた。写っているのは、どれも小さな子供だ。おかっぱ頭につぶらな目で、とても愛らしい。

『ああ、これはゆり子さんですね。こんなに昔からカメラを触っていらしたのですか?』

驚いて尋ねると、小世はほんのりと笑った。

『ええ、私は写真を撮るのが好きなの。ゆりちゃん、昔から可愛いでしょう?』

『はい、可愛らしいです。貴女とゆり子さんは姉妹のようだ』

孝夫の言葉に、小世はますます嬉しそうに微笑んだ。

『そう言われるの、とても嬉しい……』

本当にゆり子が大切なのだろう。愛情に溢(あふ)れた優しい声に孝夫は目を細める。

『これは、オートタイマーで二人で一緒に写ったの……家の庭で……』

小夜が痩せ細った指で、一枚の写真を指した。椿の木の前にゆり子と並んでいるのは、今よりも若い小世だ。セーラー服を着ている。

『小世さんは、この頃からお美しかったんですね』

『まあ、お世辞（せじ）を言ってもなにも出ませんことよ……いえ、孝夫さんが私にお世辞（せじ）を言う必要なんてないわね。今まで、本当にありがとうございました』

驚く孝夫に、小世は別人のように明るく言った。

『正直に言うと、病気になってしまったとき、婚約破棄されると思っていたわ』

『そんなことは……考えていません。貴女が大変なときに』

孝夫はやや歯切れ悪く答えた。

本音を言えば、孝夫は同情と親切心の狭間（はざま）で迷いつつ、小世には優しい世界で最後の幸せを得てほしいと願っている。儚（はかな）い安らぎくらいは、裏方として守ろうと……すべて、孝夫の自己満足だ。

強ばった顔の孝夫に、小世が優しく言った。

『私は、孝夫さんのことを、尊敬しています。だって……見逃（みのが）してくれたから』

『見逃（みのが）す？』

『私と田中先生が、貴方を差し置いて勝手に恋人を名乗り合っていることを』

はっきりと言い切った小世に、孝夫は返す言葉もなかった。

――そうか、俺が気付いていることを、知っていたのか。

人ごとのように孝夫は思った。

『私、田中先生が好きなんです。馬鹿でしょう、こんな身体で、なにを言っているのかしら』

そう言って、小世は骨の浮いた手で、小さな顔を覆った。その端から、一筋の涙が流れ落ちる。

初めて小世の涙を見て、孝夫は動揺した。

『小世さん。泣かなくていいんです、俺は田中先生とのことを責める気なんてこれっぽっちも……』

慌てて手を外そうとしたが、小世は泣き顔を見せまいとするように抗った。

『私、貴方の地位目当てで、結婚しようと思っていたの。自分は一生恋なんかしないと思っていたから。相手なんて、お金があって、人間性が良ければ誰でもよかった。私とゆりちゃんを人間扱いしてくれる〝寄生先〟を得て、家から逃げ出そうと……そう思って生きていたのよ』

血を吐くような告解の言葉に、孝夫は絶句した。

『お見合いしたときに思ったの。孝夫さんはとても……いい人そうだって。孝夫さんなら、ゆりちゃんをあの家から連れ出す力を、きっと貸してくれるって、そう……思って……』

——そうか、ゆり子さんのため……なのか。

孝夫の知るゆり子は、いつも古くてぶかぶかの服を着ている。

髪は自分で切り揃えたような、ざんばらのおかっぱで、手指はいつも荒れている。よくよく見れば息を呑むほど美しい顔立ちなのに、ボロボロの小さな痩せた姿しか印象に残らない。

ゆり子の姿を思い出していた孝夫は、続いた小世の言葉に今度こそ絶句してしまった。

『孝夫さんとの縁談は、私が父に入れ知恵して、ごり押ししてもらったの』

——入れ知恵……？

孝夫は、小世の意味ありげな言葉に眉根を寄せる。

『土地を売る条件に、私との縁談を入れてって。私に孝夫さんの子供を産ませれば、お父様は、斎川家の後継者の外祖父になれるって。日本指折りの大富豪と縁が切れなくなるのよって』

悲痛な声音の告白に、孝夫はなにも言えなかった。

賢い女性とは聞いていたが……その選択には、小世の幸せなどなにもないではないか。

孝夫は絶句する。小世が顔から手を離し、か細い声で言った。

『私、もっと写真を撮りたかった……あのカメラを持って、先生と一緒に、ゆりちゃんを連れて逃げたかったな……それで、新しい家に住んで、たくさん写真を撮るの。先生と植えた花とか、もっと可愛い格好をさせた、綺麗なゆりちゃんとか……たくさん……』

『こ……これからも……』

……撮れますよ。

だが、その安請け合いがどうしても言葉にできない。小世に残された時間はあまりにも短いという事実が胸に迫り、まともに声が出ない。

俯（うつむ）いて歯を食いしばった孝夫に、小世が言った。

『孝夫さん、お願い。ゆりちゃんを守って。あの子を私の実家から連れ出してください』

『え、な……なにを……？』

予想外の言葉に、放心していた孝夫は顔を上げた。

そんなことを言われるなんて、まったく想定していなかったからだ。

――ゆり子さんを……？　どういうことだ？

硬直する孝夫を前に、小世はゆっくりと身体を起こす。そして、苦しげな顔で孝夫を見上げた。

『孝夫さんは、聞いてくれるでしょう。だって貴方は……善意の側にいたい人だから』

小世の声は、嗚咽を堪えるように震えていた。

孝夫の脳裏に、田中と小世の裏切りを許したときの気持ちが、ふたたび生々しく蘇る。自分は、小世の言うとおりの人間だ。『善意の側』でいたいことを見抜かれている。

『お願いします、孝夫さん。母があの子をどんな目にあわせるかと思うと、死ぬに死ねなくて……』

無理矢理起き上がったせいか、小世が激しく咳き込む。

骨の浮いた背中をさすりながら、孝夫は看護師を呼ぶブザーに手を伸ばそうとした。その袖を、小世の指がぎゅっと掴む。

『私は、子供の頃から母が大嫌いだった……！　自分が一番綺麗でいたい、そのために自分の妹をいじめ抜いて家から追い出してしまったような母なんて、大嫌いなんです。私、母のような人間になりたくない一心で、ゆりちゃんの優しい姉になろうとしていたの。ゆりちゃんのためじゃない。自分が嫌な人間にならないため……孝夫さんと同じなんです。私も、善意の側でいたかった』

小世が痩せ細った肩を波打たせ、話を続ける。

『ずっとうしろめたかった。ゆりちゃんは、なにも疑わずに私を慕ってくれたから。何回も何回も思ったわ。本物のいいお姉ちゃんになりたいって。そのためにも、ゆりちゃんをあの家から連れ出して、守ろうって。でも、もうできない……もう……できないのよ……』

涙を零す小世に掛ける言葉が見つからない。

どんな慰め(なぐさ)も小世の心には届かないとわかるからだ。押し黙ったままの孝夫に取りすがり、小世がかすれた声で言った。

『お願いします、ゆりちゃんを助けて』

小世はぼろぼろ涙を零しながら、孝夫の目を見据えて言った。

『ゆりちゃんをあの家から連れ出してください。母は浪費が止まなくて借金を重ねているわ。それを帳消しにしてやるって言われたら、ゆりちゃんを借金のカタに差し出しかねないんです』

小世は苦しげに息を乱し、ぎゅっと唇を噛みしめる。真に迫った声音に、孝夫の血の気が引いた。すぐに頷けるはずがなかった。

――一人の女性の人生を預かる話なんて、軽々しく請け負えない。

握った掌(てのひら)に、深く爪が食い込む。孝夫の葛藤(かっとう)を見抜いたように、小世が言った。

『お願い……死ぬ前に、私を安心させて』

絞り出すような細い声が、孝夫の心をえぐる。

『善意の側』でいたければ、小世の期待を裏切るわけにはいかないのだ。

ゆり子を切り捨てた後悔は、生涯(しょうがい)孝夫の胸に残り続ける。

孝夫は歯を食いしばり、意を決して小世に誓った。

『わかりました。貴女にもしなにかあったら、俺がゆり子さんをあの家から連れ出し、彼女の独り立ちを見届けます』

孝夫の答えに、やっと小世の表情が緩んだ。

『ええ……お願い……』

身体を横たえてやると、小世はかすれた声で『ありがとう』と言った。

先ほどまで瞳に宿っていた光は、もうどこにもない。まるで、力を絞り尽くしたかのようだ。

『小世さん、あまり興奮しないよう、ゆっくり休んでくださいね』

『孝夫……さん……ゆりちゃんのこと、お願いします……』

どうしても譲れぬとばかりに、苦しげに小世が念を押す。

『はい、約束します。小世さん。とにかく今日はもう、休んでください』

そう言うと、小世は心からほっとしたように微笑み、孝夫の目を見て言った。

『ありがとう……これから、孝夫さんに、いいことがたくさんありますように……』

——そんな、お別れみたいなことを言わないでください。

言いかけた言葉を孝夫は呑み込む。

『小世さん、お大事に。今度、もう少し詳しく話しましょう』

疲れ果てた顔で頷く小世に別れを告げ、孝夫は病院をあとにした。

……結果的に、あの日が、小世との最後の会話になってしまった。

翌日、孝夫は海外出張に発った。

父の名代としての出張で、要人との面談予定が多く、どうしても行かねばならなかったからだ。

だが、ヨーロッパ各国の支社を歴訪(れきほう)している途中『小世の意識が混濁(こんだく)している』と連絡が来た。

かなり難しい容態のようなの、と、電話を寄越(よこ)した母は動揺していた。

孝夫の脳裏に、小世の最後の笑顔がよぎる。覚悟は決めていたものの、孝夫は動揺した。

――まだ早いでしょう？　貴女は俺と同い年だ。こんなのは間違っている。どうか目を覚ましてください……それで……それから……俺は責めないから、本当に貴女が愛した人と……

それ以上は、なにも考えられなかった。

出張を可能な限り早く切り上げ、日本に戻った頃には、もう彼女は昏睡状態だった。

見舞いに付いてきた弟の幸太が、変わり果てた小世の姿に泣き出し、足早に病室を出ていった。

――ああ、そうか。もう、駄目なんだ……

全身から、吸い取られるように力が抜けていったことを今でも覚えている。

枕辺にいたゆり子が、赤く腫れた目で、孝夫に一通の封筒を差し出してきた。

『これ、小世ちゃんが書いたお手紙です……斎川さんに、って……』

泣いているゆり子から渡された封筒には、手紙と、懐紙に丁寧にくるまれたルビーの婚約指輪、そして、折りたたんでのり付けされた厚紙のカードが入っていた。

『斎川の皆様。私、樺木小世は、孝夫さんとの婚約を破棄させて頂きます。私の病気治療に多大なるご支援を賜り、本当にありがとうございました。斎川の皆様のこれまでのご厚情に、深く感謝申し上げます。孝夫さんのこれからの幸せを心より祈っております。ごきげんよう。樺木小世』

震えていても、教養の深さを示すような美しい筆致だった。

最後の一つは、開かない二つ折りのカードだ。ゆり子は小世から『中を見ず、のり付けして閉じて』と頼まれたらしい。

カードの表にはこう書いてあった。

『閲覧は孝夫様に限ります。父母がどうしようもないご迷惑を掛けたら、中を見てください。もしなにもなければ、父母のためにもこの紙はお捨ておきください』と書かれている。

なにが書いてあるのか想像も付かない。透かしても中に書いてある文字は見えなかった。

――よほどのことがない限りは、引き出しの奥底に入れたままにするのがいいんだろう。

最後の手紙を受けとった日のことを思い出しながら、孝夫はもう一度、鯨幕で覆われた樺木家の様子をうかがう。

葬儀が行われている当日だというのに、散らかったままの室内に、葬儀業者はなんとも言えない顔をしていた。弔問客にも、一部おかしな雰囲気の者がいる。まともな客は彼らを避けていた。

――小世さんの言うとおり、ゆり子さんを……ここには置いておけませんよね。

樺木家の雰囲気は、孝夫が予想していたよりはるかに異様だった。

夫人がおかしな人間とつるみ始め、さらに借金を抱えたというのは本当のことなのだろう。

入り婿だという小世の父はただぼうっとしているだけだ。

妻が葬儀の席とも思えない高笑いを上げながら、怪しげな風体の男達と馴れ馴れしくじゃれ合っていても、目を向けようともしない。

――まずいな、これは。

ただゆり子を、樺木家から連れ出し、新しい家に住まわせ資金を援助するだけでは駄目だ。怪しげな男達が、真っ先にゆり子の居場所を探し出すに違いない。

――……なんとかゆり子さんと二人で話し合える場が設けられればいいんだが。

だが『ゆり子と話せる場が欲しい』という願いは、とある呆れた申し出によって、あっさり実現したのだった。


小世の葬儀から半月ほど経った、土曜の夕方。

孝夫は友人からの食事の誘いを断り、居間でぼんやりと本を読んでいた。

心は通わずとも、小世は婚約者だった。回復してほしいと願い、手を差し伸べ続けた相手だ。

その彼女が亡くなって、心にぽっかり穴があいたような気がする。

ゆり子とは連絡が取れないままだ。樺木家に電話をかけても『お客様の都合により通話ができない状態です』と音声が流れるばかりだ。初めて聞いた。あれはどういう状態なのだろう。

――仕方ない、明日、線香を上げさせてくれと無理矢理樺木さんの家に行くか。だが、一度ゆり子さんと接触したら、余計に樺木夫人を警戒させかねないな。

必死で方策を巡らす孝夫の耳に、居間の扉が開く音が聞こえた。

「ただいま。幸太はどうした？　今日も塾に行っているんだったか？」

居間に入ってきた父が、向かいの席に腰を下ろす。

「お帰りなさい、幸太は部活のあと、英語の塾に行きました。補講が山のようにあるそうで」

「幸太もお前と同じくらい勉強して、いい成績を収めてくれるといいんだがなぁ……」

そう言って、父はネクタイを緩め、大きく息を吐いた。しばらく沈黙が続く。

いぶかしげな顔になった孝夫に、父が言いにくそうに切り出した。

「実は、樺木さんに、ゆり子さんを小世さんの代わりにどうだろうかと打診されているんだ。娘がこんなことになったのに、非常識なお話をしているのは重々承知だと、そう言われてな」

父の言葉に、孝夫は、愕然とした。

かすかに青ざめた孝夫に、父が忌々しげに告げる。

「まだ、うちと縁戚関係となることを諦めたくないそうだ。ゆり子さんは、樺木のご当主の姪。妹さんの娘さんで、血筋には……少なくとも母方の血筋には問題はないはずだと言っている」

あまり感情を露わにしない父の本当に嫌そうな顔が、本音をありありと表していた。

娘の件であれだけ譲歩してやった上、息子も私財でかなりの額を支援した。その上、さらに恩知らずな要求をしてくるのか。そう思っているのだろう。

「断ると、また千本町の売却が伸びる、あるいは他社に持ち込まれてしまう……ということですね」

父は薄く笑って、孝夫を強い眼差しで見据えた。

「これ以上、千本町の買収を先延ばしにしたら余計なコストがかさむ。樺木さんの話を呑んで、縁談を受けよう。お前もそれでいいな？　なに、時期を見て離婚すればいい。土地を買ったあとは、樺木家との付き合いになどなんのメリットもないからな」

冷酷な言葉に、孝夫は思わず眉間に皺を寄せた。

「ですが、それはあまりに、誠意がない対応なのでは……ゆり子さんの人生まで、滅茶苦茶に……」

「もうこれ以上、新市街の建設計画も先延ばしにできないだろう？」

そんな馬鹿な話があるか、と言いたかったが、ぐっと堪えた。

ここで見合いの話を台無しにしては、ゆり子と話すチャンスさえなくなるからだ。

――小世さんの父上にしては強引な申し出だな。そもそも小世さんとの縁談も、自分の入れ知恵だと小世さん本人が言っていたのに。

不審に思った刹那、孝夫の脳裏に、ある考えが閃いた。

――もしかして……この縁談は……小世さんが死に際に、お父上に吹き込んだのだろうか？

小世の必死さを思い出すにつれ、おそらくそうだ、という確信が強くなる。

――もしそうなら……貴女はそんなにもゆり子さんを……

孝夫はため息を吐く。

小世は、ゆり子の笑顔を守りたかったのだ。親の手でおかしな男に売られて、手遅れになる前に。

だから、無茶な話と知りつつ、あえて父親にこの話を持ちかけたのかもしれない。

孝夫はため息を吐く。同時に、道具のように扱われるゆり子がひどく気の毒で、心が沈んだ。

◆

樺木家の二階にある使用人部屋で、ゆり子はカレンダーに目をやった。

昭和五十一年、八月十日。

小世がいなくなって四ヶ月が経った。大学の卒業式のあと、しばらくして小世を見送って、ゆり子の中にはもうなにもない。台所に行くにも涙が噴き出して、駄目だ。

——小世ちゃん、寝ぼすけのくせに、毎朝手伝いに来てくれたものね。

ゆりちゃんおはよう、とのんびりした声が聞こえ、台所の引き戸が開いて、小世が姿を見せる。

あの光景は、もう永遠に見られないのだ。ゆり子は、涙を拭った。

その腕が痣だらけなことに気付き、ため息を吐く。

寝ている間に動き回ったせいでぶつかったのだろう。

ゆり子は辛いことが重なると、寝ている間に歩き回ってしまう。初めて夢遊病のようになったのは高校の頃……伯母の当たりがきつくなった頃だろうか。

昔は小世が気付いて布団に連れ戻してくれたが、今のゆり子は眠っている間、なにをどうしているやら。

先週など、廊下で目覚めたこともある。

そんな場所で眠りこけていられたのは、もうちっとも寒くないからだ。

——四ヶ月も経ったんだ。いつの間に夏になったの？　私……なにしてたのかな……

机の上に投げ出されたメモには、乏しい全財産の内訳が書かれている。

毎日びっしり書いていたメモも、小世を見送ってからはほとんどなにも書いていない。

心がすっからかんなのだ。知りたいことも覚えておきたいこともなにもない。だから、必要最低限のお金のことしか書けない。

——そろそろ、なにかパートに出ないと……電話、また止められちゃうな……

ゆり子は沈んだため息を吐き、メモ帳のページを繰り戻した。

小世が生きていた頃のことが、走り書きの数字や単語で、生々しく蘇る。

亡くなる前日のページには『今日も眠ったまま。田中先生が休憩時間、食事も摂らずに小世ちゃんに付き添ってくださった』と書いてあった。

——勇気を出して……田中先生の写真を撮らせて頂いて良かった。

通夜の前日、突然訪れてきて『写真を撮らせてください』と頼み込んだゆり子に、やつれきった田中は、どうしたの、といつも通りの声で尋ねた。

内面にどれほどの葛藤があっても、小世は彼の『患者』だった。

小世がゆり子にすら打ち明けなかったのは、田中の将来を守るため。

彼が責められることがないようにするため、必死に関係を隠していたのだ。でも……

『先生の写真を小世ちゃんの棺に入れたいんです、お願いします』

涙をぼろぼろ零しながら頼むと、田中は絶句したあと、言葉少なに頷いてくれた。

『そうですか……ありがとう』

ゆり子は小世のカメラで、無理に笑っている田中の写真を何枚も撮った。一番うまく撮れたものを小世にあげよう。必死にカメラを構えて撮影する間、田中はゆり子に言った。

『樺木さんが、お通夜で寝ずの番をするんですか』

『……っ、はい……』

あの家に、他にそんなことをしてくれる人はいない。

伯父は心痛から逃れるためか、朝から酒を飲み続けている。ここ一年で別人のように老け込んでしまった。あの様子では夜中まで起きていられないだろう。

伯母は相変わらず風体の良くない男達とべったりだ。あの人にはなにも期待しない。

――小世ちゃん、私が最後まで一緒にいるからね！

しゃくり上げながらカメラを下ろすと、田中は疲れ果てた、優しい声で言った。

『僕は、今日明日が峠の担当患者さんがいて、長時間病院を離れられない。どうしても寝ずの番の時間に伺えないんです。だから僕の代わりにお願いしたいことがあります』

『なにを……ですか……』

『小世さんに伝言を。僕は君のあとは追わない、その代わり、君と同じ病気の人を千人治してみせるって。それをやり遂げたら、僕を迎えに来てほしいと伝えてください』

田中の声は、回診のときと同じ、優しい声だった。

彼は医者だから、明確に、小世がどうなるか予測して、ずっと早くから覚悟も決めていたのだろう。

田中はゆり子に背を向け、涙を隠すように、腕に顔を押し付けた。

『僕は本気で、彼女が好きでした。病が治ったら連れて逃げようと思っていました。……どうかしていますよね。医者の考えることじゃない……』

田中の言葉は、そこで途切れた。もう、なにも話せることはないと、震える痩せた肩が語っていた。

ゆり子は急いでメモ帳を取り出し、彼の言葉を一言一句違わず書き留める。

がたがたの字で彼の言葉を控え、メモ帳をポケットに押し込んで、ゆり子ははっきりと田中に告げた。

『はい、先生の言葉は、小世ちゃんだけに伝えます……絶対に……小世ちゃんだけに言います！』

ゆり子は歯を食いしばり、部屋を飛び出した。

写真は特急料金で現像してもらい、お通夜に間に合わせることができた。

葬儀屋は小世を見て、『本当に美しい方ですね』と言ってくれ、生前のように化粧してくれた。

嬉しかった。自慢の『姉』だから。世界で一番綺麗な『姉』だったから……

小世の好きだった白のマーガレットも、葬儀屋が用意してくれた分だけでなく、自分のへそくりをかき集めて、たくさんの花屋を回って山のように買い込み、棺に敷き詰めた。

寝ずの番の夜には、懐にしっかりと田中の写真を抱かせ、何度も彼の言葉を聞かせることも叶った。

メモ帳で彼の伝言を改めて清書し、それも小世の懐に収めて、冷え切った手を何度も撫でた。

『先生は明日のお葬式にはちゃんと来てくれるからね、大丈夫だよ、小世ちゃん……』

小世は、喜んでくれただろう。けれど、一つだけ後ろめたいままのことがある。

通夜と葬儀に来てくれた孝夫の顔を、まともに見られなかったことだ。

ゆり子を心配して、何度も『寝ずの番を交替します。少し休んできてください』と部屋の外から声を掛けてくれたのに。

小世の胸に抱かせた写真が見つかったら困ると思って、素っ気ない返事しかできなかった。

――ごめんなさい……斎川さん……

葬儀の席で悲しんでくれたのは、孝夫と、彼の母と弟、それから幼い頃の小世を知っている、元家政婦達、最後の挨拶を言いに来てくれた病院の関係者だった。

――小世ちゃん……見守っていてね。私、頑張る、大丈夫だから。

伯父は、娘の死で折れてしまったのだろう。家に、伯母のとりまきの男達が上がり込むようになってもなにも言わなくなった。

家にもいない。公園かどこかで、一日ぼんやり過ごしているのだろうか。

お金を使い果たし、借金を重ねた伯母は、買い込んだ着物と宝石を処分する気はないらしい。

その代わり、別のもの……つまりゆり子を処分して、新たに大金を得ようと思いついたようだ。

『あれだけ綺麗ならうちの親分も満足する』

『小柄で従順そうな美人だな。あれなら高値を出す社長さんがいるぞ』

ゆり子は、伯母が連れてくる男達が大嫌いだった。

頻繁にゆり子を値踏みする言葉が聞こえて来て、恐怖でどうにかなりそうだ。伯母は彼らに『姪が一番高く売れる相手を探してください』と甲高い声で愛想を振りまいている。

葬儀で頂いた香典も、全部伯母がこっそり抜き取っていった。もちろん気付いて取り返そうとしたけれど、手に負えないくらい暴れられ、諦めた。

――私、この家に、身体の中から食い尽くされていくような気がする。駄目、呆けていないで、なんとかしなくちゃ……

歯を食いしばったとき、廊下の電話が鳴った。料金滞納で、しばらく電話が不通になっていたので、小世亡きあとの重要な事務連絡が滞っている。お役所や病院の会計課からの電話かもしれない。

ゆり子は慌てて部屋を飛び出し、受話器を取る。

「はい、樺木でございます」

『ああ、ゆり子か』

ゆり子は反射的に眉をひそめた。酒を呑みに出掛けていた伯父からの電話だからだ。

『斎川さんが、小世の代わりにお前と見合いをしてくださるそうだ』

伯父の言葉にゆり子は強く眉根を寄せた。

「冗談……ですよね？」

ただ、その言葉しか浮かばなかった。伯父はとうとう壊れてしまったのだろうか。

『冗談のはずがあるか。そうだ、小世の振り袖があったよな、あれを着ればいい。とにかく詳細は帰ったら説明するから！　ああ、良かった、良かった……』

電話は一方的に切れた。ゆり子は脱力したまま、無言で受話器を下ろす。

伯父が言う『小世の振り袖』とは、斎川家の厚意で、小世のために仕立ててもらった朱色の西陣の振り袖のことだ。

『ゆりちゃん、私、この色好きだわ、泳ぎ回っている金魚の気分になれてよ』

朱色の振り袖を纏ってひらりと回った小世は、愛らしくて、美しかった。

あのとき、小世の身体に巣くっていた病魔に気付ければ、運命は変わっていたのだろうか。

小世は田中に出会うこともなく、今頃は、優しく誠実な孝夫の妻になって、夫婦でゆり子に助けの手を差し伸べてくれたのだろうか……

狂ってしまった歯車を元に戻せたら、どんなにいいだろう。

自分に『小世が病気にならない世界』に行ける魔法が使えたら……

そう思い、ゆり子はぎゅっと唇を噛みしめた。


九月の早朝。

お見合いの話が来てからほぼ一ヶ月後、孝夫との顔合わせの日がようやくやってきた。

——あちらは、乗り気ではないのね……そうでなければ、こんなに待たされないし。きっとなんとか断って、千本町の買収案件だけまとめようと試行錯誤していらしたんだわ。

ゆり子は、広間で振り袖の着付けを終え、鏡をぼんやりと見つめていた。

「綺麗じゃないの！　これなら斎川さんも見直してくださるわ！」

伯母の顔には悲しみの欠片も見当たらない。ゆり子は小世がいなくて毎夜うなされるくらいに悲しいのに……。いたたまれなくて、ゆり子は目をそらす。

柱の落書きが目に入った。数字と横向きに刻まれた線で構成されている。

小世が八歳の頃に書き込んだものだ。

『近所の河が氾濫したらここまで水が来るのよ。身長百八十以上ないと、地面に立っていたら沈んでしまうわ。家の中にいても、百三十センチ以上ないと駄目。うぅん……口が水面より上に出るようにって考えると、百五十センチはないと一階では溺れてしまうわ。私達、早く背が高くなりましょうね』

小学校に上がって間もない小世は、幼いゆり子に真剣にそう教えてくれた。

『大雨が一晩に三百ミリ以上降ったら氾濫して危ないのですって。どう、ゆりちゃん、覚えて？』

『三百ミリふると、あぶないの？　わかったよ』

『ええ、大雨のときは、天気予報をラジオでしっかり聞かなければいけないわ。三百ミリと言われたら、お手伝いさん達と皆で二階へ逃げるのよ？　寝ていても起こさなくては駄目。いいこと？』

そう言って小世は、柱の傷の下に『水位はここまで来る』と書き込んだ。

六歳だったゆり子はその日、海抜という単位を覚えたのだ。小世に教えてもらって、海抜が低い場所は洪水に見舞われやすく、危険なのだと知った。

数字が大好きなゆり子は手を叩いて喜び、もっといろんな数字を教えてと小世にせがんだ。

樺木家のお屋敷は百平米あるが、千本町にある旧侯爵邸は、その何十倍の広さだとか。

小世は百三十センチあり、八歳児にしてはやや背が高い……とか、百センチのゆり子は、六歳児の中ではややおちびさんだとか、たくさん教えてくれた。

メモをたくさん取るようになったのも、あの頃からだ。

確かテレビで、インタビュアーがなんでも書いているのを見て、憧れて……真似して小世が教えてくれることを書いているうちに、今では癖になった。

『へいきん！　へいきんってすごいね、さよちゃん！』

はしゃいだゆり子は、小世が彫った『水位はここまで来る』という柱の脇に立った。お陰でどうやら、ゆり子の頭の上まで水が来るらしいとわかった。

『さよちゃん、ゆりこ、しずんじゃうよ』

『大丈夫。ゆりちゃんのことは、私が抱えて逃げるから』

そう言って、小世はニコッと微笑んでくれた……

――楽しかったな、毎日毎日。私、小世ちゃんが、本当に大好きで。

ゆり子の顔に久々に浮かんだ笑みは、伯母の声で跡形もなく消えた。

「このお着物、一千万近くするものなのよ、私も若い頃、嫁いできてすぐの頃は、こういうお品をたくさん誂えたわ」

伯母は、粘つく視線でゆり子の纏う振り袖を見つめている。もしかして、伯母の歳では身に纏うべきではないこの振り袖にすら物欲を覚えているのだろうか……

辛辣な小世は生前『お母様は頭の病でしょう』と言っていた。

綺麗に着付けをしてくれた美容師の手前、なんとか笑みを浮かべているものの、伯母の視線が憂鬱だ。ゆり子は己が纏った朱色の振り袖を見下ろした。

――小世ちゃんが言うとおり。金魚が泳ぎ回っているみたいにキラキラしているわ……

ゆり子は、改めて鏡を覗(のぞ)き込んだ。

絶世の美女だった小世には遠く及ばない、ちんまりした姿が映し出される……はずだったが、予想外に朱色の振り袖(そで)はゆり子に似合っていた。肩まで伸びた髪に付け毛を足し、品良く巻いて結ってもらえたので、ずいぶんと大人っぽく見える。

「今のゆり子なら斎川さんも満足なさるわ」

ゆり子の肩を強く掴んで、伯母が言った。

化粧臭さにかすかに眉をひそめると、伯母がますますゆり子に顔を近づけた。

「教えたわよね。なにがなんでも、斎川さんに気に入られるようにするのよ。式を挙げたら一日も早く男の子を産むの。その子を盾に、絶対に妻の座を手放さないようになさい。斎川さんの奥さんという立場になにがなんでもしがみつくのよ、わかった？」

確かに何度も言われた。そのたびに『嫌です』と答えたはずだ。

ゆり子は怒鳴(どな)りたいのを堪(こら)え、必死に冷静さを保って伯母に告げた。

「嫌です、斎川さんに、これ以上ご迷惑をおかけするわけにはいきません」

「うちは斎川家と同じ地位に立ち続けるの。小世が果たせなかった務めを果たして頂戴(ちょうだい)」

この人達にはなにを言っても駄目だ。ゆり子は諦(あきら)めて、伯母から目をそらした。

「タクシーが来たぞ」

伯父の虚(うつ)ろな声が響く。

――斎川さんの奥さんの座に……しがみつけ、か。

もうため息も出ない。ゆり子は伯母に引きずられ、タクシーの後部座席に押し込まれた。

「絶対に愛想よくして頂戴(ちょうだい)ね、今日のお席を設(もう)けて頂けたのも向こうのご厚意なんだから」

――そうね、斎川さんには失礼がないようにしなければ。

三十分ほどでタクシーは目的地に着く。降車と同時に、強い日差しにふらついた。

伯父と伯母に連れて行かれたのは、都内の高級ホテルだった。

巨大な庭園があり、お見合いにもよく使われる場所だと聞く。初めて訪れた。

『樺木様、お席にご案内させて頂きます』

ボーイが深々と頭を下げ、先導して歩き出す。

廊下は至る所に鏡が設(しつら)えてあり、自分の姿がよく見えた。

元からちびで痩せていたが、今は更にぎゅっと絞られてしまった。明るく華やかな場で見る自分の姿は顔色も真っ白で、幽霊のようだ。

ため息を吐いたとき、レストランに案内してくれた係員が『こちらでございます』と、ひときわ豪華な一室を指し示した。

すでに、斎川夫妻と孝夫、そして孝夫の弟、幸太が着座していた。孝夫にも幸太にも久しぶりに会う気がする、と人ごとのように考えたとき、そこにいた全員が、はっとしたようにゆり子を見つめた。

――どうしたの……着物姿、なにか変？

「あ、ゆり子さん！　綺麗な服着るとやっぱりすごい美人だね！」

幸太が大きな声を上げ、笑顔でゆり子を指さす。

彼は小世の見舞いに来るたび、明るく振る舞ってくれ、深刻な空気を忘れさせてくれた。ゆり子にまで、お小遣いでプリンを買ってきてくれたことを思い出す。

葬儀のときも、力尽きそうなゆり子に何度も声を掛けてくれた。

孝夫の弟だけあって、優しい子なのだ。

幸太の明るさに、ゆり子の強ばった顔が、ほんのわずかに緩む。

孝夫の母は、不躾な大声を出した幸太の頭をぺしっと叩き、よそ行きの笑みを浮かべた。

「失礼しました。樺木様、今日はわざわざありがとうございます」

伯父夫妻が床に膝を突き、頭を下げた。

ゆり子も着物姿のまま、伯父夫婦に続いて深々と頭を下げた。

――私、明らかに歓迎されていない。どんなに愛想よくされてもわかるわ。

ずっと伯父と伯母の機嫌をうかがい、不安な気持ちで生きてきたゆり子は、周囲の気配に敏感だ。

――本音のところは『身代わりの嫁なんて要らない』と考えておいでなのでしょうね。もちろん伯父様は、縁談を断られたら、千本町の土地を売らないとごねるのでしょうけれど。

やはり、今日この場に来るのではなかった。ゆり子は唇だけで微笑み、視線を伏せた。

しばらく、お互いの様子をうかがうような談笑が続く。

孝夫の両親は、顔こそ笑ってはいるが、決して心からのものではないとわかる。

幸太は困ったように両親のほうを見ているし、孝夫は半眼で、ずっと卓上の一輪挿しを見つめていた。

――胃が痛くなるような空気だこと……

当たり前だ。伯父夫婦は花嫁をすげ替えてでも、樺木家と縁戚になってほしいという、筋の通らない話をごり押ししにやってきたのだから。

「今日は突然のことで……ゆり子さんには、ご無理を申し上げたのではないですか」

孝夫の母が、思い切ったように切り出した。

もちろん、ゆり子に対して『無理矢理連れてこられたのでしょう？』と尋ねているのだ。

――なんと答えたものかしら。そのとおり、とでも……？

曖昧に笑って誤魔化すと、伯母がゆり子には発言させない、とばかりに強い口調で言う。

「ゆり子はなにも文句を言いません。家事も力仕事でもなんでもやりますし、孝夫さんの言うこともよく聞くと思いますよ」

犬の躾を自慢するような口調だった。斎川夫妻が当惑したのがはっきりと伝わってくる。

「え、ええ……小世さんと同様、ゆり子さんも本当にお綺麗で。樺木様と申せば、美貌のお嬢様がお生まれになることで有名な血筋ですものね」

孝夫の母がそつなく話を合わせてくれた。

「小世は残念なことになりましたが、ゆり子がせめてその穴を埋めてくれれば」

伯父が人ごとのように言う。感情を感じさせない、台本を読んでいるような声だった。

「お寂しいですわよね……あんなにしっかりした、気立てのよいお嬢様が……私、小世さんのことが、今でも本当に悲しくて」

孝夫の母がそう呟き、ハンカチで目頭を拭った。本当に悲しんでくれていることが伝わる。

伯母は、孝夫の母の言葉に、わざとらしいほど悲しげに「ええ！」と答えた。

演技であることがありありと見て取れて、いたたまれない。

伯父と伯母の態度を横目で見ながら、ゆり子は悟られないようにため息を吐いた。

そのとき扉が開いて、料理が運ばれてくる。どんよりした空気が、仲居の明るい声で吹き払われた。

「お待たせいたしました」

気まずい空気を振り払うように、孝夫の父が明るい声を上げる。

「じゃあ、早速いただきましょうか」

美しい器には、鮑の和え物と、こんがり焼いた一口サイズの鰻が盛り付けられている。

こんな高価な食材を使った食事ができるのも、きっと最初で最後だ。

次々に運ばれてくるお膳を残さないようにと必死で口に押し込んでいたゆり子は、孝夫がほとんど喋っていないことに気付く。

——お疲れなのかしら？

顔を上げたゆり子は、真っ直ぐ自分を見ている孝夫の眼差しに気付き、はっとなる。

彼はどうして、こんなに真剣にゆり子を見つめているのだろう。なにかを探られているかのように感じた刹那(せつな)、脳裏に、小世の懐に田中の写真を収めたときのことが、はっきりと蘇(よみがえ)った。

うしろめたさに、ゆり子は思わず目をそらす。

「お話しするのは久しぶりですね、ゆり子さんもずいぶん雰囲気が変わられた」

孝夫の言葉に、ゆり子はぎくしゃくと頷く。

今日の孝夫は、凛(りん)とした礼服姿だった。髪形も普段よりきっちり整え、初秋なのに三つ揃いのスーツを着込んださまは、映画のスクリーンから抜け出してきた貴公子のようだった。

孝夫の素晴らしい伊達男ぶりを意識した瞬間、どっと汗が出た。

この身も心も美しい完璧な男を、ゆり子は裏切ったのだ……

ゆり子のぎこちない様子に気付いたのか、孝夫の母が穏やかに言う。

「孝夫、ゆり子さんと二人でお散歩してきたら？　こちら、素敵なお庭があるでしょう」

「そうします」

孝夫はそう言って、優雅な仕草で立ち上がった。

「失礼、外は暑いから上着は置いていきますね」

ジャケットを脱ぎ、ベスト姿になると、引き締まった身体の線が際だつ。異性に興味のないゆり子の視線ですら、一瞬惹きつけられるほどの美しさだった。

我に返ったゆり子は、慌てて立ち上がろうとして、痺(しび)れた脚でよろけてしまう。

伯母が顔をしかめたのと、孝夫が優しく手を貸してくれたのは同時だった。

「ゆり子さん、大丈夫ですか」

近くで見ると、改めて、孝夫の息が止まりそうなほどの美貌に気付く。

「では、行きましょう」

ゆり子の顔が熱くなる。男性と手を繋いだことがないからだ。だが孝夫は手を放さず、優雅な足取りで廊下を歩き出した。

下足番に履き物を出してもらい、料亭の外に出ると、硝子張りの長い廊下が続いている。窓の外は緑で埋め尽くされた大庭園だ。

「こちらには、ずいぶん広い庭があって、神社もあるんですよ。見に行きましょうか」

ゆり子は無言で頷いた。

孝夫に優雅にエスコートされたまま庭に出て、石畳の道をゆっくりと歩いた。心臓はドキドキと音を立て続けている。

空は鮮やかで、庭の緑も夏の名残りか力強く色濃い。ゆり子がただ泣いている間に、世界はこんなにも鮮やかに様変わりしていたのだと、今更ながらに気付かされる思いだ。

「ほら、あちらに」

孝夫が指さした小高い丘のなかばに、石の鳥居が見える。階段は、鳥居の奥へと続いていた。

鳥居の下まで歩いて行き、ゆり子はあたりを見回す。

「……なんの神様が祀(まつ)られているのでしょう」

「縁結びの神様……みたいですね」

立て札を一瞥(いちべつ)した孝夫が、表情を変えずに答えた。ゆり子はわずかに好奇心を覚えて、ぐねぐねと草書体で書かれた、日焼けした文字に目をやる。

――縁結び……そうか、そう書いてあるのね。

ゆり子は孝夫がくれた小銭を賽銭箱に入れて、二礼二拍手して手を合わせた。

祈ることは、小世の冥福しかない。

――小世ちゃん、私は今も小世ちゃんが大好きよ。先生も小世ちゃんだけを愛してくださるわ。安らかな気持ちで、そちらで待っていてね……。

無心に祈っていたゆり子ははっと我に返った。ずいぶん長い時間、孝夫を待たせてしまったからだ。

孝夫は少し離れた場所で静かにゆり子を待っていた。

「すみません、お待たせして」

ゆり子の謝罪に孝夫が淡く笑う。

初秋の日差しに照らされた彼の顔は、どんな映画俳優よりも整って見える。ゆり子は場所柄も忘れて一瞬見とれてしまった。

「あ……あの……」

なにを話せばいいのだろう。ゆり子はどぎまぎして、慌てて口を開いた。

「斎川さん。突然ですが……伺ってもいいですか？」

「なにをですか？」

真剣なゆり子の顔に驚いたように、孝夫が問い返してくる。

「伯父様達はそのうち、斎川グループに切り捨てられるのですよね。違いますか？」

孝夫が驚いたように目を見開く。

「いきなり……ですね」

困惑したように微笑み、孝夫は優雅な口調で尋ねてきた。

「ゆり子さんは、どうしてそう思われたのですか？」

「だって、伯父達は、斎川さんに一方的に求めているだけです。小世ちゃんのことだって、私と孝夫さんに丸投げでした。あんな人達と付き合って、孝夫さん達に益がありますか？　千本町の土地さえ買収できたら、適当に遠ざけようと考えていらっしゃるのではありませんか。そう思っていなければ、むしろ変だと思うんです」

俯き気味のゆり子の耳に、孝夫の低い声が届いた。

「それをわかっていて、貴女はこの見合いの席に来たのですか？」

孝夫らしい、誤魔化しのないはっきりとした答えだった。少し安心して、ゆり子は頷いた。

「ええ、正式に自分の口でお断りしようと思ったので。それから、お礼が言いたくて。本当にお世話になりました。孝夫さんがいらっしゃらなかったら、小世ちゃんは、もっと苦しんで……」

最後まで言い終える前に、涙が溢れてきた。言葉にならない。最後まできちんと治療を受けさせてあげられてよかった……でも本当は、生きていてほしかったからだ。

すぐ側に佇んでいた孝夫が、遠慮がちにゆり子の肩に手を置いた。

「使ってください」

差し出されたのはきっちりとアイロンの当てられた青いハンカチだった。

ゆり子は躊躇(ためら)った末、遠慮がちにそれを受け取る。

「田中先生から、先日お手紙を頂きました」

借りたハンカチで涙を拭(ぬぐ)っていたゆり子は、突然孝夫の口から出た名前に全身を強ばらせた。

——田中……先生……から……？

どくん、と心臓が嫌な音を立てる。血の気が引き、足元がふらつきそうになった。

「あ……せ、先生が……どうしてかしら……」

嘘の下手なゆり子は、ぎこちなくとぼけて見せた。

じっとりとした熱い空気が焦りと相まって、嫌な汗を滲(にじ)ませる。

「アメリカに行かれるそうです。最先端の医療を学ぶ機会があるからと」

——どうして、孝夫さんにそんな手紙を……？　私のところには、なにも……私のところに送ってくださったら、小世ちゃんの墓前に伝えたのに……

ゆり子は無意識に、孝夫のハンカチをぎゅっと握った。

「それと、俺に対しては、二人で過ごせる時間をくださってありがとうと、書いてありました」

孝夫の淡々(たんたん)とした声に、今度こそ、ゆり子は腰を抜かしそうになった。

「どうしました？」

孝夫が慌てて、ふらついたゆり子を抱き留めてくれた。

様子をうかがう孝夫の表情は真剣で、ゆり子を責めるような様子は見受けられない。

「ど、どうして、先生……そんなお手紙を……斎川さんに……」

冷や汗まみれで尋ねたゆり子に、孝夫が問い返してきた。

「ゆり子さんは、小世さんが田中先生と将来を誓い合っていらしたことをご存じでしたか？」

ますます血の気が引き、あらゆるものが遠くに見える。

もう誤魔化せない。ゆり子は震えながら目を瞑り、小さく頷いた。

「そうですか。その話は、小世さんから聞いたのですか？」

ゆり子は無言で首を振り、情けなく震える声で答えた。

「面会時間外に、偶然二人の会話を聞いてしまって。小世ちゃんは、私には内緒にしていました。

私も……小世ちゃんに、聞いたりしませんでした……」

正直に答え、ゆり子は、体勢を立て直して、孝夫の腕から離れた。

「他には？　ゆり子さんは、二人をただ静かに見守っていただけなのでしょうか？」

孝夫の問いに、ゆり子は強く拳を握る。

——正直に言わなければ。私は斎川さんを騙したのだから。

ゆり子は、勇気を振り絞って口を開いた。

「いいえ。小世ちゃんが亡くなった日、私は、田中先生のところを尋ねて、写真を撮らせてもらいました。そしてお通夜の寝ずの番のときに、小世ちゃんの懐に……先生の写真を、隠しました……」

強い後悔と、あの夜の悲しさが込み上げてくる。

「誰にも見つからずに天国に持って行ってほしいと思って、小世ちゃんの胸に、抱かせて……先生からの伝言も、小世ちゃんに、何回も、聞かせ……て……」

言い終えたと同時に、どっと涙が溢れ出した。

小世のためにはあれが最善だった。けれど、孝夫に対しては、とても失礼な行為だったから。

「ごめん……なさい……斎川さん……ごめんなさい……」

ゆり子は顔を覆い、必死に嗚咽を止めようとした。

「私、小世ちゃんに、先生の言葉も思い出も、全部、持たせてあげたかったんです」

「いいんです、泣かないでください。俺は怒っていないから」

そう言って孝夫が、強引にゆり子の手を顔から外させた。涙でグチャグチャの顔をさらしたゆり子は、呆然と孝夫の顔を見上げる。

「ありがとうございました、ゆり子さん」

——私にお礼を……？　どうして……？

「まさか、俺に謝ってくれるなんて思わなかった。優しい人ですね、ゆり子さんは」

そう言った孝夫は、かすかに微笑んでいた。

「俺は、小世さんが田中先生と想い合っていることを、去年の末くらいから知っていました。田中先生も、俺が気付いていたことをご存じでしょう」

信じられない言葉が、孝夫の口から発せられる。

ゆり子は唇を開いたまま、なにも言えずに立ち尽くした。

「貴女に話せば良かったですね。貴女を困らせてはと思って、一人で胸に納めていたのが良くなかった」

孝夫はなにを言っているのだろう。

彼は知っていて、小世の裏切りを許していたのだろうか。

「俺は、先が長くないと言われた小世さんに、深く同情していました。だから、二人が逢い引きするのを見逃したんです……惚れていたら、小世さんを傷つけてでも、割り込んで止めていた」

自嘲するように言って、孝夫はかすかに肩をすくめる。

「……そういうことです。だから、泣かないで、貴女はなにも悪くない。とても辛い思いをさせていたのに、気付けなくて申し訳なかった」

ふたたびゆり子の目から、滂沱の涙が溢れた。

目の前が歪んで、すぐ側の孝夫の顔もよくわからないほどだ。ゆり子の肩をそっと抱き寄せ、孝夫が静かな声で言った。

「小世さんのことでは、貴女が一番辛い思いをしたと思います。小世さんを守ったのは、ゆり子さんです。毎日小世さんを介護して、彼女の気持ちを尊重しながら、最後まで看取って……偉そうに金を渡すだけで、貴女と苦しみを分かち合えなかったことを許してください」

ゆり子は、強く首を横に振った。

こんなことを言ってもらう資格はない。孝夫は優しすぎる。ゆり子は裏切り者なのに。

だが一方で、孝夫の優しい言葉が、たまらなく嬉しかった。一番聞きたい言葉だったからだ。

「私……小世ちゃんを……守れていましたか……？」

震え声で尋ねると、孝夫が目を瞠った。端整な顔には、強い驚きが浮かんでいる。

——おかしなことを聞いてしまったかしら……？

ゆり子は、戸惑いと共に孝夫を見上げる。

孝夫は我に返ったように表情を緩め、はっきりした声で答えてくれた。

「はい、誰よりも、貴女が小世さんを守っていました」

低い声も、強い眼差しも誠実さに満ちていて、ゆり子の心に真っ直ぐに届いた。

「少なくとも俺が証人です」

ありがとうございます、と言おうとしたのに、身体が震えるばかりで言葉にならない。

——斎川さん……私と小世ちゃんのこと、本当に見守っていてくださったんだ……

「彼女はとても助かったと思いますよ、身体が不自由になっていく中、妹同然の貴女にしか頼めないようなことも、たくさんあったでしょうから」

孝夫の言葉一つ一つが、心の中に甘露のように染み込んでいく。

彼はちゃんと、小世とゆり子のことを最後まで支えてくれたのだと改めて実感する。

今も客観的な言葉で『もっともっと、してあげられることがあったはず』という、ゆり子の後悔を和らげてくれた。

他人のゆり子にまで、こんなに真摯な言葉をくれるなんて思わなかった。

——私、小世ちゃんに辛い思いをさせるばかりでどうしようと思っていたの。だけど、斎川さんが言ってくださったように、私の手助けで、小世ちゃんが少しでも楽に過ごしてくれたなら、嬉しい。

ゆり子は嗚咽しながら頷いた。

子供のように泣きじゃくるゆり子の肩に手を置いたまま、孝夫はなにも言わず見守ってくれた。

どのくらい時間が経っただろう。

ゆり子はようやく涙を収め、腫れぼったい顔で孝夫の顔を見上げた。

肩の荷が一つ、下りた気がした。彼が掛けてくれた言葉のお陰で、嘘のように心が軽い。

やはり孝夫は、ゆり子の恩人だ。迷惑は掛けられないと改めて決意する。

「私……この縁談は正式にお断りします。なんとかしてあの家を出て、独り立ちしようと思います」

泣きすぎて嗄れた声で告げると、孝夫は静かに問うてきた。

「独り立ちとは、具体的にはどうなさるんですか？」

孝夫はゆり子の言葉が気になったらしく、追及してくる。

「樺木の家を出て、働きます」

曖昧なことしか言えないゆり子に、孝夫が問いを重ねた。

「どちらで？　大学の紹介で地方勤務でもなさるのですか？　失礼ですが、樺木さんご夫妻はなかなかゆり子さんに自由な行動をさせないと聞いていたので、気になって」

ゆり子はなんと答えたものかと、しばし口をつぐむ。

孝夫の言うとおり、仕事に就くにしても、伯母が徹底的に妨害するに決まっている。

伯母はゆり子を金を持った男に、若くて処女のうちに売るつもりなのだ。

そうすればまとまったお金が手に入るから……。ゆり子にはあの家を飛び出すか、残って餌食になるかの二択しかない。

「身元保証人の必要ない、寮付きの、給与現金支給のお店を、情報誌でいくつか見つけましたので」

ゆり子は無難に答えた。だが、孝夫の表情は見る見る険しくなっていく。

「どんな情報誌ですか？」

「よく、ポストに入っているお仕事情報誌です。探せば色々な仕事があって……」

形の良い眉をひそめたまま、孝夫は低い声で言った。

「そんな条件で仕事を探すべきではありません。……あまりにも求職者に都合のいい条件を並べ立てている場合は、注意なさったほうがいい」

――仰ることはよくわかるわ……だけど……

ゆり子はなにも言い返せず、俯いた。まともな仕事が簡単には見つからないことは、薄々わかっている。だが、いかがわしい仕事しか見つからなくても仕方ない。

あの家に残り、伯母の『お眼鏡』にかなう、『金持ち』に嫁がされるよりはましなはずだ。

四十も年上で、お金ならいくらでも払うから、とにかく二十歳ちょっとの初心な女がいい……なんて平気で言う、なんの仕事をしているかわからない大金持ちに連れ去られるなんて嫌だ。

なにが起きるか想像したくないし、多分、その男の妻としての生活には耐えられない。

「ゆり子さんにこんなことを聞かせるのは心苦しいですが……貴女の求める条件では、あまり楽な仕事はないと思います。口にしたくもありませんが、風俗業なんてもってのほかですよ」

予想通りの言葉が孝夫の口から発せられ、ゆり子は奥歯を噛みしめた。寮付きの仕事なんて風俗系を除けばパチンコ屋や肉体労働ばかりだ。いずれも女性なんてほとんどいないだろう。同じ危険な世界に行くなら、自分の意志で身体を売ったほうがましなのだ。

「俺と結婚しましょう」

歯を食いしばって考え込んでいたゆり子は、きょとんとした顔で瞬（まばた）きした。

「え……なんですか……？　ご冗談ですよね？」

「いいえ」

孝夫はきっぱりと首を横に振る。当惑したゆり子は、食ってかかるような口調で孝夫に言った。

「だって私は、貴方に嘘を吐いた人間です。それに伯父達の存在も、斎川家の足を引っ張るだけでしょう。これ以上斎川さんにご迷惑は掛けられません」

「その話はいったん忘れて、俺と結婚してほしいのです」

「わ、私は、自分の面倒は自分で見られます……っ！」

反論した瞬間、孝夫の手が伸び、ゆり子の痩せた手首をぐいと引き寄せた。

頬が触れるほど近くに、孝夫の身体が近づく。

爽（さわ）やかなコロンの香りが鼻先をくすぐった。孝夫がこんないい匂いを纏（まと）っているのを初めて知った。

きっとお見舞いにコロンを付けてくるのは控えていたのだろう。

いい匂いだと思っていたゆり子は、すぐに我に返る。

孝夫の胸に抱かれていることに、遅まきながら気付いたからだ。

ゆり子は孝夫のスーツの胸に手を突いて、悲鳴のような声を上げた。

「い、いや！　なになさるの？」

「非力ですね、子猫並みだ」

孝夫の声が、信じられないほどすぐ側で聞こえる。怖さと恥ずかしさに、膝が震え始めた。

「この程度で怯えている貴女には、風俗の仕事は無理ですね」

「放して！」

ゆり子は必死に腕を突っ張ったが、孝夫の逞しい身体はびくともしなかった。

彼の大きな手が帯の下、腰のあたりに回る。柔らかな絹越しに、男の硬い掌を感じた。

そんな場所に男性の手が触れたことなどない。ゆり子は更に腕に力を込め、孝夫に抗った。

「な、なになさって……嫌……駄目……っ……」

「ほら、やっぱり無理ですよ。こんなに怖がっているのに」

手はすぐに腰から離れたが、身体の自由は、いまだに奪われたままだ。

「俺と結婚しましょう。そのほうが、貴女の人生は救われるはずです」

「なぜ、突然そんなことを……やめてください、こんな真似をされるのも、結婚の話も両方嫌！」

「具体的にはなにが嫌ですか？　俺の側にいるのは、生理的に無理……ということかな」

「ち……違います……」

抗えない力で抱きしめられたまま、ゆり子は強く首を横に振る。

「私は、伯父様達が斎川さんのご実家に寄生することが嫌なんです！　別の条件で、土地の買収交渉をしてください、お願いします」

「千本町の買収案件はライバルが多いんです。この程度の条件なら呑みますよ。大丈夫です。あの二人を大人しくさせるくらいの金は出せますから」

孝夫らしくもない冷めた傲岸な口調に、ゆり子は言葉を失う。

目の前にいる彼はゆり子の知っている『優しい斎川さん』ではない。

遠くの世界、斎川グループの次期後継者なのだと強く実感させられる。

「駄目です。斎川さんは私なんかと結婚して、経歴を汚しちゃ駄目なんです、もう充分すぎるほど良くして頂きました。私のことは、忘れてください！」

「もう一つ言い忘れていた。小世さんに頼まれたことがあるんです」

ゆり子の必死の抗弁を、孝夫が遮った。

――小世ちゃんに……？

孝夫は腕を緩めて身体を離し、ゆり子の目を見据えた。眼差しに圧倒されて身動きすらできない。

口をつぐんだままのゆり子に、孝夫は真剣な声で告げた。

「『ゆりちゃんをあの家から連れ出して』と。本当はご自分でそうしたかったと仰っていました」

「う……うそ……」

思いも寄らぬ言葉に、ゆり子の目からふたたび大粒の涙が零れた。

「小世ちゃん……が……」

孝夫が身を屈め、呆然と涙を流すゆり子と目を合わせる。

「はい、そう頼まれました。……詳細な事情は彼女との約束で話せませんが、俺はその頼みを引き受けました。彼女の代わりに、俺がゆり子さんをあの家から連れ出します」

――小世ちゃん……そんなことをお願いしていたの……？

『ゆりちゃんのことはなんとかするから』とか細い声で呟いていた、生前の小世の声が蘇る。

まさか、孝夫に自分のことを頼んでから、天国に旅立っていたなんて……

――あんなに苦しい、辛いときまで、私のことを……。小世ちゃん……

呆然と涙するゆり子の手からハンカチを取り上げ、孝夫が顔を優しく拭いてくれた。

「俺と一緒になって、もっと世間を知ってから、独り立ちなさってはどうですか。小世さんとの約束通り、自分の力で巣立つ日まで、俺が貴女を守りますから」

ゆり子は涙を流したまま、孝夫の言葉を咀嚼した。

小世の言葉が胸に突き刺さって、意地を張り抜く気力も、もう出てこない。

風が吹いて、長い振り袖の袂がはためく。その感触は、まるで、見えない小世の手がゆり子の腕を必死に引き、孝夫の指先に掴まれと促しているかのように思えた。

「俺に嫁いできても、楽しいことばかりではないです。千本町の土地の買収権と引き換えに、来て頂くのですから……それでも、得体の知れない仕事に就くより、俺の側にいるほうがましな生活を送れます。俺のところで勉強して力を付けて、貴方の行きたい場所へ旅立ってください」

ゆり子はぎゅっと目を瞑った。

浮かぶのは小世の顔ばかりだ。伯母の暴力からゆり子を庇(かば)い、表情を殺していた顔。他人に見せていた上品で社交的な顔。ゆり子に見せていた、優しい優しい笑顔……

——ああ、小世ちゃん……

「俺との結婚の話を、受けて頂けますか？」

しばしの逡巡(しゅんじゅん)のあと、ゆり子は小さく頷いた。

——小世ちゃんが、あんなに辛い身体で、私のために考えてくれたことだもの……

目を伏せたゆり子に、孝夫が優しい声で言った。

「ありがとうございます。よかった、理解して頂けて。ゆり子さん、貴女は人のことばかりでなく、自分のことを少しは考えるべきです」

戸惑うゆり子の手を、孝夫がそっと握った。

大きな手だ。ゆり子の手などすっぽり包み込まれてしまう。

「では、これからよろしく」

ゆり子は、もう一度しっかり頷いた。孝夫の手に、力がこもる。その手は、とても温かかった。

第三章　望まれぬ花嫁

斎川家の御曹司と、樺木家の養女の豪華絢爛な挙式が行われたのは、秋晴れの美しい日だった。

慌ただしく決まった式にもかかわらず、来賓のほとんどは、斎川家の招きに応じて、予定を変更して挙式に参加してくれたらしい。

その事実一つをとっても、斎川家の影響力の大きさを実感する。

ゆり子は花嫁衣装を脱いだのち、有志が開いてくれた二次会への参加も終え、孝夫に連れられて、斎川家の本家屋敷に上がった。

「行事が目白押しで疲れたでしょう、気楽にしてくださいね」

孝夫の言葉に、ゆり子は不自然に頷いた。

——無理です、無理……こんなお城みたいなお屋敷でどうやって気楽に過ごせるの？

頷きながらもゆり子はぎゅっと拳を握った。

斎川邸は和洋折衷の造りで、とても広くて、どこもかしこも塵一つ落ちていない。

通された和室は新鮮ない草の匂いが部屋に満ちている。

お金があるから、こまめに家を手入れできるのだ。畳も大晦日に毎年入れ替えているに違いない。

——ここは、私の知らない世界だわ……！

ゆり子はちんまりと孝夫のうしろで正座したまま、かちこちに固まっていた。

「そんなに硬くならなくて大丈夫です」

孝夫が気遣ってくれるが、頷くだけで堂々と顔が上げられない。

——私がお嫁に来たことで、千本町の土地の売買はちゃんと進むはずだけれど、肝心の私は、これからどう振る舞えばいいのかしら。

もちろん『御曹司のお嫁さま』として歓迎されるわけがないのはわかっている。

——やっぱり使用人棟で暮らすのかな。それでもいい。私、家事だけは得意だから。

ぴしりと目の揃った畳を見つめていたゆり子に、義父の声が掛かった。

「ゆり子さんには申し訳ないが、時期が来たら、この家を出てもらいたい。戸籍上は孝夫の妻だが、次に来るお嫁さんのことを考え、孝夫とは良い友人でいてほしいんだ」

もちろん、覚悟していたことだ。縁談がまとまってから、何度も義父に言われた。

『ゆり子さんのことを、ずっと息子の妻として置いておくことはできない』と。

斎川家は、小世の治療に多額の支援をしてくれたし、樺木家にもかなりのお金を貸してくれた。

だが樺木家に貸したお金の使途は曖昧で、千本町の買収話もなかなか進まないままだ。

——ありとあらゆるお金は、伯母様が使い込んでしまったのでしょうけれどね。伯父様はもう、難しい話は理解できない感じだし。

だから信頼を失う一方なのだ。そう思いつつ、ゆり子はため息を押し殺す。

「樺木さんは、私達の支援に対してまともに応えることもせず、最近は怪しげな人間との交流も盛んなご様子だね。とくに奥様のほうが。そんなお宅とご縁を結びたいとは、今はもう思えない」

ゆり子は俯(うつむ)いたまま、義父の言葉に無言で頷いた。

「出て行ってもらうときには、慰謝料として独り立ちに充分なお金をお支払いする。就職するなら保証人にもなろう。それまでに、この家で社会常識や家事をしっかり勉強しておくといい」

普通なら、赤の他人にここまでしてくれない。義父の判断は温情溢(あふ)れる措置(そち)だと思った。

「ゆり子さんがなにも悪くないことはわかっている。孝夫から、貴女の身の上話も聞いた。だが孝夫には、将来にわたって、公私共に長く支えてくれる嫁を迎えたい」

そのとき、大きなため息が聞こえた。ゆり子はビクッと肩を揺らし、ため息の主を見る。義母だ。

「どうしたんだ?」

義父が妙に下手に出た口調で尋ねると、義母は無言で首を横に振った。

——どうなさったのかしら。

ゆり子は不機嫌そうな義母の様子を気にしつつ、素直に義父の言葉を受け入れた。

「はい、もとより承知しております。皆様の仰(おっしゃ)るとおりに、勉強させて頂きますし、家事もいたします。洗い場の側に一間頂ければ、そちらで寝起きいたしますので……」

一間というのは贅沢(ぜいたく)すぎたかな……と思い、ゆり子は慌てて訂正した。

「失礼いたしました。布団を敷けて、鞄を置ける場があればよろしゅうございます」

「ゆり子さん」

孝夫が平伏(へいふく)するゆり子を慌てたように振り返った。

這いつくばるゆり子をそっと起き上がらせ、孝夫が安心させるように微笑みかけた。

「俺の部屋を片付けましたから、そちらで一緒に休みましょう」

白いシャツにデニム姿の孝夫は、先ほどまでの花婿衣装とはがらりと変わって、若手の映画俳優のように爽（さわ）やかだ。

ゆり子の胸が一瞬どきん、と高鳴った。なにを着ていてもこの『貴公子』は美しすぎる……

「かしこまりました。では、孝夫さんのお部屋を間借りして、毎日、朝四時にこちらの和室に参りますので、お仕事のご指示を頂ければ幸いです」

義母が驚いたような声を上げる。

「まあ、早すぎるわ、朝は七時に集まればいいのよ。朝ご飯は私と安田（やすだ）さん達が作っておきますから、お食事が終わって孝夫達を見送ったら、お皿洗いを手伝って頂戴（ちょうだい）」

安田というのは、家政婦のリーダーの女性だ。年の頃は六十くらいだろうか。義母の絶大な信頼を得ているらしい。

義弟となった幸太と二人で、居間の隅（すみ）っこに座っている女性だ。

「それでね、午前中は、本邸の廊下の雑巾がけと、お庭の落ち葉掃きをして頂きたいの。あとは休憩よ。お出掛けするなら五時くらいまでに戻ってきてね」

義母は真剣な顔をしているが、申しつけられる内容が楽すぎて、当惑してしまった。

「それでね、夕方になったら、夕飯の支度の手伝いと、お皿洗いの手伝いをして頂きたいと思っています。その後は寝るまで休憩でいいわ。お勉強はこの時間になさったらどうかしら？」

義母が言い終えるやいなや、孝夫が厳しい声で抗議した。

「厳しすぎます。俺は彼女をこき使うために連れてきたのではありません」

——ぜんぜん厳しくないです……！　休憩ばっかりだなと思っていたんですけど……

ゆり子はおろおろしながら孝夫の横顔を見守る。

息子の言葉に、義母が困ったように頬に手を当てた。

「やっぱり、そうよね……お父さんが『家事を厳しく教えないと、家を出るまでになにも身につかない』なんて言うものだから、詰め込みすぎてしまったわ。なんでこんな、鬼みたいな男なのかしらね。最低」

『鬼みたい』とひどい言葉を吐かれた義父が、慌てた様子で言い訳する。

「いじめと誤解されるほど働かせろとは言っていない、私のせいにするな」

「お父さんがあれもこれもやらせろって口を出してきたんじゃありませんか！」

「家事も身につけさせずに放り出すほうが可哀相だろうが！」

——あ、あの……家事は……一通りできます……！

ゆり子の心の叫びは、義父母には届かないようだ。

「そもそもゆり子さんをなんだと思ってるのよ、貴方達は！」

義父の言葉のなにが気に入らないのか、義母が別人のような厳しい声を上げた。

ゆり子の身体がすくむ。やはり、大声を出している人達は苦手だ。怖い。

ゆり子は孝夫の背に隠れ、俯（うつむ）いて震えた。

——私の扱いに困っていらっしゃるわ。け、喧嘩になってしまう、どうしよう。

伯父と伯母のやりとりが思い出され、気分が悪くなってきた。

お前のほうが金を使っただのなんだの、最後は髪をわしづかみにして怒鳴り合って……

小世だって、あの家からどんなに出たかったことだろう……そう思うと、やるせなさで胸が一杯になった。

そのとき、不意に口論が止んだ。大喧嘩が始まるものと身構えていたゆり子は、全身の力を抜く。

「わ、わかった、お前の言いたいことはわかっている。その話はあとでゆっくり聞くから」

義父が焦った様子で義母を宥めた。義母はまだ言い足りないとばかりに、怒りの形相で大きく息を吐いた。ゆり子の前での口論を避けようとしたのだろう。

「ええ、そうね、あとで話しましょう」

ゆり子に向けるのとは違う、氷のような声だった。

「じゃあ、ゆり子さんは家事の中で、なにが一番やってみたいんだ？」

義母を刺激しないためか、義父が優しい口調で尋ねてきた。

「全部やります。お任せください。家事は一通り身につけております」

ゆり子はふたたび平伏し、はっきりと答えた。

「私は、孝夫さんの温情でこちらに連れてきて頂いたのです。しっかりと任された雑用をさせて頂きますので、お気遣いなくお申し付けくださいませ」

「じゃあ俺、ゆり姉を手伝う」

隅のほうで家族の言い争いを見ていた幸太がボソッと言った。

――ゆ、ゆり姉……？

今まではずっと『ゆり子さん』と呼ばれていたので、ゆり子は赤くなってしまった。

幸太の脇に座っていた家政婦の安田が、ころころと笑う。

「まぁ、散らかし魔の幸太さんが、家事とお掃除を手伝うなんて殊勝なこと！　ほほほ」

「だってゆり姉が可哀相じゃん。せっかく、あの、鉄球みたいに頭が硬い兄貴が惚れて連れてきたのに、皆でいじめてさぁ……シンデレラかよ。俺は兄貴の恋を応援するぜ」

幸太の発言に、ゆり子を含め全員が凍り付いた。

――なにを言っているの、幸太さん。私は惚れられていないし、いじめられてもいないのに。

義父は険しい顔で腕組みをし、義母はおろおろしながら口元に手を当てている。安田はニコニコと構えて『相変わらず面白い坊ちゃんね』と笑っているだけだ。

「幸太、宿題をしてきなさい。お前、今度英語で赤点を取ったら、サッカー部は辞めさせるからな」

苦り切った表情で義父が言う。幸太は父の叱責に不承不承の表情で立ち上がった。

「わかったよ」

そう言うと、幸太は笑顔でゆり子にピースサインをして、部屋を出て行った。ふたたび部屋の中に微妙な空気が流れる。

「ごめんなさいね、幸太はおふざけばかりだけど、悪い子ではないのよ」

それは知っている。小世が衰弱しきる前、幸太は何度も小世とゆり子を笑わせに来てくれて、とても嬉しかった。幸太は孝夫と同じで、優しい。

「はい、私を心配してくださったんだと思います、ありがとうございます」

ゆり子は笑みを浮かべて、義母の言葉に頷いた。

そういえば、結婚式のあと笑ったのは、今が初めてだ。

ゆり子の笑顔に、義母の硬かった表情も柔らかくなった。

「もう遅いわ。明日は孝夫もお休みだし、二人でゆっくりなさい。お手伝いは明後日からでいいわ。式で疲れたでしょう？」

腕時計を見ながら義父も頷く。

「そうだな、ゆり子さんにお願いする仕事は、おいおい決めていくということで……」

「かしこまりました。遠慮なさらず、なんでもお申し付けくださいませ」

深々と頭を下げたゆり子に、振り返った孝夫が優しい声で言った。

「行きましょうか」

彼の表情はいつもと変わらず、落ち着き払った穏やかなものだった。

「はい……では、お休みなさいませ、お義父様、お義母様」

立ち上がった孝夫のあとをついて、ゆり子は長い廊下を歩く。古い日本家屋なのに、廊下はきしみ音一つせず、磨き抜かれている。

天井も壁も綺麗で、等間隔で掛けられているのは、四季の花の絵だった。

「綺麗なおうちですね、こんなところに置いて頂けて夢みたい」

ゆり子は笑顔で、先を歩く孝夫に言った。

振り返った孝夫が、真面目な顔で答える。

「父はうるさく文句を言っていましたが、ゆり子さんが納得できるまでここにいていいんです」

親切な言葉に、涙が出そうになる。

「孝夫さん……ありがとうございます……なるべくご迷惑をお掛けしないようにします」

義父母ももっと厳しいのかと思いきや、今日のところはゆり子に優しかった。

幸太も、誤解はありつつもゆり子の味方をしてくれるようだ。

誰からも責められなかったことに心から安堵する。

——あのとき、自棄になって身体を売る仕事に就かなくてよかった。

しみじみと我が身の幸運を思う。人生が滅茶苦茶になる直前に助けてくれた孝夫と、ゆり子の平穏だけを願ってくれた小世への恩だけは、ずっと忘れずにいようと思った。

◆

ゆり子を樺木家から連れ出した孝夫は、初日から難題にぶち当たった。

「ここが俺の部屋です。一応二間続きなので、それぞれを俺とゆり子さんの……あれ？」

自室の扉を開けた孝夫は、頓狂な声を上げそうになり、ギリギリで呑み込む。

――俺の部屋のレイアウトが……まったく変わっていない……？

式ギリギリまで仕事が忙しかったので、部屋のレイアウト変更を母と安田に頼んだつもりだった。

斎川家は人の出入りが多く、家政婦も安田や数人の古参以外はよく入れ替わる。

この家で見聞きしたことを勝手に噂する人間は、過去何人もいた。

奥様が大きな宝石を買っていただの、下の息子さんが遊んでばかりで勉強しないだの……全部事実だが、あまり言いふらされたくはない。

ゆり子との結婚についても、深く詮索(せんさく)されたくないのだ。

夫婦で別の部屋で寝ているなんて知られたら、『あの若夫婦は仲が悪い』と噂される。

――ゆり子さんを変に目立たせたくない。別れるときも『俺の多忙が原因ですれ違った』と言って目立たずに別れる。それしかないんだ。

ゆり子とは同室で暮らすつもりだ。

ただし寝る場所を分けて、それぞれプライバシーを保てるようにする。父にはそう約束したし、そのためのレイアウト変更案を考えて、安田に渡した。

孝夫の部屋は書斎部分と寝室が分かれている。

それぞれ十畳位の広さで、書斎の奥に寝室があり、扉も付いていた。

出入り口がある書斎部分には、孝夫が布団を敷いて寝る。

奥の寝室のベッドにはゆり子が寝る。そう計画した。

――安田さん、式の忙しさで俺の頼みを忘れてしまったのかな。それにしては変だ。一度動かしたように、家具がグチャグチャで、位置もずれている。

孝夫は、書斎に使っている部屋のソファに、ゆり子を座らせた。

「すみません、ちょっと、部屋の支度ができていないようなので……確認してきます」

ソファにちょこんと座ったゆり子は、素直に頷いた。

孝夫は間続きのベッドルームの扉を開き、立ちすくむ。

普段使っていたキングサイズのベッドには枕が二つ並んでいた。一つ増えている。誰かが手を加えたのは間違いない。

犯人は一瞬でわかった。……多分母だ。

安田は、お願いしたとおりに家政婦仲間と机やソファをずらし、布団を敷いてくれたに違いない。

だが、母が勝手に元のレイアウトに戻し、布団を持ち去ったのだろう。

『若い女の子の人生を滅茶苦茶にするような、偽物の結婚なんて許せません』

母の主張は一貫して変わらなかった。

——俺達に、本物の夫婦になれと……

孝夫は深呼吸してざわめく心を落ち着け、書斎のゆり子を振り返った。

声を掛けようとしたとき、ゆり子が眠っていることに気付く。

小さな顔にはくまが浮き、気の毒なくらいにやつれている。挙式で緊張した上に、父にひどいことを言われて、体力が尽きてしまったに違いない。

無理に起こさずこのまま寝かせようと思い、孝夫はゆり子の身体を抱き上げた。

あまりの軽さにぎょっとする。

華奢なことはわかっているが、こんなに重みを感じないとは思わなかった。

ベッドの片方にゆり子の身体を横たえ、夏用の薄い布団を掛ける。ゆり子はすうすうと寝息を立てるばかりで、目覚める様子はない。

——俺は風呂に入って、ソファで寝るか……

孝夫は大きくため息を吐き、試しに書斎のソファに横たわってみる。

——い……痛い……

百八十二センチの孝夫が横になるには、二人掛けのソファは小さすぎた。手すりの木が首と足を猛烈に圧迫して、一分と寝ていられない。

位置を変え、無理矢理頭をクッション部分に乗せたら、膝から下の足が完全にはみ出し、今度は手すりに引っかかった膝の裏が痛んだ。

寝られないことはないが、このまま寝てしまったら膝裏の神経が潰れて足を痛めそうだ。

——敷き布団を取りに行くか……どこにあるんだろう。

客用の布団の場所がよくわからない。家が広すぎるからだ。

来客を泊める場所は別棟にあるので、おそらくそこに収納されているのだろう。新婚の孝夫が普段行かない場所で布団を漁っていたら怪しまれる。

仕方がない。今夜だけは、無礼を承知でゆり子の隣に失敬しよう。

——思い切り端に寝れば大丈夫だ。俺は寝相には自信がある。

今夜はそれでしのごう。そして明日、母に懇願して、新しい布団をここに敷いてもらうしかない。

孝夫は深呼吸をして起き上がると、無言で風呂に向かった。

身体を洗い、寝間着に着替えて、意を決して寝室に入る。

ゆり子は気持ちよさそうにすやすや眠っていた。

——無邪気な寝顔だな……

可愛い、と思いかけ、孝夫はその思いを打ち消した。

朴念仁でも男の端くれだ。なにが切っ掛けで不必要な性欲を覚えるかわからないので、自分を刺激するようなことは一切考えないほうがいい。

孝夫はゆり子の傍らに身を横たえ、様子をうかがう。

ゆり子はベッドが揺れたことにも気付かず、無垢な表情で眠っている。

——背を向けて寝よう。気をつけて、あちらに手など伸ばさないように……

自分に言い聞かせながら、孝夫は目を瞑る。

眠れるか不安だったが、ゆり子の無垢な寝息を聞いていたら、睡魔が襲ってきた。

温かくて柔らかい気配が伝わってきて、なんだか落ち着く。

子猫を抱いて、日向でうたた寝しているような気分だ。

きっと小世も、彼女が側にいる間は、安らかに過ごせたに違いない……

そこまで考えたあたりで、孝夫の意識は途切れてしまった。

――ん……朝か……

カーテンの隙間から差し込む光で、孝夫は目を開けた。

――今日は外出予定はあったかな。いや、有休を取ったんだ。日曜の式で、月曜から出勤はさすがにと思って。

起き抜けに仕事のことをまず考えるのは、孝夫の悪癖だ。

『御曹司だから楽な仕事をしているのでは』なんて邪推されるが、実際は正反対である。

孝夫は斎川グループの後継者となるために、子供の頃から厳しくされてきた。それは今も続いている。仕事の責任も難易度も同期よりはるかに高く、日々気が抜けない。

――今日も、海外事業部からの報告書を朝イチでまとめて……それから……

だが、ぼんやりと天井を見ていた孝夫は、次の瞬間ぎくりと身体を強ばらせた。

腕に柔らかな身体が絡みついていたからだ。隣を向く度胸もない。

何故、自分の寝室に女が……そこまで考え、孝夫ははっきりと覚醒した。

――ゆり子……さん……？

孝夫は極力ベッドを揺らさぬよう、そーっと横を向く。

ゆり子の華奢な両腕が、しっかりと孝夫の腕にしがみついていた。柔らかな胸の谷間に、孝夫の二の腕が挟み込まれている。

折れそうに細く見えるが、胸はしっかりあるのだとわかった。

——そんなことはどうでもいい。落ち着け。

ゆり子のスカートははだけ、白い足が晒されて艶めかしい風情だ。

孝夫の指先は、あろうことか、ゆり子の太腿の間に挟まれている。

——なんという嬉……嘆かわしい格好だ……！

全身に汗が噴き出す。心臓の音が身体中に響き渡る。

——……まずい。

ただでさえ朝で……元気なのに、今目を覚まされたらあらぬ誤解をされてしまう。

孝夫は息を止め、気配を断ち、危うい体勢で抱え込まれた腕をそっと引き抜こうとした。

そのときだった。

「いや……待って、小世ちゃん……」

ゆり子が寝言を言い、孝夫の腕にしがみつく力を強める。

もしかして小世と間違えて、腕に抱きついているのだろうか。

そう思ったら急に可哀相になり、孝夫はふたたび動けなくなる。

——そうだよな……寂しいはずだ。可哀相に、あんなに仲が良かったのに……

だがその同情が、あだとなったようだ。

「え……あ……なあに……？」

自分の声に驚いたようにゆり子が目を開ける。

この状態で目を開けられたら気まずいことこの上ない。

――一か八か……！

孝夫はゆり子が完全に覚醒する前に、さっと己の腕を引き抜いた。そしてあくまで自然に、かつ音速でベッドから降りて立ち上がり、ゆり子に声を掛けた。

「おはようございます」

「……ここ……どこ……」

ゆり子はなにが起きたかわかっていないようだ。

とろんとした目で問われ、孝夫はゆっくりと背を向ける。

視線は極力、丸出しの綺麗な両脚からそらさねば。

孝夫はゆり子に背を向け、窓のカーテンを開けながら、極力落ち着いた声音で答えた。

「俺の部屋です」

余計な状況説明は一切しないでおこう。

「ごめんなさい、孝夫さん……私いつ眠ったのかしら……」

ゆり子が気を取り直したように言った。ゆっくりと起き上がる気配がする。

そしてまくれたスカートに気付いたのか、甲高い声を上げた。

「きゃ……！」

孝夫は、ゆり子を振り返った。

ゆり子はスカートを引っ張り、耳まで真っ赤になりながら、大きな目で『見た？』と問うてくる。

絶対に嘘は許しません、とばかりの切羽詰まった表情に、孝夫は全身全霊の『なにも見ていない』という演技で応えた。

「俺も今起きたところです。ゆり子さんは朝風呂を使ってきたらどうですか」

風呂、と言う単語でゆり子がはっとした表情になる。

「そうだわ、私ったら、こんななりで寝入ってしまって……」

どうやら『下着を見た』という疑惑は晴れたようだ。

「風呂の場所に案内します。今日からは俺とゆり子さん専用の風呂場ですから、誰かが入ってくることはありません。安心して使ってくださいね」

真っ赤な顔をしていたゆり子が、小さく頷いた。

変な誤解はされていないようだ。孝夫は、ほっと胸を撫で下ろした。

◆

朝食をご馳走になったあと、ゆり子は俯いてようやく食べ終えたお皿を見つめた。

──久しぶりによく眠ったわ。いい夢を見た。

小世とお別れしてから、ぐっすり眠れたことがなかった。

泣きながら小世を捜して目を覚まし、真っ暗な天井に絶望してまた眠っては、小世を捜して彷徨って。そんな眠りばかりだった。

でも昨夜は、夢の中で小世を掴まえたような気がする。

嬉しくて思いきり抱きついた瞬間、小世が猫のようにスルッと腕を抜けて走り去ってしまったのだ。

びっくりして追いかけようとして、目が覚めた。

起きたら爽やかな笑顔の孝夫に挨拶されて、お風呂を勧められ、そこでようやく自分がソファで眠ってしまって、ベッドに運んでもらったことに気付いた。

——私……もしかして、孝夫さんに抱きついて寝ていた？

いや、そんなはずはない。寝ぼけただけだと思いたい。

そう思いたいのだが、彼のがっしりした腕の感覚が身体中に残っているような気がする。

悶々としていたので、あまり食が進まなかった。

食事はどれも美味しかったが、半分の量にしてもらって正解だった。

「私、お片付けさせて頂きます」

ゆり子は言いながら、大きなお盆に、義母と孝夫、幸太が食べ終えたお皿を重ね始める。

斎川家の人々は皆、食べ方がとても綺麗だ。幸太に至っては魚の尻尾まで食べ尽くしている。

——ふふ、幸太さんは育ち盛りだからたくさん食べたいのね……孝夫さんもそうだったのかな。

微笑ましく思いながら、ゆり子はお盆を手に立ち上がった。

「今日は休んでいていいと言ったのに……」

義母が困ったように言うのと同時に、孝夫が腰を浮かせた。

「手伝います」

「いいえ、孝夫さんはお座りになっていてください、私の仕事ですので」

そのとき、突然幸太が叫んだ。

「兄貴が皿洗いを手伝うと言い出すなんて、愛だな！」

「違う。皿洗いくらい、手伝うのは当たり前だ。ゆり子さんが困るようなことを言うんじゃない」

口論が始まってしまった。孝夫がムキになる様子なんて初めて見る。冷静沈着な彼も、歳の離れた弟相手には、あんな表情も見せるのだ。幸太は兄が怒り出すやいなや、さっさと逃げてしまった。

重いお盆を慎重に運び始めると、追いかけてきた孝夫がひょいとそれを取り上げた。

「あ……大丈夫です、孝夫さん……」

「いいえ、俺は貴女をこき使うために連れてきたのではありませんから」

生真面目な口調で孝夫が言う。

「こんなの、こき使われているうちに入りません、大丈夫です」

「いいです、俺がやりますよ」

彼は慣れた手つきで台所に立ち、シンクに汚れた皿を重ねていく。

「ごめんなさい、お手伝いさせてしまって」

「謝らないでください」

意味がわからず首をかしげると、孝夫は優しい声でもう一度繰り返した。

「俺が貴女を手伝っても、謝らないでください。夫が妻を手伝うのは、申し訳なく思うようなことじゃないんですよ」

「わ……わかりました……すみません……」

胸にしみ込むような低く美しい声にゆり子の胸があやしく疼く。しどろもどろになったゆり子の前で、孝夫がしなやかな人差し指を立てて見せた。

「今俺が言ったことは？」

精悍な顔には、悪戯っぽい笑みが浮かんでいた。

ゆり子は惹きつけられたように孝夫の目を見つめ、ぎこちなく唇を動かした。

「お……お皿……綺麗にしてくださって、ありがとうございます……」

顔が熱い。孝夫の切れ長の目を見つめたまま、ゆり子は思わず頬に触れた。やはり熱い。きっと熟したトマトのような顔をしているのだろう。

「どうしたんですか、そんなに赤い顔をして」

孝夫が不思議そうに、長い指先でゆり子の額に触れた。ますます顔が熱くなり、胸が高鳴る。

水を使っていた孝夫の手は冷たくて、少し湿っていて心地よかった。

「熱でしょうか。式の疲れが出たのかな？」

孝夫を見上げていたゆり子は、慌てて首を横に振る。

「大丈夫です、あの、ごめ……じゃなくて……心配してくださって、ありが……とう……」

たどたどしく答えると、孝夫が微笑んだ。

恥ずかしさに耐えられなくなり、ゆり子は赤い顔のまま孝夫にくるりと背を向けた。

「お掃除してきますっ」

「ゆり子さん、今日は家事なんてお休みでいいですよ」

呼び止められるのも構わず、ゆり子は台所を飛び出した。

——いや……どうしよう……どんな顔をしていいかわからない……！

ゆり子は廊下の突き当たりの柱に縋り付き、きゅっと唇を噛みしめる。

ただ微笑みかけられただけでどきどきして、逃げ出すほど動転してしまうなんて。

——どうしたの、私、どうして急に、あんな妙な態度を取ってしまったの……

冷たい柱にくっついて、ゆり子は目を瞑る。

——私、慣れない環境で落ち着かないだけよ。大丈夫、落ち着いて……

艶々した木の柱を撫でていたら、だんだん呼吸が楽になってきた。

孝夫は誰に対しても親切なのだ。人のことをよく見ているから的確に手を貸してくれる。

——私だけが特別扱いなわけではないのよ。孝夫さんは誰にでも……

そう自分に言い聞かせたら、ふと寂しくなり、同時に胸のあやしい鼓動も収まった。

寂しさを覚えたことを不思議に思いつつ、ゆり子はそっと柱から離れる。

——まずはお掃除しましょう。廊下と、お庭の落ち葉掃き。きちんとできることを示して、お義父様とお義母様に安心して頂かなければ。どこに掃除用具があるのか、家政婦さんにお伺いしよう！

そう思い、ゆり子は廊下を小走りに駆け出した。

――こんな……こんなに……感動したの……何年ぶりだろう……

夏の暑さも忘れ、ゆり子は汗を拭(ぬぐ)って己(おのれ)の掃除の成果を確かめる。庭の小道も廊下もピカピカだ。最新の道具のお陰で、たった一時間でこんなにも綺麗になったなんて。

心震わせながら、ゆり子はメモ帳を取り出す。

ここ一年ほど心が明るくなる時間がなくてすっかり忘れていた。自分の好奇心の強さと、度を超した機械好きを。

安心できる場所に来た、と認識した瞬間、それまで凍り付いていたゆり子のすべてが息を吹き返したかのようだ。

――あんなに長いコードの掃除機があるのね！　ゴミがぐんぐん吸えて夢のようだったわ！

機械好きのゆり子は、興奮冷めやらぬまま、胸に手を当てた。

掃除機は大きく重かったが、キャスターが付いているので楽に引っ張ることができた。

いくらでもゴミを吸い取れて、ワクワクが止まらなかった。

なんと、四十メートルある庭の石畳の道を、あの掃除機一つで綺麗にできてしまったのだ。

動力はモーターで、消費電力は六百ワットらしい。

――病院の廊下にあったのは五百ワット。こちらのほうが吸い込みが強い分、電力も使うのだわ。

ゆり子は握りしめたメモ帳に、掃除機についての所感と、消費電力を書き込んだ。ついでに掃除機の機種番号も書き込む。

――そういえば私、昔からメモ魔なのよね……

小世には『そんなことまで控えているの』と呆れられたが、ゆり子にとっては重要なのだ。

ここ最近、愛用のメモ帳には小世の病状や薬の量を書いていた。だが、結婚式のすこし前に耐えがたい悲しみを思い出させるページは切り取って、ファイルに挟んで片付けてきた。

あの日々を思い出したら、また心が沈んでしまう。嫁ぎ先でめそめそするわけにはいかないからだ。

これからは、あえて自分の好きなこと、興味のあることをメモしていこう。

一日も早く、立ち直らなければ。愛する小世が願ってくれたように、独り立ちして、彼女が安心してくれるような大人にならなければ。

ゆり子は無理矢理口の端を吊り上げた。泣きそうな顔をしていると、心まで悲しくなるからだ。

ゆり子は笑顔を作ったまま、ふたたび楽しいことを頭に思い浮かべる。

――ああ、すごい掃除機だった、またお借りするのが楽しみ……

ぱっと気持ちが明るくなった。やはり、精神状態が良くなったのは、樺木の家を出られたことが大きいようだ。

――掃除機だけじゃないわ、廊下用のモップもすごかった。軽くて、ひと拭いでフロアがピカピカになるなんて。世の中、便利な道具が山とあるのに、私は無知だったわ。

モップには布の表面に薬品がまぶしてあって、あっという間に床を光らせるらしい。

洗ったらどうなるのか聞いたら『新しいのに取り替えるの。業者さんが回収に来てくれて、洗浄してまた薬をまぶして届けてくれるのよ』と説明され、腰を抜かしそうになった。

大富豪の家の掃除用具は、使用人が楽できるよう、最新のものが整えられているのだ。

樺木家では『全部手でやりなさい、ゴミも手で拾いなさい』と言われていたので、信じられない。

ゆり子は掃除を終えたばかりの廊下に座り、ピカピカのフローリングに顔を近づけた。

――今までの十分の一の時間で、こんなにお掃除の成果が得られるなんて。合理的。素敵だわ。

モップのメーカー名もメモしておこう！　重要な情報だもの！

フローリングに座り込んでメモ帳を開いていたゆり子は、背後に気配を感じて振り返った。

「なにをしているんですか？」

そこに立っていたのは、孝夫だった。

ゆり子はメモ帳を閉じ、短い鉛筆と一緒にポケットにしまって、目を輝かせた。

「お借りしたお道具で掃除をしたら、床も石畳もあっという間に綺麗になったんです。この床も、お薬の付いたモップで拭いたら、あっという間にこんなにつやつやなの……嬉しいわ。だから掃除機とモップの品番を控えていたのです」

床を撫でながらまくし立てるゆり子に、孝夫は不思議そうに首をかしげた。

「うちの掃除道具がお気に召したんですか？」

ゆり子は深々と頷く。

「最短時間で、最高の効果が得られて嬉しいです。素晴らしいモップと掃除機でした。品番をずっと忘れないようにしたいです！　お金が貯まったらいつでも買えるように」

その答えに、孝夫が軽く肩を揺らした。

「そんなに掃除道具が好きなんだ。面白いな」

――どうして笑うの？　私また変なことを言ってしまったのかしら。

ふと大学時代、『メモガッパ』という嘆かわしいあだ名を付けられたことがよぎった。言動が頓珍漢だと笑われ続け、一部の女子からは卒業まで『メモガッパ』と呼ばれ続けた。『あいつ、なんであんなダサい格好なの？』とも言われて……

本当に嫌だったが反論できなくてずっと黙っていた。

――孝夫さんに『お掃除ガッパ』とか呼ばれたらどうしよう。

過去のトラウマが蘇り、ゆり子は一瞬恐慌に陥りかけた。だが、鎖骨のあたりまで伸びた、癖一つない直線的な黒髪が目に入り、すぐに我に返る。

――あ、でも、今はおかっぱじゃないから大丈夫かも？

焦りと混乱で汗だくになりながら、ゆり子は答えた。

「だって私、本当に感動したのです。このおうちの掃除道具は素晴らしいです。掃除機はコードが四十メートルあっても電圧が下がらず吸引力が衰えませんでした！　それにこのモップにまぶした薬剤も今まで見たことがありません。ワックスと言えば床に塗りたくって絶対踏まずに乾くまで待つ、その一点だと思っていたのです。ですがこのモップにまぶされた光沢剤は、確実に床の表面に付着して均一にワックスコーティングをし……て……いえ、失礼いたしました。なんでもありません」

夢中で喋りながら、興奮しすぎていることに気付いて慌てて口を閉ざす。

——私、興味があることだけものすごい早口で喋ってしまうのよ……

悪い癖が出たことに気付いて、恥ずかしさに、顔が火照(ほて)った。

「気に入ったなら良かった。そろそろ部屋に戻りませんか？」

そう言って、孝夫が手を差し出す。ゆり子は赤い頬のまま、恐る恐る大きな手に自分の手を重ねた。

「うちの昔のアルバムでも見ましょう」

孝夫の言葉に、ゆり子は、素直に頷いた。

◆

「まあ、孝夫さんが高校生の頃ですね。今の幸太さんそっくり……！」

孝夫が手にしたアルバムを真剣に覗(のぞ)き込みながら、ゆり子が尋ねてくる。

あまりに真剣にアルバムを見ているので、自分の小さな頭が孝夫の視界を邪魔していることに気付いていないようだ。

だが問題ない。孝夫はアルバムではなく、投げ出されたゆり子の真っ白な足を見ていたからだ。

若奥様は、ストッキングは穿(は)かない派らしい。とても良いことを知った。

「この色留め袖(そで)の女性、お義母様ですか？」

「えっ？」

まったくゆり子の問いが耳に入っていなかった孝夫は、慌てて美しい足から目をそらした。

——俺は今……何故足を見ていた……！

己（おのれ）を平手打ちしたい気持ちで襟元をただし、ゆり子の指さしている写真を見て答える。

「はい。これは母の若い頃です」

「すごい、お姫様みたい！　いえ、お義母様は実際、名家のお姫様ですよね。綺麗だわ。こちらは？」

「それは俺の七五三ですね。今と同じ顔をしているでしょう。ああ、そちらは、幸太が生まれたときです。とても嬉しかったですね、俺に弟ができたんだって……」

「本当。孝夫さんニコニコしてて可愛らしいわ。幸太さんもまん丸で、キスしたくなっちゃう」

ゆり子は古い写真に夢中だ。孝夫のことなど、アルバムの説明係としか思っていないようだ。

その無邪気さが微笑ましい反面、悩ましい。

——あの……申し訳ないが、胸が……腕に当たっているのです……ゆり子さん……

わざとやっていないとわかる分、心苦しい。教えるべきか、このままずっとぼけるべきか……

苦悩した末、孝夫はアルバムをゆり子の膝（ひざ）に乗せてあげた。

「貴女の膝（ひざ）の上に置いたほうが、見やすいかもしれないですね」

えもいわれぬ柔らかな感触はあっさりと離れていった。

孝夫は己（おのれ）の邪念（じゃねん）と名残惜しさを振り払い、優しい声でゆり子に言った。

「そういえば、素敵なお召し物ですね、今日のワンピースは」

「お義母様が貸してくださったのです。こんな綺麗な服……ありがとうございます」

「ゆり子さんにプレゼントしたのだと思いますよ」

母は『お嫁さんが来る！』と言って、用意中の花嫁衣装のサイズに合わせて大量の服や靴やバッグ、宝石類を買い込んでいた。

『涙が出るほど女の子が欲しかったから』らしい。

ゆり子のワンピースはスクエアネックで、色は淡いグレー。ノースリーブだが肩はほどよく隠れていて、とても上品だ。

胸の膨らみギリギリまで広がる襟元。女性美の象徴である曲線を強調するよう、絶妙に絞られたウエスト。そして深めのスリットからは、ゆり子の、滑(なめ)らかな白い足がよく見える。

優れたデザインの服は、決して下品にならずに女性を美しくセクシーに見せるのだ。

――古いぶかぶかの服を着たゆり子さんしか知らなかったけれど……こうして装(よそお)うと、本当に綺麗な人だな。あの小世さんの従妹だけある。

感心しつつ、孝夫は口を開いた。

「その服には、ネックレスをつけたほうがよりいいですね」

「え……ネックレス……ですか？」

ゆり子が不思議そうに、孝夫の言葉を復唱した。

――俺は、なにを言っている？

自分の言葉に戸惑いを覚えつつ、孝夫は続けた。

「ボリュームがあるネックレスがいい。ダイヤをいくつも連ねたものとか、冬ならパールでもいいかもしれない。貴女は首が細いからきっと似合いますよ」

「どうなさったの、突然……私は、宝石はいりません」

無欲なゆり子にあっさり断られた。何故か落胆を覚えつつ、孝夫は笑顔で答えた。

「そうですか。似合うかなと思っただけです」

どうして突然、ゆり子を、美しいジュエリーで飾りたいと思ったのだろうか。

やはり今日の自分はおかしい。

——あんな素晴らし……ひどい目覚め方をしたから……変に意識してしまうのだろうな。無理もない。しばらくすれば落ち着くだろう。

「あ、この学ラン姿は孝夫さんですね、やっぱり幸太さんそっくりだけど……ちょっと違うわ。表情がとっても真面目。こんなに小さい頃から、孝夫さんは真面目さんだったのね」

中学時代の孝夫の写真を指さし、ゆり子が花がほころぶように笑った。

これまでは、ゆり子の愛想笑いと、無表情と、泣き顔しか見たことがなかった。

ゆり子は辛すぎて笑えなかったのだ。小世が倒れてからずっと。

——笑い方を思い出してくれたなら、よかった……

これからは罪悪感など忘れて、ひたすら楽しく生きてほしい。

小世の秘密を黙っていたことは、ゆり子にはなんの責任もない。

彼女の儚(はかな)い恋を守ろうとしたことも、ゆり子の優しさの表れでしかなかったのだから。

——俺には多分無理だ、世界でたった一人『お姉ちゃん』と呼べた大切な相手を、あんな風に最後まで一人で看取るなんて……

いい人になりたいだけの孝夫には、同じことはできないだろう。

——こんなに可愛らしいゆり子さんのどこに、あれほどの強さが隠れているんだろう……

孝夫の視線に気付いたのか、ゆり子は写真から目を離して微笑みかけてきた。

「これはなんというお花ですか？　素敵なお花」

ゆり子が新しいアルバムを手に、そう問いかけてきた。物思いにふけりかけていた孝夫は、気を取り直して笑みを返す。

「ああ、それはクリスマスローズです。うちの裏庭に小さいバラ園があって、そこで育てているんですよ。美しい花でしょう？　俺は、その花が好きです。色合いが、どの株でも独特で」

「クリスマスローズというのですね！　初めて知りました！」

ゆり子が、知らない花の話題に食いついてきた。

先ほど掃除道具について熱弁を振るっていたときも思ったが、儚(はかな)げで大人しそうな外見に似合わず好奇心の塊らしい。しかも興味の方向性は偏(かたよ)っているようだ。意外性があって可愛い。

「クリスマスローズには様々な種類があって、バラと寄せ植えするのが好まれていますね。鮮やかなバラと、シックな色合いのクリスマスローズはとても引き立て合うんです」

「なるほど……引き立て合う……」

「俺はクリスマスローズの色合いが好きです。不思議と心惹かれるものばかりですよ」

ゆり子は、クリスマスローズが気に入ったらしく、メモ帳に名前を控えている。名前のあとに『孝夫さんはこの花の色が好き』と書き添えていた。

自分のことまでメモされて、妙にむずがゆい気分になる。だが、悪い気はしない。

「まるでお塩みたいな存在なのですね！」

メモを終えたゆり子が、不意に明るい声を上げた。

「なんの話ですか？　面白い例えですね……」

「お料理のキモは塩なのです。良い材料を使っても味がぼやけるのは、結局、お塩の量がいけないんです。私はそう確信しています。バラにはクリスマスローズが良い塩加減なのですね、きっと」

ゆり子は言い終えて、悪戯っぽく笑い、ふたたびメモ帳を開いた。

『バラ＋クリスマスローズ　良い組み合わせ』と書き込んでいる。

楽しそうな顔をしている。えくぼが滑らかな肌をへこませ、なんとも愛らしい風情だ。

——前々からよくメモを取っていると思っていたが、面白い人だな。

ゆり子の笑顔に、孝夫の心もひどく和らぐ。

——ゆり子さんを、ここに連れてきて良かった。ゆり子さんが、俺と出会う前みたいに……小世さんがいた頃のように笑ってくれるなら、正解だったんだ。

孝夫はゆり子の機嫌のいい笑顔から、しばらく目が離せなかった。

「孝夫さんはクリスマスローズとバラがお好きなのですか？」

問われて、笑顔に見とれていた孝夫ははっと我に返った。

「いや……そうだな……一番好きなのは、昔祖父が庭に咲かせていたネモフィラかな……」

「ねもふぃら」

聞いたこともない、とばかりに、ゆり子がぎこちない口調で繰り返す。その真面目な顔がおかしくて、孝夫はつい噴き出してしまった。

「そう、ネモフィラです。淡い群青(ぐんじょう)色というのかな……ほんのり紫がかった青空の色の花で、地面を覆(おお)うように一面に咲き誇る様子が、青いカーペットのようなんです」

ゆり子は真剣にメモを取っている。

――本当に真面目なんだな。

孝夫は笑いながら、ゆり子のメモを覗(のぞ)き込んだ。

『ねもふぃら　綺麗な綺麗な青。空より綺麗な青。カーペットのよう』

――空より綺麗な青……うん、そうだな、当たっているかも。

そう思いながら、孝夫は手を伸ばしてゆり子に言った。

「和名は瑠璃唐草(るりからくさ)と言うんだそうです。こういう字を書きます」

ゆり子が差し出した短い鉛筆を借り、孝夫はゆり子のメモ帳にネモフィラの和名を書き入れた。

『ネモフィラ　和名　瑠璃唐草(るりからくさ)』

「孝夫さん、字がお上手なのですね……まあ！　素敵な名前！」

じっと手元を見ていたゆり子がぱっと顔を上げ、弾(はじ)けるように笑った。

「今は咲いていないんですけど、種があったら植えてみましょうか……カーペットのように育つといいな」

孝夫の言葉に、ゆり子が目をきらきらさせて頷いた。

「見てみたいわ、るりからくさ……ああ、素敵な名前。特別な名前ですね……」

ゆり子の真っ白な頬が、可憐な桃色に染まる。

「このお屋敷には色々なお花があるのですね……。私、次に掃除するときに、お庭を探検させて頂きます」

「ええ、どうぞ」

無邪気なゆり子の笑顔に、孝夫はつられて微笑んだ。


その日は、あっという間に夜が来た。なにをしていたのか覚えていない。ゆり子に家の中を案内するのに予想外に浮かれて、足元がふわふわしていた。

——こんな美人が家に来たら、楽しいに決まっているからな。

そう思いながら、孝夫は書斎に敷いた布団に横になる。

母は『大きいベッドなんだから一緒に寝ればいいでしょう』と非常に出し渋った。やはり怪しい。

父は『良い友達として過ごせ』、つまり『間違っても子供ができました、なんて言い出すなよ』と釘を刺していたのに、母はなにを考えているのだろう。

「じゃあ、おやすみなさい。目覚ましは六時に鳴らしますけど、無理に起きなくていいですよ」

布団に横になって言うと、パジャマ姿のゆり子が申し訳なさそうに首を横に振る。

「私がこちらで眠ります……孝夫さん、脚がはみ出していますから」

「いいえ、俺は布団が好きなので気になさらないでください」

「どうして布団が好きなのに、普段はベッドなのですか？」

間髪容れずに問われ、孝夫は言葉につまった。ゆり子は意外と質問が鋭い。油断できない。

「好きなものは……毎日使うと、ありがたみが減るから……かな？」

孝夫のでまかせな言い訳を聞きながら、ゆり子がメモ帳を取り出した。『好きなものは、毎日使うとありがたみが減る』と書き込まれ、猛烈に恥ずかしくなる。

「そんなくだらないことまで、メモしないでください」

「こうして書いておくと、しっかり頭に入って忘れないのです。孝夫さんのモットーをちゃんと覚えておけば、後々の孝夫さんの言動を判断する際に、誤解が減ります」

「そうなんですか」

納得しかけた孝夫は起き上がり、ゆり子の手からメモ帳を取り上げた。

「いや、やっぱり恥ずかしいですよ。そんなに、なんでもかんでも書かないで。俺は結構くだらないことも喋っているのに……失礼、ついムキになって」

反射的に取り上げてしまったメモ帳を慌てて差し出すと、ゆり子が小さな声で言った。

「孝夫さんは……ご覧になってよろしいですよ、どうぞ」

遠慮がちに勧められ、孝夫はメモをぱらぱらとめくってみた。

中には、機械の型番がやたらと控えてある。

その合間に孝夫が教えた花の名前や、夕飯のときの『どうも青魚は苦手』と言ったことや『ほうれん草を食べると口がジャリジャリする』という発言まで書き込んである。

――カオスなメモ帳だな……

笑いを堪(こら)えつつ、孝夫は言った。

「俺の好き嫌いを覚えてくださってありがとう」

そう言い返すと、ゆり子は赤い顔をして下を向いてしまった。

――え……っ……なんで……赤く……？

無意味に胡座から正座に座り方を変える。落ち着かない。

孝夫まで柄にもなく顔が熱くなる。ゆり子は火照(ほて)った顔を上げ、孝夫の手からぱっとメモ帳を取り返した。

「やっぱり返してください！　おやすみなさい」

ゆり子は足音もなく寝室に駆け込んでいった。孝夫はしばらく熱い顔のまま放心し、気を取り直して布団に潜(もぐ)り込む。

――慣れればこの環境でも熟睡できるようになるだろう。

そう思いながら孝夫は目を瞑る。

だが、まったく眠れなかった。目は冴えたままだ。

——ゆり子さんはちゃんと寝ているかな……暑くないだろうか。

時計を見るともう夜の一時を回っている。明日のパフォーマンスに影響するので眠らねばと思うのだが、珍しく睡魔が訪れてこない。

しばらく目を閉じてじっとしていた孝夫の耳に、不意に小さな悲鳴が届いた。

「小世ちゃん……いやだ……いや……」

寝室からだ。ゆり子がうなされているらしい。孝夫は音を立てずにそっと立ち上がり、寝室の扉を開けて様子をうかがった。

ゆり子は、昨夜と同じようにベッドの右端に寝ていた。なにかを探すようにもがいて、ベッドの中心のほうへ手を伸ばしている。

「嫌、まだ燃やさないで、小世ちゃんを燃やさないで……嫌だ……待って……」

伸ばした細い手が虚しくシーツをひっかいている。

孝夫はなにも言えず、立ち尽くした。

——火葬のとき、ゆり子は黙りこくっていた。あんなこと、ひと言も言っていなかったのに。

「嫌……う……ぅ……」

ゆり子の手がぽとんとベッドに落ちる。

どれほど辛い夢を見ているのか、言われなくてもわかり、胸が痛む。

いたたまれなくなって孝夫はそっとゆり子に歩み寄った。

——あんな格好じゃ息苦しいだろう。普通の姿勢で寝かせれば、悪い夢は見なくなるかも。

ゆり子の細い手を取り、もがいてねじれた身体を真っ直ぐにさせて、布団を掛け直す。

——これで大丈夫……かな……？

そっと立ち去ろうとした孝夫の耳に、ゆり子の声が聞こえた。

「……怖い……」

涙に濡れた顔で眠っているゆり子が、ふたたび泣き出す。ゆり子は孝夫のほうを向いて、身をくの字に折ってすすり泣き出した。

「怖い……嫌だ……」

——ゆり子さん……

どんなに明るくふるまっていても、心の深い場所に付いた傷は消えていないのだ。

何故悲しみを一人で引き受けたゆり子が、夢の中で、繰り返しその過去を味わわねばならないのだろう。理不尽すぎる。

一日でも早く癒され、毎日元気に笑ってほしい。そう思っているのに。

孝夫は思わず手を伸ばし、ゆり子の涙を指で拭った。

こんなにうなされているなら、一度起こしたほうがいい。そう思ったとき、ゆり子の目がパチッと開いた。

「ここで……寝て……」

か細い声に、孝夫の思考が停止した。

「怖い夢……もう嫌なの、一緒に寝て……」

言い終えたゆり子が、顔に添えられた孝夫の手をぎゅっと握る。

孝夫は手を握られたまま硬直する。

「ありが……とう……」

消え入りそうな声で言って、ゆり子は目を瞑り、すうすうと寝息を立て始めた。

細い指は、孝夫の手を握ったままだ。どうやら人に触れていると安心するらしい。

孝夫は手を握られたまま、慎重にゆり子の脇に滑（すべ）り込む。

どうしても振りほどけなかったからだ。

華奢（きゃしゃ）な身体と向かい合わせになり、死んだように眠っているゆり子の様子をうかがった。

小さな手は、孝夫の指から離れない。無理に振りほどけば、ゆり子がまた悪夢に呑み込まれてしまいそうだ。

——気の毒に……どんなに怖い、悲しい夢を……

そのとき、熟睡しているゆり子が、孝夫の手を撫（な）で、不思議そうな声で言った。

「これが……新型なの……？」

——えっ？　なんの話ですか？

心の中で突っ込んだものの、ゆり子はすっかり寝入っていて、なにも言わない。

けれど愛らしい寝顔からは、先ほどまでの悲しみと絶望がすっかり消え失せていた。

——うなされていないなら、いい。

落ち着かない気持ちで孝夫は目を瞑った。

ゆり子の柔らかな寝息に誘われ自分まで眠くなってくる。

不思議だ。昨日もそうだったが、ゆり子の身体からは安眠の波動でも出ているのだろうか。

——もしなにか言われたら……明日の朝説明しよう……俺には……不適切な下心など……

そう思いながら、孝夫は眠りに落ちていった。


翌朝、孝夫は離れた場所で鳴っている目覚まし時計の音で目を覚ました。

誰だ、早く止めてくれないかな……と思いつつ、重いまぶたを開ける。

温かななにかが身体にくっついている。

——あれ……パウロ……また俺のベッドに来たのか……

パウロは、両親が結婚当初から飼っていた犬だ。

孝夫が中学校を卒業する年に、老衰で亡くなった。

ゴールデン・レトリーバーで、朝は日が昇る前にベッドに乗ってきて、寝ている孝夫の身体に顎(あご)を乗せ、散歩に連れて行ってもらうのを待っていた。

悪戯(いたずら)好きで人なつっこい、可愛い友人だった。

彼を愛しているせいで、いまだに新しい犬が飼えない。でも今は、可愛いパウロが腕の中に収まっていて、幸せこの上ない気分だった。

抱きしめている存在に微笑みかけた瞬間、頭の中で『ちがう！』と声が聞こえた。

――パウロがいるわけないだろ……！

孝夫の頭が一気に覚醒する。

恐る恐る様子をうかがうと、二人とも、昨夜と同じように向かい合ったままの姿勢だった。

だが、とてつもない問題が発生している。

孝夫のパジャマの前が完全にはだけているのだ。ズボンもかなり下げられている。

ゆり子はぴったり孝夫の裸の胸にくっついて眠っていた。華奢な腕は、パジャマの下の剥き出しの腰のあたりに回っていた。細い片脚は、孝夫の両脚に挟まれている。

一方、孝夫はゆり子の肩を抱き、小さな頭に頬ずりするような体勢をとっていた。

どうやらパウロと間違えて、ゆり子を抱っこしていたようだ。

――な、なんだ、これは……昨日より、すごい……ことに……

なにをどう間違えればこんな大惨事が起きるのだろうか。何故脱がされかけているのか。

もしかしてゆり子が自分を襲おうとして、途中で飽きて寝たのだろうか。

だとしたら残念……いや、そうではない。潔癖な彼女に限って、そんなことは有り得ないからだ。

――まずどこから離れれば、ゆり子さんを起こさずに済む？

最初に、自分の脚の間に挟まっているゆり子の脚を、そっと押し戻す。

――こんなことになっているのに、どうして一度も起きなかったんだ……俺の馬鹿……！

目覚ましの音がうるさい。書斎に置いて来た自分の目覚ましだ。

早く止めなくてはゆり子が起きてしまう。裸の胸にぺったりとくっつくゆり子の身体を引き剥がすと、彼女がゆっくり目を開けた。

　このままでは、上半身裸同然の姿を見られてしまう。

　孝夫は焦りに汗を滲ませつつ、優しく告げた。

「寝ていてください、まだ六時ですから」

「う……ん……」

　ゆり子がゆっくりと瞬きをした。そして、ハッとしたように大きく目を見開く。

「嘘！　もう六時なの、寝過ごしたわ！」

　叫んで飛び起きたゆり子が、無言ではだけた孝夫の身体を見下ろす。

　黒目がちな大きな目に『信じられない』と言う光が浮かんだ。

「誤解です」

　精一杯冷静な声を出したが、遅かった。

「な……なに……その……格好……どうして、ここにいるの……」

　ゆり子が震え声で言った。目は、パジャマから覗く孝夫の裸体を凝視している。

「本当に誤解です。俺が脱いだんじゃない」

「いや……！」

　ゆり子は後ずさりして、ベッドから飛び降り、寝室から逃げ出していった。

　書斎の目覚ましが止まる。鳴りっぱなしなので止めてくれたようだ。

　部屋の戸が開き、ゆり子が出ていく気配がした。

着替えの服を取りに行ったのだろう。

母が大量に買い込んだゆり子の服は、まだ全部少し離れた衣装部屋にしまってあるからだ。

孝夫は半裸に近い姿で、呆然と一連の流れを見送った。

――結婚二日目にして、ゆり子さんの全信頼を失ってしまった……

真っ白になった頭に、その一言だけが浮かんでいた。

◆

――信じられない！　私、襲われたの？

ゆり子は、義母に借りた……孝夫に言わせるとプレゼントされた服の中から、できるだけ地味な物を取り出して身に纏い、洗面所に駆け込んだ。

襲われたのだとしたら舌を噛んでしまいたいほどのショックだ。

誰よりも信用している人に破廉恥な真似をされたなんて……頭に血が上っていたゆり子は、そこではたと我に返った。

――そういえば、私、服を着ているし、襲われているのに、起きもしなかったわ。

鏡に映るゆり子の顔に、涙の痕はほとんどなかった。いつもなら、夜通し泣いているのか、パンパンの顔で起きるのに。

――それに、今日は、変な夢見た……大きなロボットが床に転がされてて、それで介護の練習をしなきゃいけない……っていう夢。

大きく息を吐いて、ゆり子は顔を洗い始めた。ひんやりした水の感触に誘われて、昨日の夢をはっきりと思い出す。

本当に変な夢だったのだ。

小世の病室のベッドに巨大なロボットが転がっていた。

胴体は筒状で、四角い頭とバネのような手足が付いていた。それに無理矢理、前開きのパジャマが着せられているのだ。

夢の中で、ゆり子はそのパジャマを脱がせなければ『合格』できないと思っていた。

そもそもなにに合格したかったのかは不明だが、ゆり子は必死でそのパジャマを脱がせようとしていた。手だけではなく、足も使って必死にロボットを起こそうとしたが、うまくいかない。

『私の力ではどうしようもないわ！』

せめて横たわる位置をずらそうと、腕に抱えたあたりで、記憶は途切れている。

いったい、あの夢はなんだったのだろう。悲しい夢ではなかったから、安眠できたけれど……

そこまで考え、ゆり子は顔を洗う手を止めた。

男に襲われているのに、のんびりあんな夢を見ているだろうか。

寝ぼけのひどいゆり子も、さすがに気付いて目を覚ますはずだ。

――それに、何故孝夫さんは自分だけ服を脱いでいたのかしら。もし私が逃げたら全裸で追う羽目になるのに、変よね。論理的に考えると女性を先に脱がせたほうが効率がいいはず。

タオルで顔を拭きつつ考えているうち、モヤモヤとしたなにかが、まとまった形になってくる。

夢の中で必死に介護練習用ロボットのパジャマを脱がせようとしていたゆり子。

実際に、同じように脱げていた孝夫のパジャマ。

非常に嫌な予感がした。

違うと思いたいが、夢の中の介護練習用ロボットは……孝夫だったのではないか。

タオルで顔を覆ったまま、ゆり子は立ち尽くす。

変な汗が滲んできた。孝夫がベッドにいた理由はわからないが、脱がせたのは自分だ、となんとなく確信し始めたからだ。

――私の寝ぼけ方が病的だなんて知られたら、斎川家の皆様にどう思われるかしら。

きっと、迷惑に思われるに決まっている。

――どうしよう……まず孝夫さんに、何故ベッドにいたのか聞いてみよう。それで、誤解があるならば謝って、今日は寝ぼけないように気をつけなきゃ……でもどうすればいいのかな。手足を縛って寝てみようかしら？

髪をとかして身だしなみを整え終えたゆり子は、とぼとぼと廊下を歩き、台所に顔を出す。

「おはようございます」

台所で挨拶をすると、袖まくりをして髪をまとめていた義母が、驚いたように振り返った。

「あら！　おはよう。もう起きたの？　孝夫は？」

「た、孝夫さんは……あの……起きて、お支度をなさっています」

突然孝夫のことを尋ねられ、ゆり子は動揺して、義母から目をそらした。

「私、朝食のお手伝いをさせて頂ければと思って……あ、でも、お邪魔でしたら先に水回りのお掃除をしてまいりますので、お気遣いなく……！」

おろおろしているゆり子に、明るい声で義母が言った。

「じゃあ、ささがきごぼう作ってくれる？　それを鶏挽肉（とりひきにく）と唐辛子できんぴらにしたいの。朝と夜のお惣菜の一品にするつもり。うちは人数が多いから、山ほどささがきを作るのが大変なのよ。今日は、安田さんがお休みの日だから助かるわ」

義母のこだわりのない様子にほっとして、ゆり子は素直に頷いた。

「かしこまりました！」


——孝夫さん、今日は朝ご飯の席にいらっしゃらなかった。会社に急ぐからって。

ゆり子はしょんぼりと俯（うつむ）いた。

朝食を終えた後、楽しみだったはずの掃除をした。けれど、ワックス付きの素晴らしいモップで廊下を磨（みが）くのも、偉大な掃除機を使える庭掃除も、まるで心が浮き立たなかった。

昨日はあんなに楽しかったのに……

明日は業者の人が草刈りをしてくれるらしい。業者さん向けのすごい芝刈り機であっという間に終わる、と教えてもらったが、まるでわくわくしなかった。

ゆり子は昼食をとり、片付けを終えて、部屋に戻った。

サイドボードの上に置かせてもらった、小世のルビーの指輪に手を合わせる。

いまだに、一人のときに気を抜くと涙が出てくる。

世話になっている斎川家の人達の前では絶対に泣けない。

だから、孝夫が会社にいる間だけ、ひっそり小世に手を合わせることに決めているのだ。

――本来なら、ここで斎川家の皆さまに大切にされていたのは、小世ちゃんなんだ。私、そのことは絶対に忘れない。私の結婚指輪も小世ちゃんに預けておくね。なんだか赤ちゃん用みたいにちっちゃくて笑っちゃうけど……これが私のサイズなんだって。

ゆり子は手を伸ばして、小世のルビーの指輪と、自分の結婚指輪をそれぞれ手に取った。

結婚指輪は、孝夫の小指の先にしか嵌(は)まらないような小さな輪っかだ。このちっぽけさが、吹けば飛ぶような自分の立場を表している気がする。

あの憎い病さえなければ、小世は孝夫の妻として大切に愛されていたはずだ。

別の男に恋することも、病に苦しむこともなく、悩みのない世界で幸せに暮らしていたはず。

その光景を想像するだけで、ふたたび涙が頬を伝った。

――孝夫さんなら、きっと小世ちゃんを世界一幸せな奥様にしてくれたのに。そっちのほうが、正しい未来だったのに……

ゆり子は、小世のルビーの指輪をそっと中指に嵌(は)めた。

結婚式では、外から見えにくいよう、左薬指に肌色のテープを巻いてもらい、その上からこの指輪を嵌(は)めた。大きすぎて落としてしまうからだ。

サイズ直しはあえて頼まなかった。

ぶかぶかの婚約指輪を嵌めるたびに、自分が身代わりと思い出せる。本当は、ゆり子が味わっている平穏と幸せは小世のものだった。それだけは忘れてはいけない。

もし魔法が使えたら……ゆり子は、過去を修正して、小世が病気にならない世界を作りたい。

小世が健康で、今頃はお腹に孝夫の子供もいて幸せに暮らしている世界を……

けれど、そんな魔法はこの世にはないのだ。

中指でもくるくる回る指輪を、ゆり子は無言で見つめた。

――考えても無駄なことに時間を使っては駄目。そんなことより、勉強しなきゃ。

ゆり子はルビーの指輪を外し、鞄から大学時代の教科書を取り出す。

頬杖を突いたまま、繰り返し読んだ統計の基本書に目を走らせた。

数学科の勉強はとても難しかった。今でも全部わかった気はしない。

大学生活を思い出す。同級生グループから『メモガッパ』というあだ名を付けられたのも、あの頃だ。

当時のゆり子は、『手入れの時間がもったいない』と、髪を自分で短く切り、安物の服を買って、何年も、伸びきるまで着続けていた。

お洒落な周囲の女子大生からは、ゆり子はさぞ異様な風体に見えただろう。

それでもあの頃のゆり子には、色々な夢があったのだ。

今からでも取り戻せるなら、取り戻したい。

――私がOLさんになっていて、小世ちゃんがこのお家に嫁いできている世界……そっちが正しい世界だったのに、どうしてこうなったのかな……

またもや同じことを考えそうになり、ゆり子は鉛筆を握り直した。

物思いにふけりつつ、どのくらいの時間、教科書の再読に時間を費やしていただろう。廊下を歩いてくる足音でゆり子ははっと顔を上げた。

――孝夫さんかしら！

先ほどまでの戸惑いも忘れ、ゆり子は慌てて立ち上がり、部屋の扉を開けた。

「あ、ゆり姉！」

「幸太さん……」

声に失望が滲みそうになり、ゆり子は慌てて愛想笑いを浮かべる。

顔を出したのが孝夫ではなかった。

そのくらいのことでこんなに落胆するなんて。

さっきまでは彼と顔を合わせるのが気まずいとさえ思っていたのに。

「居間でケーキ食べよ。母さんがお友達にもらってきた、すごい美味しいやつなんだって」

唐突なお誘いに、ゆり子は目を丸くする。

「え……あの……私も頂いてもよろしいんですか？」

義母がもらってきたなら高級品に違いない。戸惑うゆり子に、幸太が明るい笑顔で言った。

「うん。好きなやつ、最初にぜーんぶ取っていいよ。レディファーストだから」

心の中に伯母の声が蘇る。

『お菓子はあんたの分はないのよ！　卑しいわね……！』

美味しそうなお菓子に無邪気に手を伸ばし、突き飛ばされたのは幼稚園生の頃だったか。

伯母は伯父や家政婦、小世の目を盗んでは、ゆり子をいたぶり続けていた。

『卑しい』という言葉が胸に刺さって、伯母がいる場ではお菓子を食べなくなったことを思い出す。

小世が部屋に持って来てくれるときだけしか食べられなくて……

――今も、小世ちゃんがいないところでおやつを食べるのは苦手です……なんて言えないよね。

曖昧に笑っていると、幸太が不思議そうにゆり子の手を引いた。

「どうしたの、ゆり姉。行こう！」

幸太はなんの屈託もない笑みを浮かべている。

――いつも優しいな。幸太君はお見舞いのときも、小世ちゃんだけじゃなくて私まで気に掛けてくれたものね。

普通の子はこうなのだと思いながら、ゆり子は慌てて頷いた。

廊下を並んで歩きながら、幸太が言う。

「母さんと三人で、兄貴の分も全部食べちゃおうぜ」

「そ、そんな……駄目ですよ、孝夫さんの分も取っておかないと……」

「兄貴さぁ、甘いもの好きなくせに、いつも俺の前では格好付けて『要らない』っていうの。んで、俺の目を盗んで、そーっと冷蔵庫に探しに行くんだぜ。だから最後の一個を兄貴の前で食べよう」

「お好きなら、ちゃんと残しておきましょうよ」

「兄貴の『本当は嫌だけど譲ってやらねば』って顔、すごいわかりやすくて面白いからさ！」

「そんなの、孝夫さんに悪いわ……」

言いながらも、つい笑ってしまった。孝夫が甘いもの好きなんて知らなかったからだ。

孝夫は、甘いものが好きだということをちゃんとメモしなければ……ゆり子は火照(ほて)った頬で、そう思った。

◆

「ただいま」

夜八時。ようやく家に帰った孝夫は小さな声で言いながら革靴を脱ぐ。

朝六時半に家を飛び出してしまい、気まずいことこの上ない。

だが、早く会社に着いて良かったことも一つあった。

七時過ぎのオフィスに緊急のテレックスが届いていて『求む即応(そくおう)』とあったからだ。

テレックスというのは、長文を打てる電報機のようなものだ。文字数が多いほど料金が掛かる上、英語でなければやり取りできない。

海外支社を統括する部署に勤める孝夫は、国際電話やテレックス担当の一人だ。今日は当番ではなかったが、紙が吐き出されているのを見て、まず手に取った。

テレックスの発信元はニューヨークの支社の購買担当で、至急の確認事項がある、という内容だった。何時まででも待つので、日本時間の朝一番に確認を頼む、と言う趣旨のことが書いてある。

現地は今、夜六時すぎだ。

孝夫は、通信費を節約するためあえて省略だらけにされた英文を翻訳した。

鉄鉱石のロット買付け先を変更したいという内容だった。かなり大きな決断だ。

――へえ……既存バイヤーが新しい卸会社を設立したんだ。ニューヨークのほうが、日本にいるよりはるかに情報が早いな。

孝夫が預かった内容は事業部長決裁が必要な案件だった。

――事業部長のお宅に電話をしよう。七時ならまだ家にいらっしゃるはずだ。

孝夫は受話器を手に取った。手元の資料を見ながらしみじみと思う。

やはり、海外の、大きな市場は動く額が違う。今の孝夫は日本で海外取引の統括をする部門の一人だが、いつかは海外に赴任(ふにん)してみたい。親が叩き込んでくれた英語やイギリス留学の経験もきっと生かせるだろう。

そのとき、ゆり子は付いてきてくれるだろうか。いや、そもそも自分の側にいてくれるのだろうか。

――仕事中に、余計なことを考えるな。

孝夫は慌てて気持ちを切り替え、ダイヤルを回した。

朝食をとっていた部長は、すぐに電話に出て、『こんな早朝にニューヨーク支社からの連絡に気付いてくれてありがとう、斎川君、急いで今から言う内容を連絡してくれるかね』と即答をくれた。

――仕事的には、いい流れだ。タイミングがうまく嵌まるときは、チャンスが来ている。

その後は、山のような仕事や、他国からの連絡、諸々のデータ整理や事務手続きに追われているうちに、一日があっという間に過ぎてしまった。

――通産省向けの書類も作り始めないと。企業が変わるなら取扱い品目も変わるだろうし。それが終わったら社長と先方の面談を早めに予定に入れて……

必死でカレンダーとにらみ合っていてふと気付いた。

――俺ばっかり働いてる気がする。というより……皆、俺にお任せという態度だな。

最近気付いたが、自分は部署内の若手の中で、一番忙しい。

『後継者として期待されているからだ』と周囲は言うが、口先だけだろう。

はっきり言えば『難しい仕事は、英才教育を受けたヤツに押し付けてやれ』『イギリス帰りの御曹司様ならなんでもできるんじゃないか』とやっかみ交じりに思われているのだ。

だがそれらも、力を付けるための経験だと思い直すことにしている。

必死で仕事を終えた定時後、同僚達から『一杯引っかけて帰ろう』『嫁さんの写真を見せてくれ』としきりに誘われたが『今日は妻を待たせているので』と言って全力疾走で帰ってきた。

ゆり子の誤解だけは一秒でも早く解かなければ。

――どうしているかな？　今朝は俺も冷静さを欠いていて……あのとき話せば良かった。

静かな自宅廊下を歩きながらも、浮かぶのはゆり子のことだ。

どんなに彼女が怒っていても事情を説明すべきだった。

自室に戻ったがゆり子の姿はない。大学の教科書とおぼしき本が卓上に置かれている。置きっぱなしのまま、どこに行ったのだろう。

――居間かな。

孝夫は着替えを終え、居間に向かって歩き出す。若い男女の楽しげな笑い声が聞こえてきた。

――ゆり子さん……？

驚きと共に扉を開けると、ソファに並んだゆり子と幸太の姿が見えた。

仲良く寄り添い合って、まるで恋人同士のように見える。孝夫は思わず立ちすくんだ。

「お帰りなさいませ」

「兄貴、おかえり」

「えっ、あ……ああ、ただいま」

二人でなにをしているんだ、と問い詰めかけて、孝夫は言葉を呑み込む。

彼らの表情にやましさがまったくないからだ。ただ孝夫が一方的に、二人でいる姿に嫉妬（しっと）を覚えた。それだけだ。その事実が、少し遅れて孝夫の胸に嫌な影を広げた。

「ゆり姉、さっき言ったとおりやってみようぜ」

幸太がニコニコ笑いながら、傍（かたわ）らに座っているゆり子に囁（ささや）きかけた。

――なんでお前はゆり子さんにそんなに馴れ馴れしいんだ。

昔から人なつっこい弟だとわかっているのに、苛立ちが抑えられない。

「駄目です！　ちゃんと孝夫さんにも……」

ゆり子が赤い顔で幸太を窘める。

――俺といるときよりよほど楽しそうだな……

ふたたび嫉妬心が沸き起こる。眉根を寄せたとき、不意に背後で声が掛かった。

「ゆり子さんの言うとおりよ。幸ちゃん、孝夫の分も残しておきなさい！」

はっとして傍らを見ると、紅茶のカップを三つ手にした母がニコニコ笑って立っていた。

「お帰りなさい、孝夫。貴方もお夕飯のあと、あのケーキ召し上がってね」

「え……ええ……」

ショックだった。母が来たことにさえ気付かないほど、苛立っていたなんて。

「さっき三人で大分食べちゃったけど。貴方が好きなのはちゃんと残してあるから」

どうやら、この場には母も同席していたらしい。

幸太がゆり子と二人きりで過ごしていた、というのは誤解のようだ。

――そもそも俺は何故そんな誤解をしたんだ……馬鹿馬鹿しい。

自分の発想に嫌気がさしたとき、幸太の声が聞こえた。

「ねー、これ、兄貴の分も食べていい？」

幸太の指先には、花風堂のプチフールが並んでいる。大半は食べられたあとだが、美味しそうなチョコレートボンボンや、菫の載ったマジパン掛けの四角いケーキなどがまだ残っていた。

ここの焼き菓子は、昔から孝夫の好物だ。

だが、大の男が、人前で甘いものなど欲しがるものではない。女性と子供に譲るべきだろう。

「俺は甘いものはいい。夕食を食べてくる」

少々無理してそう答えると、幸太がぷっと噴き出した。

――なにがおかしいんだろう？

「ね？　ゆり姉、兄貴は甘いものは要らないって言うだろ？　見て、あの怖い顔、あはは！」

幸太がソファの背にもたれかかり、笑い転げながら言う。

――お前……余計なことをゆり子さんに教えるな。

ますます孝夫の眉間にしわが寄る。

何故わざわざゆり子に『うちの兄貴は、実は甘いものが大好き。でも格好つけて隠してる』ということをバラすのだろう。先ほどとは別の意味で腹が立ってきた。

「か、からかっちゃ駄目ですっ！　孝夫さんはお仕事でお疲れなんですから！」

ゆり子はそう言って、菓子の箱に蓋をした。

「残りは孝夫さんに。私とお義母様と幸太さんで、ほとんど頂きましたから」

「ゆり姉は一個しか食べてないじゃん」

「い……いいんです……とにかくこれは孝夫さんの分です」

ゆり子はそう言って、箱を手に立ち上がった。

「孝夫さん、食堂でお待ちください。これを片付けたら食事をお持ちいたします」

そう言って、ゆり子が孝夫の脇をすり抜けていく。横目でゆり子の表情をうかがったが、機嫌がいいのか悪いのかわからなかった。

――やっぱり俺が昨夜、恥ずべき真似をしたと勘違いして、まだ怒っているんだろうな。

落ち着かない気持ちで、孝夫は食堂に向かった。なにか手伝いましょうか、と声を掛けるべきだが、ゆり子に話しかけるのが気まずくて、石のように食卓に座ったままだ。

ため息をついたとき、台所からゆり子が顔を出した。

「ご飯、大盛りにしますか？」

「いいえ、普通でいいです、ありがとう」

ゆり子は真剣な顔で頷くと、一旦台所に引っ込んだ。しばらく後、お盆を手にしずしずとやってくる。小柄な彼女が大きなお盆を運ぶさまは、ゼンマイで動く人形のようだ。

絶対揺らすまい、零すまいと真剣なのが伝わってくる。

――そう言えば掃除も必死だったな……真面目なんだろうな。

妙なぎこちなさと可愛らしさを覚え、孝夫は思わず口元をほころばせる。

「そんなに一度に運ばなくていいんですよ、気をつけて」

孝夫は立ち上がり、ゆり子の手からお盆を受け取った。小さな手に指先が触れた瞬間、ゆり子がぽっと赤くなる。

――えっ？

予想外の反応に孝夫の動きが止まる。頭の回転も同時に止まった。

だが、外面の平静さだけはなんとか保てた。

「ゆり子さんにはお盆が大きかったですね」

無難な台詞が勝手に出てくる。

孝夫にお盆を渡し、ゆり子が赤い顔でぷいとそっぽを向く。そしてそのままくるりと背を向けてしまった。耳まで真っ赤だ。孝夫も釣られてだんだん顔が熱くなってきた。

「どうぞ召し上がってくださいませ。明日の朝食の下ごしらえをしてまいります」

ゆり子はそう言ってふたたび台所へ走り去っていった。

「無理しなくていいですよ！」

思わずそう呼びかけると、ゆり子の固い声が返ってきた。

「していません」

孝夫はお盆に載せられた夕飯を眺める。炊き込みご飯に、焼き魚が二種類、味噌汁、ごま豆腐、煮物、青菜のおひたしに蕪の浅漬け。量は多く見えるが、軽いものばかりだ。

もう九時近い時間だから、気を遣ってくれたに違いない。

「いただきます」

台所でなにやら作業中のゆり子に声を掛ける。蕪を一口食べたら「うまい……」と声が漏れた。

塩加減が絶妙だ。母曰く、浅漬けは結構難しいらしいが、固くもなく水っぽくもない。魚も炊き込みご飯も味噌汁もなにもかもうまい。

――すごいな、うまい、いくらでも食べられる。料理、本当に上手なんだな。

父の前で『家事はなんでも身につけています！』と断言していたゆり子の姿が思い出された。

孝夫は料理上手の母のお陰で、幼い頃から舌が肥えている。

イギリス留学時代は、そのせいで毎日自炊を強いられたほどだ。そんな孝夫でも、ゆり子の料理はどれも驚くほど美味しく頂けた。

——ん……？

ふと台所のほうを見ると、ゆり子が顔を半分出してこちらをうかがっていた。

だが孝夫と目があった刹那、すっと引っ込んでしまった。思わず笑いそうになる。

通勤中に見かける野良の子猫のようだ。

いつも車の下や壁の隙間から孝夫を見ているが、歩み寄るとすっと隠れてしまう。今のゆり子も、そんな風に見えた。

「なにしてるんですか？　こっちに来てください」

笑いを堪えて声を掛けると、ゆり子はおずおずとやってきた。あの子猫よりは孝夫に懐いてくれているらしい。

「お口に合うのか……心配で……様子を見ていました……」

真っ赤な顔で、蚊の鳴くような声だった。

孝夫は釣られて赤くなりながら、すまし顔で答えた。

「とても美味しくて感動しましたよ」

「……嘘……普通なのに……普通です……」

何故ゆり子は首筋まで真っ赤になっているのだろう。あまりに初心な反応で、可愛くなってきた。

「お料理が上手なんですね、俺も貴女に教わろうかな」

「私のは、自己流ですから、駄目です……お料理教室に行ったほうがいいです……」

ゆり子は恥ずかしそうに俯いたままだ。褒められ慣れていない様子がひしひしと伝わってくる。

『どう反応していいのかわからない』と全身から漂ってくるのだ。

もう少しこの可愛い反応を見てみたいと思った。

「ゆり子さんは美人で料理も上手で、非の打ち所がないですね」

もっと照れるだろうと思って、真顔でそう語りかける。

嘘ではないから、まったく心は痛まない。

散切りの髪を整え、まともな服を着たゆり子は誰もが振り返るような美女だからだ。

「……どうしてそんなこと仰るの。違います」

ゆり子は震え声で言うと、小さな手で顔を隠す。

孝夫は噴き出して、ゆり子の小さな手をどけようとした。

「顔を見せてください、せっかく褒めたのに」

「恥ずかしいです、やめてください」

ゆり子は頑として顔を隠したままだ。孝夫は一計を案じ、声音を変えて尋ねた。

「ところでこれ、なんという料理ですか？」

なんでもない風を装って尋ねると、ゆり子がチラッと顔を覗かせる。

――よし、今だ。

孝夫は、ゆり子の手首を掴まえて、顔から離す。ゆり子は、毛を逆立てた猫のように固まった。

何故こんなに、すべての仕草や表情が可愛いのだろうか。

「ゆり子さんは、どうしてそんなに褒められるのが嫌なんですか」

「あ……あの……慣れて……ないから……それに」

ゆり子が汗だくで答えた。どうやら話も続きがあるらしい。

「それに、それに……あの……私……痴女(ちじょ)だから……」

——ちじょ……？

どんな文字を書くのかわからず、孝夫は首をかしげた。

「なんの話ですか？」

「け……今朝のことなのですけれど……ち、痴漢のような真似(まね)をしたのは私でした……から……」

孝夫の脳裏に、朝の悲劇が蘇(よみがえ)った。

ゆり子が用意してくれた夕飯があまりに美味しくて忘れてしまっていた。

——そうだった。俺は脱がされた上に痴漢と間違われたのだった。ちじょ……痴女(ちじょ)、なるほど。

表情を翳(かげ)らせた孝夫に、ゆり子が必死の形相(ぎょうそう)で言う。

「あのあと落ち着いて考えたのですっ！　それで、私、寝ぼけて孝夫さんの服を脱がせたのだと気付きました。夢の中で新型介護ロボットが出てきて、その服を脱がさないと駄目って言われて」

なんの話かさっぱりわからなかったが、ゆり子の必死さだけは伝わってきた。

「そのロボットは、鉄製だったのです。どこを押しても重くって。ですから私、パジャマのボタンを外しただけでは脱がせることができなくて、もう必死で、あとはなにをしたのか……わかりません……」

「なるほど……」

その結果、孝夫は半分パジャマを剥かれていたのか。

「私、寝ぼけがひどいんです。ひどいときは、寝ているのに歩いて行ってしまうくらい」

ゆり子の夢の話を聞いていた孝夫は、穏やかでないひと言に眉根を寄せた。

「そんなにひどいときもあるんですか」

「は、はい……樺木造船が倒産して、伯母の暮らしぶりが荒れ始めた頃、高校生くらいからひどくなって。寝ているのに文字を書いたり、冷蔵庫に財布をしまいに行ったりともう滅茶苦茶で。でもお医者に掛かるお金がなくて、そのまま、良くなったり悪くなったりを繰り返しているんです」

そこまで言ってゆり子が申し訳なさそうに目元を拭った。泣いていることに気付き、孝夫は慌てた。

「どうしました？」

「……ごめんなさい、こちらのお宅でもこんな症状が出てしまうなんて……ご迷惑をおかけしてしまって、どうしていいのかわからないわ」

本気で申し訳なく思っていることが伝わってくる。

「迷惑ではないですよ。でも、事前に心配事があるなら話してほしかったかな」

ゆり子を責めないよう、なるべく言葉を選んで告げる。

「そうです……よね……いろんなことがあって、そこまで気が回りませんでした……」

ゆり子の目にたまった大きな涙を見ていたら、猛烈に庇わねばという気持ちが湧いてくる。

違う。悪いのはゆり子ではない。

「責めていません。ただ、慣れない家を寝ぼけて歩き回って、怪我をしたらと心配なだけです。母と幸太にも一応伝えておきます、ゆり子さんに気をつけてやってくれって」

「やめてください、大丈夫です、私、病気じゃないです」

ゆり子の必死の声に、孝夫は目を丸くした。

そして悲しい事実に気付く。ゆり子は本気で『病気でいることを責められる』と思っているのだ。

樺木家で、伯母からどんな扱いを受けてきたのか、小世が何故あんなにゆり子を案じていたのか、改めて実感して切なくなった。

「……これまでは大怪我をしたことはないんですね」

「は、はい……一応、フラフラしながら、自分でドアを開けたり、段差を下りたりしているって、小世ちゃんが言っていました。動き回るのがひどいときでも、ちゃんと部屋には戻ってきて、何事もなかったかのように、お布団で寝るんだそうです……」

ゆり子が青ざめた顔でそう言った。

「じゃあ、家族に知られないように、寝ている間は俺が見張っておきますから」

「孝夫さん……」

ゆり子がふたたび目に涙を溜め、俯いた。

「そういえば、どうして今朝は私の隣で寝ていらしたのでしょうか？」

鋭い質問がぶすりと孝夫に突き刺さる。

――そうですよね。そこはまだ貴女の中では解決していない部分ですよね。

孝夫はしばし考え、正直に答えた。

「黙って寝室に入って申し訳ない。ですが、断じて下心はありません。ゆり子さんがうなされて、もがいていたので、仰向けに寝かせ直したのです。そのときに貴女に手を握られて、怖いから一緒にいてくれと言われたので……それでも床は別にするべきでした。俺の判断ミスです、すみませんでした」

「まあ……そうだったのですね……」

ゆり子がしゅんとうなだれる。小さくなったゆり子になんと声を掛けるべきか迷っていると、ゆり子が震える声で言った。

「ご……ごめんなさい……なにもかも、私が寝ぼけたからいけないんだわ。孝夫さんは悪くありません。勝手に服を脱がせるなんて、なんて失礼な真似を……」

「大丈夫です、寝ている間のことですから気にしていませんよ」

本当はしている。気にしないでいられるのは、身体が石でできている人間に違いない。

「とにかく、ゆり子さんが寝ぼけて怪我をしないようにするのが先決ですね。家族に話すのは、もう少し様子を見てからにしましょう」

そう言うと、ゆり子はやっと安心したように表情を緩めた。

――良かった。落ち着いてくれたならそれでいい。

孝夫もつられて微笑む。

毛を逆立てていた子猫が自らすりすりしてくれたような気がして、なんだか嬉しかった。

「……またパジャマを脱がせたら、私のこと、無理矢理起こしてくださいね」

すっかり気を許した表情のゆり子にそう言われ、孝夫は頷きかけて動きを止めた。

――なんだって……？

ようやく懐いたと思ったゆり子が、突拍子もない爆弾を差し出してきたことに気付いたからだ。

凍り付いた孝夫の様子に気付かず、ゆり子は明らかにほっとしている声音で続けた。

「本当に……情けない話ですが、孝夫さんに隣で見張って頂けるなら安心して眠れます……」

涙ぐんで安心しているゆり子を『一緒に寝るのは駄目ですよ』と突っぱねることができず、孝夫は固唾を呑む。

「え……あの……？」

「ありがとうございます……独り立ちしたら真っ先に孝夫さんにお返しをしなくては……」

「い、いえ、いいんです、お返しなんて」

問題はそこではないからだ。

孝夫はなんとなく窓の外に目をやる。月が冴え冴えと輝いていた。よこしまな心を洗い流すような清らかな光が、夜の庭の輪郭を浮かび上がらせている。

まるで、美しい月が『今日からも頑張れよ』と孝夫を励ましているかのように見えた……

「寝相の悪い私の見張りなどお願いして申し訳ありません」

ベッドの上に正座したゆり子が、真剣な表情で言い、深々と頭を下げた。

「ありがとうございます、そして、お手数をお掛けします。私がいびきをかいたら、鼻をつまんでくださって結構です」

つられて正座した孝夫は、ゆり子の勢いに引きずられまいと、姿勢を正して抗弁(こうべん)した。

「いえ、俺はいつも通り、隣の書斎で寝ようと思っているのですが」

「駄目です！　私、寝ているときは忍者以上に気配がないのです」

ゆり子が真剣な顔で首を横に振る。

「忍者って……。扉が開けば、さすがに気がつきますよ。俺は入り口の側に寝るつもりですし」

だから一緒に寝なくてもいいのでは、と言いかけた孝夫に、ゆり子は首を横に振った。

「いいえ。本当にすごいのです……寝ている私は……すごいのです……」

寝ているゆり子が別の意味ですごいのは、孝夫も良く知っている。

「昔、寝ている小世ちゃんの部屋に入っていって、本棚の本を全部入れ替えていたときも、物音がまったくしなかったそうです。小世ちゃんは幽霊と間違えて、気絶しそうになったって……本当に気配がないのです。でも、孝夫さんと一緒に寝れば大丈夫だわ」

「なにが大丈夫なんですか？」

そっちのほうが世間一般には危険なのだ。

ゆり子は自分の思いつきに夢中なようだが、気付いてほしい。

『夫』も一応男だと言うことを。

「私と孝夫さんを紐で繋ぐのです！　足がいいですね、足首同士を繋ぎましょう。手ですと、首に絡まる危険性がなきにしもあらずですから！」

ゆり子が平べったいビニール紐を掲げ力強く言った。

「足首にリストバンドを巻きます、その上からこの紐を巻けば傷にもならないはず。私が動き出したら孝夫さんを引きずることになりますから、きっと起きてくれるはず」

理系女子の発想は合理的だ。合理的だが……

「紐が……短くないですか……？」

こんな短さでは、朝にはふたたび密着間違いなしなのだが、ゆり子はいいのだろうか。孝夫は構わないがゆり子は嫌なのではないか。

「長くすると、私が頭から落ちると思うんです。足は繋がれているわけですから、このように頭だけ先にずりずりと……このように……」

ゆり子はベッドの上を這い、頭から落ちる仕草をして見せた。

「ですが、足がこのあたりにあればぎりぎりこう、頭を床にぶつける前に寸止めで済むのです」

ベッドの端に頭をたらして、ゆり子が言う。

「それを知るためにさっきからずっとメジャーでベッドの幅を測っていたんですね」

「もちろんです。孝夫さんの足の位置は真っ直ぐ寝るとこのあたり。それを仮定した上で私の頭が床にぶつからない長さを計算いたしました」

「そうですか、それは……お疲れさまでした」

真剣なゆり子に『やめよう』と言い出せない。

だが足首同士を縛り合って眠るなんて、ひどく不道徳な気がするのは孝夫の考えすぎだろうか。

「ですが、その紐のせいで今朝のように密着してしまったら、恥ずかしいですよね……？」

恐る恐る孝夫は尋ねた。

「私は大丈夫です！」

――俺が大丈夫ではないんです。

「ですので、孝夫さんがお嫌でなければ、是非ご協力をお願いいたします」

紐の長さは二十センチ位しかない。危険指数がものすごく高そうだ。

口をつぐんだ孝夫に、ゆり子は真剣に言った。

「私が動き回ろうとしたら、すぐに揺すり起こしてください、お願い。寝起きが悪いのでしつこく！」

悲愴な顔つきのゆり子に根負けして、孝夫は頷いた。

「わかりました……」

自分だって一応男だ。毎朝毎朝刺激たっぷりの姿勢で抱きつかれていたら、そのうち理性をなくして襲いかかるかもしれない。

だが堪えるのがゆり子への誠意なのだ。わかっている。さっき月が応援してくれたから大丈夫だ。

足を丁寧に結ばれながら、孝夫は覚悟を決めた。

——男であることを忘れよう。今日から俺は、ゆり子さんに飼われている猫かなにかだ。

「おやすみなさい」

電気を消して横たわると、傍らからゆり子の愛らしい声が聞こえた。

「孝夫さん……あの……どうしても我慢できなかったら、言ってくださいね」

恥じらうような声音に、ドクッ、と、孝夫の心臓が妙な音を立てた。

「え、あ、あの……なんの話ですか……」

こんなに愛らしい女性と足首を縛り合い、添い寝して『我慢できなかったら言ってね』と言われるなんて。男なら考えることは一つだ。身体中に変な汗が滲む。

——俺は……我慢……できる……

急激に上がった心拍数を持て余す孝夫に、ゆり子の声が届いた。

「お手洗いに行きたいときは紐を外してくださいね」

「……わかりました」

木に登ったあとに、突然はしごを外されたような気分だった。

眠れないな、と思っていたはずだが、孝夫はいつの間にか眠っていたようだ。ゆり子の出す謎の安眠波に呑み込まれたらしい。

妙に暗く、息が苦しい。布団に頭を突っ込んだままぐるぐる巻きになったようだ。

だが変だ。夏なのに何故布団があるのだろう。

巻き付く布団を引き剥がそうとした孝夫は、すぐにそれが『別物』だと気付いた。

——ゆり子さんの……胸……ですね。

全身からどっと変な汗が噴き出す。予想通りの展開ではないか。こうなるのは知っていた。

「駄目……」

孝夫の頭を胸に抱き込んだゆり子が小さい声で言う。

「行かないで……やだ……」

ゆり子の声が悲しげに曇る。孝夫の頭を胸に抱きしめたまま、悲しい夢を見ているようだ。

そっと揺すってみたが起きない。

だが孝夫も息苦しさとは違った意味で、苦しい。

薄い布越しに胸の感触がはっきりわかってしまうからだ。

「ゆり子さん」

今度は声を掛けながら揺すったが起きない。多少無理にでも引き剥がすしかない。

孝夫はゆり子の腕に手を掛けた。そのとき、枕元に置いた目覚ましが大音量で鳴る。

ゆり子の腕の力がすっと抜けた。

——今脱出するんだ！

孝夫はゆり子の細い腕を持ち上げ、身体を離した。何故こんな体勢になったのかと確認すると、ゆり子の華奢な足が紐から抜けている。

ゆり子は枕をどこかに飛ばし、ずり上がり、ベッドのヘッドボードに突き当たって、首を妙な角度で曲げて孝夫の頭を抱いているのだ。

「ゆり子さん、おはようございます、ゆり子さん！」

孝夫は身体を起こし、ゆり子の身体を揺さぶった。

「え……あ……」

不自然な姿勢で寝ていたゆり子が、「いたた……」と言って首を押さえた。

「やだ……私、なんでこんな格好で寝てるの……」

起き上がり、首を回しながら、ゆり子がぼんやりという。

胸に押し抱いていた『なにか』の正体には気付いていないようだ。

「寝違えましたか？」

何事もなかったかのように尋ねると、ゆり子は「大丈夫です」と微笑んだ。

「あら？　孝夫さんの紐は外れていないのに、私のだけ抜けてしまったのね」

寝起きのゆり子が、納得できない顔で呟いた。

隣にある男の大足と比べてもらえればわかるはずだが、そんなに小さく細い足は、多少縛ったところでリストバンドごと抜けてしまうのだ。

「孝夫さんの結び方を見せてください！」

ゆり子がのそりと身を乗り出した。

「抜けた理由は、貴女の足が小さいから。それだけですよ」

「自分で確認します。明日は外れないようにしたいので対応策を検討させてくださいな」

――やはりご自分で検証なさらないと納得頂けないですか！

孝夫は息を呑む。ゆり子は身体を起こした孝夫の足にのし掛かってきた。

両脚の間に肘を突き、真剣に結び目を確認している。

孝夫の目に見えるのは、まず小さなお尻。そしてまくれ上がったパジャマの背中、そこから覗く白い肌、くびれた腰……何故こんな素晴らしい光景を無料で拝めるのだろうか。

――前世で人助けをしたご褒美……とか？

朝から目の毒すぎる。結婚生活は試練の連続と聞くが、本当にそのとおりだ。

「リストバンドを巻いておくと摩擦係数が小さくなって抜けやすくなるのかしら。どう思いますか、私の場合はバンドなしで、直に巻いたほうがいいでしょうか」

「ゆり子さんの足が小さいので、どちらにせよあまり効果はないかと」

言い聞かせながら孝夫は思った。

小世が『ゆりちゃんを守って』と頼んだ理由がよくわかって辛い。

彼女は、誰かが守らねば危なすぎるのだ。

ゆり子が嫁いできて十日が経った。

くたびれ果てて家に帰ると『奥さん』は『お帰りなさい』と孝夫を笑顔で出迎えてくれる。無垢で愛らしいゆり子の存在は、孝夫の中で日に日に大切で、かけがえのないものへと変化していった。

「幸太さん、もうおかわり五杯目ですけど、お腹痛くなりませんか？」

朝食の席で律儀（りちぎ）に尋ねるゆり子に、母が笑いながら言った。

「いいのよ。幸太は山ほど食べさせないと、授業中に隠れてパン食べちゃうの。買い食い禁止の学校なのよ。先生からお叱（しか）りのお電話を頂いて真っ青になったわ」

食堂に明るいゆり子の笑い声と、『言うなよ！』という幸太の声が響き渡った。

ゆり子がいるだけで家の中が華やいだ雰囲気になる。

真面目で優しいゆり子は、毎日、母と弟を笑顔にしている。ゆり子に冷淡なはずの父も、時々母や幸太とゆり子の会話を盗み聞きして噴き出しているほどだ。

「ごちそうさまでした。美味しかったです」

無言で朝食を終えた孝夫は、そう言って重ねた膳に手を合わせた。

母が『練習のために、貴方のお食事はゆり子さんに作ってもらっているの』と言っていた。

どれも美味しすぎてびっくりする。

樺木夫人は理不尽（りふじん）に厳しく、少しでも口に合わない料理はゆり子の目の前で捨てていたらしい。

それでこんなにも料理の腕が上達したのだろう。

だとしたら、美味しくても複雑な気持ちだ。

——俺だったら、ゆり子さんが大失敗した料理でも全部食べる。幸太に手伝ってもらうかもしれないが、捨てるなんてしない。

嫁いできた日以降、ゆり子は少し心を許してくれたのか、ひどい目に遭わされた話を少し口にするようになった。

どの話も理不尽で腹立たしかった。逆らうこともできないか弱いゆり子が、どんな思いで理不尽を呑み込んで我慢してきたのかと思うと、怒りで身体が震えてくるほどだ。

——俺なら朝の四時からこき使ったりしない。俺なら大雨の中、無意味な買い出しになんか行かせない……俺なら……

孝夫は誰にも悟られないよう、奥歯をぐっと噛みしめた。

何故、彼女と時が来たら離婚する約束をしたのか、もうよくわからない。

結婚式の日にはわかっていたはずなのに、日に日にわからなくなっていく。

「あ、お皿はお下げします。会社のお支度なさって来てください」

ゆり子がきびきびとした手つきで、孝夫が整えていた皿達をお盆に載せ、台所へ去った。

孝夫は、手伝う、と言いたいのを堪え、立ち上がる。鞄と背広を持って玄関に向かい、姿見の前で身支度を整えて、ネクタイと髪の毛を軽く直す。

——よし、気合いが入った。海外購買部向けの資料は昼までに揃え終えないといけないからな。

背筋を伸ばした孝夫の背後で、軽やかな足音が聞こえた。

「孝夫さん、待って！　今日もお弁当を作りました」

駆け寄ってきたゆり子が、笑顔で弁当箱を差し出してくれる。ここに来て三日目から、ゆり子は律儀にお弁当を作ってくれるようになった。

朝食のついでです、と言ってくれるが、おかずからして朝のメニューと全部違う。あんなに綺麗な弁当を別に作るのは大変だろう。

嬉しくて挙動不審になりながら、孝夫はなんとか、普通にお礼を口にした。

「これは……すみません、毎朝申し訳ない。わざわざ」

孝夫の言葉に、ゆり子がニコッと笑った。

「妻が夫のお弁当を作るのは、申し訳なく思って頂くことじゃないんですよ」

ゆり子がここに来た翌日、孝夫が掛けた言葉と、ほぼ同じだ。

あの日は何気なく掛けた言葉だったけれど、今の孝夫の胸は妙にざわつく。

——妻と夫……か……

ゆり子はいつかここを出て『元配偶者』になる。

その現実を直視するのが、苦しくなる一方だ。

——馬鹿だな、まだ十日しか経っていないのに。

心の奥底で自嘲しながら孝夫は答える。

「……そうでしたね。ありがとうございます。ゆり子さんのお弁当は、毎日美味しいですよ。もう社員食堂には行けないな」

ぎこちない孝夫のお礼に、ゆり子が嬉しそうに頷いた。

「今日のほうれん草のバター炒め、じゃりじゃりがなくなるように工夫しておきました」

些細な言葉も全部メモして、覚えてくれているのだ。どんなに自制しても、その事実が嬉しい。

自分のことを知りたいと思ってくれることがこんなにも嬉しいなんて。

「すみません。俺は幸太と違って好き嫌いが多くて面倒ですよね」

孝夫の言葉に、ゆり子がさっとメモを取り出した。

「これに書けば覚えますから！　これからもっと覚えます、メモガッパの私にお任せください」

ゆり子がおどけたように言う。

孝夫は口元をほころばせた。

「次はなにを書かれてしまうのかな」

ゆり子に関心を持たれることが嬉しいくせに、口からはそんな言葉が出た。

もっと、自分のことだけを知ってほしい。他の人間の情報なんてそのメモ帳に書かないでほしい。

そう思ったとき、背後で幸太の大声が聞こえた。

「母さん、俺の弁当、全部昨日と今日の残りもんじゃん！」

どうやら幸太の弁当は、母が冷蔵庫の在庫をありったけ詰め込んだらしい。

母はいつも『幸太のお弁当は、とにかく量なの。手の込んだものを作っても一秒で食べちゃうのよ。だからとにかく詰めて、山ほど持たせているの……』と空を見つめて呟いているのだ。

——そうか、幸太の分はゆり子さんが作ったんじゃないんだ。

そんな小さなことにまでこだわって、嬉しくなっている自分が情けなくて、笑ってしまう。

「嫌なら持っていかなくていいわよ、お母さんに作らせないで自分で作りなさい」

母の厳しい言葉に、幸太は肩をすくめた。

「持っていくよ、もう……弁当ありがと！　じゃあ行ってきます！」

幸太が素直にお礼を言って、通学用のリュックを背に脇を駆け抜けていった。

ゆり子が笑って幸太のうしろ姿に手を振った。

伸びやかな仕草に、行ってらっしゃいという明るい声。朝の光の中で、細い白い腕がひらひらと揺れるさまが、妙に目に焼き付いた。

ゆり子の些細な仕草が、一つ一つ頭にしまい込まれていく。

振り返って笑う顔も、エプロンの紐を器用に結び直す仕草も、家に戻ると『お帰りなさいませ！』という声と共に走ってくる足音も全部……

いつか全部失うなんて信じられない。

ゆり子と暮らして、自分の心がこんなにも日々揺さぶられるなんて思っていなかった。

孝夫は普段通りの笑顔で、いつもと変わらぬ声でゆり子に言った。

「……では、行ってきます。今日は海外支社との打ち合わせで遅くなるので、無理に待たずに先に休んでいてくださいね」

第四章　新婚旅行

ゆり子が嫁いできて、半月が経った。

結んでいる足の紐はゆり子がどう工夫しようが毎日抜け、毎朝目眩がするような素晴らしい目覚めを迎えている。

起きたら何故か、ゆり子だけパジャマのズボンを脱いでいたこともある。その片脚は孝夫の両脚の間にねじ込まれていた。

最近、しみじみ思うようになった。

心頭を滅却すれば火もまた涼しということわざがあるが、滅却の方法を詳しく書いてほしいと。

――なに一つ滅却できない……滝にでも打たれなければ駄目なのか……？

日に日に、孝夫の不具合が増えていく。

まず、ゆり子に対する物理的な距離が自然に近くなってきた。

彼女が身を寄せてくると腕が勝手に抱き寄せようとするし、微笑みかけられると頬にキスの一つもしたくなる。

べったりくっついて寝ていると、自分達は恋人同士かなにかだと脳が勘違いするのかもしれない。

とにかく毎日幸せなのに辛い。

ため息を吐いた孝夫は、ゆり子が夕食の膳にほとんど手を付けていないことに気付いた。

「疲れましたか？」

食事の膳を前にぼんやりしていたゆり子が、はっとしたように孝夫を振り返った。

孝夫は何気なく、ゆり子の小さな手に視線をやった。

左の薬指には、今日もなにも嵌まっていない。家事で傷を付けたら困ると言い張って、頑として結婚指輪を嵌めないのだ。

ゆり子にとっては、積極的に嵌めたいものではないのかもしれない。そう思うと、なんともほろ苦い気持ちになった。ペアのはずの指輪を嵌めているのは孝夫だけだなんて……

「ごめんなさい、ちょっと夢見が悪くて食欲がないの。大丈夫です」

——そういえば、最近なにかを考え込んでるな。小世さんの指輪をジーッと見てたり。どうしたんだろう。彼女を思い出して寂しくなって、元気が出ないんだろうか。

食事の手を止めて考え込んだ孝夫に、父が急に話しかけてきた。

「おい、お前、新婚休暇は取ったのか」

「は……？　いえ、取ってませんが」

そう答えると、父が顔をしかめた。

「お前の部署の役員から苦情が来た。お前が新婚休暇を返上して働いているせいで、他の人間が休暇を取りにくいと。孝夫、新婚休暇を取って旅行してこい。ちょっと美味い土産でも買って来て、皆に配ってやれ」

「なにを言ってるんですか？」

孝夫の声がうわずった。

『嫁と絶対に肉体関係を持つな』と遠回しに釘を刺してきたくせに、新婚旅行を勧めてくるなんて、頭がおかしいとしか思えない。

――今でさえ限界なんですよ……ゆり子さんと寝るのは！

だが、父は本気のようだ。息子を発狂させる気だろうか。毎晩冷水を被り心頭滅却に挑戦しては敗退している息子の努力を、なんだと思っているのか。

「うちは、優秀な社員を逃さないために福利厚生を充実させてきた。お前が堂々と使わないと、周囲はどんな福利厚生も、所詮は形だけなのかと失望する。私達が必死で作り上げた会社の枠組みを跡継ぎのお前が乱すな」

頭がガチガチ、四角四面で吐き気がする。父の考え方は自分そっくりだ。そっくりだからこそ……否定できなかった。

「じゃあ、毎日滝行に行ってきます」

母と幸太が『なにを言っているのだ』とばかりに、ぽかんとした顔で孝夫を見つめた。

孝夫自身もなにを言っているのかわからないが、滝に打たれて己の欲を洗い流したいのだ。冷水シャワーではもう効かない。もっと偉大な力に押し流されなければ無理だ。

「ちょうど高尾山の奥に滝行ができる施設があるので、そこへ朝一番で向かって、夜は帰ってきます」

「毎晩戻ってきては大変ですよね？　滝に打たれてお疲れなのに……」

そう言って、ゆり子が困った顔をする。

「いいえ、大丈夫です。夜は家で寝ます」

夢遊病のゆり子を一人にできない。パジャマの下だけ脱いで部屋の外に出てしまったら……と思うと不安で爆発しそうだ。ゆり子のそんな姿を自分以外の誰にも見せたくない。

「わ、私は……あの……」

ゆり子がぽっと赤くなり、すごい勢いでメモ帳になにかを書き込んだ。

『扉に数字合わせ式の南京錠（なんきんじょう）を付けて寝ようと思います、さすがに寝ていたら、複雑な錠前（じょうまえ）は外せないと思いますから』

孝夫はその文章を読んで首を横に振る。

『駄目です。万が一地震や火事でもあったらどうするんですか』

メモ帳にそう書いて返すと、母が「どうしたの？　仲良しね。筆談で内緒話してるの？」とほのぼのした笑顔で問いかけてきた。

もちろん、ゆり子と仲良くすることに反対の父は苦い顔だ。

「いいえ。とにかく俺は日帰りで滝行に行きます」

そのとき、幸太が呆れたような声を上げた。

「兄貴、なに言ってんの？　普通に新婚旅行に行けばいいだろ」

幸太の言葉に、孝夫は頑（がん）として首を横に振った。

「年頃の男女が一緒に旅行すべきではない。お前も知ってのとおり、この結婚には事情があるんだ。当然のことだろう」

ゆり子はなにも言わず、無表情に閉じたメモ帳を見つめている。ここしばらく、やつれただけでなく笑顔も減ったような気がする。

来てしばらくは毎日ニコニコしていたのに。

――ゆり子さん、どうしたんだろう。俺に余裕がないせいで気を配れていなかったけれど……

ゆり子の様子をうかがっていた孝夫の耳に、幸太のとんでもない言葉が飛び込んできた。

「じゃあゆり姉、俺と二人でどっか行こう。任せろ、お年玉貯めてあるから」

父も母も安田も、一斉に幸太に視線を注いだ。ゆり子も驚いた顔をしている。

孝夫も唖然として弟を見つめた。

――なにを……ふざけたことを……

じわじわと心がどす黒く染まる。おかしい。弟はまだ高二で、子供で、大人の自分が嫉妬(しっと)するような対象ではないはずなのに。

しかし、客観的に見れば、幸太の背は孝夫とほとんど変わらない。孝夫にとってはいつまでも子犬のような弟だけれど、身体は立派に『男』だ。可愛かった声も、低くなっている。

今更、小さいはずの弟が『男』になっていることに気付き、ますます胸が焦げる思いがする。

「俺が電車代出すから、江ノ島(えのしま)の海に行ってさくら貝拾わない？　それでさ、しらす丼食べて、最後に江島神社(えのしまじんじゃ)にお参りしようぜ。そうしたら夕飯の前に家に帰ってこられるし」

弟の頭からひねり出された提案が孝夫をますます混乱させる。

——なんだその可愛いデートプランは……。俺には到底思いつかない……！

ただ一つ言えるのは、ゆり子と二人で出かけないでほしい。嫉妬で胸が潰れる。それだけだ。

「あの、当然のことだけれど……日帰りで行くのよね……？」

母の恐る恐るの問いに幸太が素直に答えた。

「うん、三千円しかないもん。でもゆり姉にキーホルダー位は買ってやれるぜ」

孝夫は思わず眉間にしわを寄せる。

——こ、こら！　お前、お年玉全然貯まってないじゃないか、買い食いばかりしているからだ。それにお前、三千円以上あったら宿泊するつもりなのか？　なにを考えている、ゆり子さんは俺の……

ふたたび孝夫の中に強い苛立ちが込み上げる。

軽く唇を噛んだとき、幸太が冷たい視線を向けてきた。

幸太にこんなきつい、軽蔑を込めた目で睨まれるのは初めてだ。戸惑う孝夫に、幸太が言った。

「ゆり姉を連れて行かないで一人で遊びに行くなんて、信じらんねえ。俺、兄貴を見損なった。兄貴はゆり姉に、家でずーっと家事だけしてろって思ってるんだな。父さんと同じじゃねえか。家に置いてやってるから感謝しろって言うだけ。口だけで全然大事にしてない！」

厳しい言葉が孝夫の心を凍てつかせる。

確かに、幸太の言うとおりだからだ。ゆり子と二人で外出したことはない。

「うちの男共、逆らえない女の子相手に、最っ低……本気で見損なったから。じゃあな」

幸太がそう言って、椅子から立ち上がる。ゆり子が慌てたように、幸太を呼び止めた。

「待ってください、幸太さん。私は家事をさせて頂くことを嫌だなんて思っていません！　置いて頂けるだけで、本当にありがたいんです！」

「置いて頂くとか、させて頂くとか、母さんはひと言も言わないだろ」

幸太の言葉がいちいちそのとおりすぎて、孝夫の胸をグサグサと突き刺してくる。

——お前が……正しい……

痛む胸を無意識に押さえ、孝夫は思った。

自分がしたことは『可哀相なゆり子を家に住まわせてやった』だけだ。

楽しい思いもなにもさせず、心の中では『いいことをした』とふんぞり返っているだけ。かといって優しくして二人でデートなどしたら理性が保てない……

「私は居候なんです。お義母様とは違……」

ゆり子の慌てたような言葉を、幸太が強い口調で遮る。

「違わねえよ。間違ってるのは父さんと兄貴だ。ゆり姉じゃないからな。じゃ俺、風呂入ってくる」

幸太はぷいと背を向け、食卓を出て行ってしまった。

ゆり子が気まずげに俯き、父に頭を下げた。

「幸太さんにまで気を遣わせてしまって、本当に申し訳ありません……私はこちらに置いて頂けるだけで、心から感謝しておりますので」

「あ、いや、別に……」

父はゆり子から視線をそらし、新聞を読むふりをしたままだ。

重たい沈黙が食卓を支配する。

そのとき、母が小さな声で切り出した。

「じゃあ、二人で箱根に行ってきたら？　楽しいわよ、箱根。姉さんと行こうと思って宿を取っておいたんだけど、幸太の親子面談の日程が変わって重なっちゃって、どうしようかと思っていたのよね」

母が、幸太以上にわけのわからないことを言い出した。

「お前、義姉さんと旅行に行くのか？　聞いてないぞ」

基本母べったりの父が、新聞を置いて抗議の声を上げる。

「いいじゃないの、息抜き位。姉さんも私も愚痴が山ほどたまっているのよ」

母が冷めきった声で父の抗議を切り捨てた。

「お前、家族ほったらかしで家を空ける予定だったのか？」

やはり納得できない様子で父が母に尋ねた。母に置いて行かれたくないのだ。

「私や安田さんがいなくても、幸太は自分でご飯を炊いて、冷蔵庫の中身でおかずを作って、勝手に食べていますす。宿題をしないで怒られたとしても、それは自業自得です」

母が淡々と父に答えた。

――確かに、幸太は食べたい一心で自分で作っているものな。卵焼きとか、野菜炒めとか、肉をタレでただ焼くだけのものとか……皿も風呂も使ったらちゃんと洗うし。

「孝夫は言わずもがなです。料理はちゃんとできますし、遅くなれば外食なりお惣菜なり、自分で食事を済ませてきます。お風呂も自分で入れて、上がったら掃除までしますから」

母の口調がだんだん激しくなってくる。

「会食がない日は家に飯を用意しておけ、黙って家を空けるな、ビールといえば冷えたビールがコップつきで出てくると思っている、お風呂を洗ったこともない、そんな男は、うちでは貴方だけです！」

「わ、私だって……一人で定食屋くらい行くぞ……」

「あらそう、偉いわね」

冷たい母の声に、父とゆり子が同時にびくりと肩を震わせた。

「ところで箱根の話なんだけど、せっかくだから二人で泊まってきたら？　平日だからそんなに混んでいないし、ゆっくりできるわよ」

父はいい加減、母にうっとおしがられていることに気付いたほうがいい。

人ごとのように思いつつ、孝夫は腕組みをして考えた。

――幸太の言うとおり、俺は自分のことしか考えられなくなっていた。休暇をとるならゆり子さんにも楽しんでもらわないと申し訳ない。

悶々（もんもん）と考え込む孝夫の傍（かたわ）らで、不意に、ゆり子が小声で呟いた。

「箱根……ですか……？」

「ゆり子さん、箱根に行ったことがある？」

母が優しい声で尋ねる。ゆり子は小さく首を横に振った。

「いえ、私、修学旅行で、中学のときに会津（あいづ）に行ったことしかなくって……無知でお恥ずかしいです」

「行ってみたいでしょう？　大人気なのよ。温泉にも入れるの」

「え……あ……あの、家事もありますし、無理に行こうとは……」

母の問いに、ゆり子は戸惑ったように表情を翳（かげ）らせた。

様子をうかがっていた孝夫は、遅まきながら気付く。好奇心旺盛なゆり子は、箱根がどんな場所なのか知りたいに違いない。でも、言えずに我慢しているのだ。

「旅行とか、観光とか……別に……私……」

大きな目を潤（うる）ませ、ゆり子が真面目な口調で言う。

——行きたいですよね、知らない場所。

ゆり子のいじらしさに、心が激しく揺さぶられる。

箱根に連れて行って、思い切り楽しい思いをさせてあげたい……という気持ちが、『冷水シャワーではもう効かない。滝に打たれないと駄目だ』という焦燥感（しょうそうかん）を凌駕（りょうが）した。

こんなに寂しそうな様子のゆり子を無視したら、幸太の言うとおり『最低な男』だ。

「ゆり子さん、じゃあ、俺と箱根に行ってみますか？」

孝夫の問いに、ゆり子がぱっと顔を上げた。

このところずっと元気のなかった目に、きらきらした光が宿っている。

やはり彼女は、知らない場所に行ってみたくて、それを言い出せずに我慢していたのだ。たくさん楽しいところに連れて行こう。冷水シャワーは、水圧が滝並みに強くなるよう改良すればいい。

ゆり子が、大きな目で孝夫を見上げた。

「箱根に行ったら、箱根登山電車に乗れますか？」

妙に具体的な質問だなと思いながら、孝夫は頷いた。

「多分、湯本(ゆもと)駅で切符を買えば乗れると思いますよ」

「大涌谷(おおわくだに)のロープウェイに乗れますか？　始発から終点まで乗れますか？」

——乗り物が好きなのかな？

そう気付いたら、ふと微笑ましくなった。ゆり子の知らない一面を知るたびに、心が温かくなって、嬉しくなる。

「そちらにも行きましょうか。俺は構いませんが、かなり硫黄臭いですよ？　ついでに名物の黒い温泉卵、食べてみましょうか？」

「はい！　そんな卵があるの、知りませんでした！」

孝夫の答えにゆり子がニコッと笑う。

——ああ、珍しいものに乗りたかったんだな、きっと……

ゆり子の明るい笑顔に、孝夫の口元も緩んだ。

えくぼが可愛すぎて、思考が飽和した。ゆり子が可愛くてもう他のことなどどうでもいい。

——良かった……笑ってくれた……

なんとも言えない甘い気持ちが込み上げる。

——あとは俺が己を抑制するだけだ。

テーブルの下で、孝夫はぎゅっと手を握った。大丈夫。自分は……紳士だ。

「……今から母さんの予約をキャンセルしても宿に迷惑ですし、その日程で休めるか確認します」

そう言うと、母は機嫌良く頷き、父は新聞に顔を隠したまま『ちょうどいいから、母さんの代わりにお前達で行ってこい』とモソモソと声を上げた。

◆

新婚旅行へは、土曜日に発つことにした。

新婚休暇は翌一週間。

箱根に向かうロマンスカーに揺られながら、ゆり子は自分が着ている服を見下ろした。

出がけに義母に強引に着せられたのは、水色のワンピースだ。空色よりもやや紫がかっていて、どこかで見かけた花の色に似ている。

さらっとしたローン生地に、夏でも涼しく過ごせる、ふんわりした膝丈のスカート部分。

——こんな頼りない靴で歩き回れるのかしら……

靴も、いつものスニーカーではなく、ヒールのある白いサンダルだ。ゆり子の小さい足に合わせて、作っておいてくれたらしい。

甲にリボンが付いていて足もまったく痛くならない。

靴の中敷きには、金色でブランドの名前が書いてある。

なんだか、地面を踏むのが怖くなるくらい綺麗な靴だ。

――新宿駅から小田原駅まで、ほんの一時間ほどで着いてしまうなんて。

ゆり子はメモ帳を開き、町田駅への到着予定時刻を書き込んだ。生まれて初めて東京から出る。

町田から先は神奈川県なのだと思うと胸躍る。

メモ帳を閉じたゆり子はそっと傍らの孝夫を見上げた。

熟睡中だ。昨日も遅くまで働いていたので、疲れているのだろう。

前の座席の背もたれに付いている机を開き、ボールペンと手帳を載せているが、作業をしている間に眠くなったらしい。

――本当に、なんて整ったお顔なんだろう。

ゆり子はしばし、孝夫の寝顔に見とれた。

――寝ていても綺麗だなんて。

駅で止まり、乗り込んできた女性客が通路を通るたび、孝夫の顔をちらりと見ていく。やはり彼の容姿は目を惹くのだろう。

疲れの滲む寝顔を見ながら、ゆり子は孝夫を起こさない程度にそっと寄り添ってみた。

わずかに触れる程度の距離感だが、温かくて落ち着く。

日常と違う車内の光景が『これから旅に出るのだ』とゆり子に囁（ささや）きかけてくるようだ。

――中学の修学旅行はバスだったなぁ。確か白虎隊のお墓を見たわ。高校は……伯母さんが学校にクレームを入れて、無理矢理修学旅行を休まされたのよね……

樺木家がどんどん傾いていった記憶がよぎり、ゆり子は慌てて暗い思い出を振り払う。

この箱根で楽しい時間をたくさん過ごそう。小世に電車やロープウェイからの光景を見せてあげようと、彼女のカメラも持って来た。

スイッチバックする電車に、温泉ガスの噴き出す谷を渡るロープウェイ。なにかの本で見て、日本にはこんな場所があるのかと胸躍らせたことを良く覚えている。

――小世ちゃん、箱根だよ。一緒に行こうね。

ゆり子はバッグから指輪の入った箱を取り出した。

小世のルビーの指輪と、ゆり子の結婚指輪が入っている。

お揃いの結婚指輪は、一度も嵌（は）める気にならない。

ゆり子は、小箱の中の真っ赤なルビーを見つめた。

色白の小世がこれを着けると、まるで指に椿が咲いたみたいだった。

――小世ちゃん……助けられなくてごめんね……

孝夫と過ごす日々が幸せなほど、何故ここにいるのが自分なのかと思えて仕方がない。

日に日に、その思いは募（つの）る一方だ。

何度も何度も繰り返し考えたことが、また心に湧き上がってくる。

病さえなければ、小世が今、この席に座っていたはずなのに。

孝夫とお揃いの結婚指輪を嵌めて、寄り添って笑っていたのは小世のはずだったのに。

世界で一番大事な『お姉ちゃん』が、素敵な旦那さんと幸せに暮らしていたはずなのに……

ゆり子の視界がぼんやりと滲んだ。

——どうして病気になったのが小世ちゃんなんだろう……私に魔法が使えたら、小世ちゃんが病気にならない世界に戻ってやり直したいよ。だって、孝夫さんはすごく優しい、いい人だもの……絶対小世ちゃんはこのおうちで幸せになれたはずなのに。おかしいよ、こんなの変だよね。

箱の中の二つの指輪はなにも答えない。

ため息を吐いたとき、車内放送で『次は町田駅に停車いたします』と流れた。

ゆり子はそっと滲んだ涙を拭った。

——こんなことばっかり考えてるから、最近元気が出ないんだわ。せっかく旅行に連れてきて頂いたのに……

ゆり子は指輪の箱をバッグに戻し、メモ帳をワンピースのポケットにしまった。もう、残り三分の一ページくらいしかない。

普段、メモ帳は重要なことを書いたページを切り取って保管し、あとは捨てている。

でもこのメモ帳はまるごと全部捨てられなそうだ。

孝夫の好きなものや、彼に言われたことがたくさん書いてあるから。

メモ帳の入ったポケットをそっと押さえ、ゆり子はため息を吐いた。

——どうしよう、小世ちゃん……私……孝夫さんが好きになっちゃった。だけど、できるだけ早く好きになるの止めるね。ちゃんと独り立ちできるように頑張るから。

心の中で小世に語りかけながら、ゆり子は唇を噛みしめた。

自分の気持ちに気付いたのは、恐ろしい夢を見た夜のことだ。

夢の中、ゆり子はなにもない真っ暗な場所で、動かない小世を必死に抱いていた。

孝夫は側にいるが、ゆり子と小世を見てくれない。

彼が見つめているのは、花嫁衣装を着た美しい娘だった。

花嫁の手を取り、孝夫がゆっくりと去って行く。

『待って、小世ちゃんを助けて』

そう叫んだ瞬間、腕の中の小世がさらさらと砂に変わっていった。

ゆり子は悲鳴を上げて、小世だった砂の塊にしがみつく。でも小世だったものは、ゆり子の腕も指もすり抜けて、風に乗って吹き散らされてしまった。

——全部なくなってしまう、私の世界から、大事なものが。

ゆり子は、孝夫のうしろ姿に向けて叫んだ。

『行かないで、お願い……！』

うなされている間は、夢とわかっているのにどうしても目覚められない。行かないで、と叫んだとき、孝夫に強く揺すり起こされた。

暗がりに浮かぶ端整な顔を見た瞬間、涙が滲んだ。

——あのとき私は、孝夫さんがまだ側にいる……夢でよかった、って心底思った……

寝ぼけていて彼の言葉は覚えていないのに、ちゃんと孝夫が側にいたときの安堵感だけは、強く強く覚えている。

あのときはっきりと自覚した。

ゆり子は契約結婚をなに一つ割り切れず、孝夫に恋してしまったのだと。

——恋って心に勝手に生えてくる草みたい……はぁ……抜いても抜いても……駄目……

小世も、こんな気持ちだったのだろうか。『先生』と呼びかけるたび、彼が微笑んでくれて、理性が溶けるくらい嬉しかったのだろうか。

——小世ちゃんと話したいな。会いたいよ。どうすれば好きな人を諦められるのか教えてほしい。

目を伏せたとき、電車が止まった。町田駅だ。どっと人が乗り込んでくる。彼らも箱根に行くのだろうか。たくさんの人が通路を歩く。中の一人が、眠っている孝夫の肩にぶつかった。

「あっ、失礼」

眠っていた孝夫がはっとしたように目を開ける。

「今度は孝夫さんが窓際に座りますか？」

新宿からずっと、窓際の景色がよく見える席を陣取ってしまった。申し訳なく思いつつ尋ねると、孝夫は目を丸くして、噴き出した。

「いいえ、窓際はゆり子さんにお譲りします。俺は大丈夫……また寝ます」

孝夫はふたたび腕を組んで、切れ長の目を伏せてしまった。同時に停車していた電車が動き出す。

――眠っちゃった……かな……？

ゆり子は、様子をうかがいつつ、恐る恐る、二の腕同士をくっつけ、寄り添ってみる。

温かくてどきどきした。

これがゆり子の恋の、精一杯だ。

優しい旦那様は、いつも温かかった。メモ帳ではなく、自分の心と身体で覚えておこう。

――恋って雑草みたいに生えてくるくせに、綺麗な花を咲かせるから、摘めないんだわ。

ゆり子は、孝夫の温もりだけを意識しながら、流れゆく住宅街の光景をぼんやりと眺め続けた。

孝夫と別れる日が来る。孝夫が『斎川家にふさわしい』新しい花嫁を迎えるのを、他人としてただ受け止める日が来る。

その日が来たら、小世とのお別れの日と同じくらい、ゆり子の心は削られてしまうだろう。

――これ以上幸せになるのが怖い。

ゆり子は前の座席の背もたれをぼんやりと見つめながら考えた。

――小世ちゃんが病気にならない世界を、過去に戻って取り戻せないかな。小世ちゃんは孝夫さんの幸せなお嫁さん。樺木の伯父様もおかしくなっていない、私は大学を出て就職している……

そんな世界。私はそっちの世界に行きたい、もう嫌だよ、怖いのも悲しいのも、もう嫌だ……

◆

――ゆり子さんは、俺が寝ている間、わざとくっついているのでは……？

町田駅を過ぎたあとから、孝夫はずっと寝たふりをしている。

新宿から町田までは仕事疲れで熟睡していた。もう一度寝直そうとしたとき、ゆり子の腕が触れていることに気付いて、眠気が吹っ飛んだ。

――ゆり子さんの体格で、こんなに肘掛けに腕を乗せる必要はないよな？　わざと俺にくっついているのか？　目を開けて確かめたい。だが起きたら、多分離れてしまう。

そう思った瞬間、ゆり子が更に体重を掛けてきた。といっても、子猫がじゃれつくほどの力だが。

――気のせいではない、俺に……ゆり子さんが……

孝夫の全身に謎の汗が滲む。

ふう、とほんのわずかなため息が聞こえた。起きるべきか、寝たふりをすべきか葛藤した末、孝夫は終点の箱根湯本まで寝たふりをすることに決めた。

――間違いない。これはゆり子さんが自分の意志で俺に寄り添っている。

少年のような単純で明快な喜びが込み上げる。

孝夫の葛藤と裏腹に、ゆり子の細い腕は、到着までずっと離れなかった。もちろん孝夫も、終点まで眠ったふりを続けた。

――よし……あとは自然に起きた演技をするだけだ。

箱根湯本駅のアナウンスが流れると、腕が離れる。ゆり子は何事もなかったように、孝夫の肩を掴んで、揺さぶってきた。

「孝夫さん、終点に着きました」

ゆり子の声に孝夫は目を開け、ありがとうございます、と礼を言った。

孝夫は席を立ち、自分とゆり子の鞄をまとめて右肩に掛け、電車を降りた。

ホームと電車の間にわずかに幅があったので、空いた手をゆり子に差し伸べる。ヒールを履いている彼女が、バランスを崩したら危ないと思ったからだ。

ゆり子は頬をぽっと染めて、小さな手を孝夫に委(ゆだ)ねた。

「宿に行く前に、箱根登山電車に乗りますか？」

ゆり子が薔薇色の頬のまま尋ねてくる。『乗らない』と答えたら泣かせてしまいそうだ。

「ええ、貴女がご所望のスイッチバックを一番最初に体験しましょう」

孝夫の言葉に、ゆり子がニコッと笑う。とても嬉しそうなこの笑顔が一番好きだ。

――可愛い……服も可愛いのに中身はもっと……

水色のさらっとした生地のワンピースは、ネモフィラの花のようだった。

亡き祖父が愛した『瑠璃唐草(るりからくさ)』だ。大正時代に輸入された頃はそう呼ばれていたらしく、ネモフィラという名が定着しても、祖父は和名で呼び続けていた。

この色は、ゆり子の真っ白な肌によく似合う。

——偶然だな、ゆり子さんがいつか見たいと言っていた花の色だなんて。

「ゆり子さん、今気付いたんですけど、その服は瑠璃唐草の色ですね」

そう告げると、ゆり子が大きな目を瞠って、驚いたように自分の着ている服を見下ろした。

「まあ、こんなに綺麗な色なの……私もこの薄い青色、お花のようだと思っていたのです」

新しい知識を得たとばかりに、ゆり子が満足げに微笑んだ。

ゆり子は本当に、清楚で綺麗だ。

箱根に着いたのに、周りの風景など目に入らない。孝夫はゆり子のことしか見ていない。

手を繋いでいたゆり子が、孝夫を振り返って笑顔で言った。

「箱根登山電車はあっちです、孝夫さん！　たくさん並んでます、並びましょう、乗りましょう！　大涌谷のロープウェイにも乗りましょう！　登山バスも乗りましょう！」

ゆり子の目は輝きっぱなしだ。全身から好奇心が溢れ出す様子に、孝夫は微笑んだ。

「バスで大涌谷に行くのと、今からそこの登山列車に乗るのはどちらがいいですか？　場所が結構離れているので、今日は一箇所しか回れないかもしれない」

「まあ、そうなの。全部一気に体験はできないのね……どうしよう」

ゆり子は歩みを緩め、考え込むようにじっとつま先を見つめた。

柔らかな黒髪がさらさらと揺れて、天使の輪を作る。真っ白な肌も大きな黒い瞳も薔薇色の唇も、なにもかもが作り物のように綺麗だ。

道行く人達が、咲き誇る花のようなゆり子を振り返った。

『天女のような娘が生まれる』と言われた樺木家の直系の血を引くだけあって、ゆり子は周囲の人から浮き上がって見えるほどに美しい。

昔、九州の炭鉱王が樺木家の娘を見初めて、『ご令嬢と同じ目方の黄金で嫁に迎えたい』と言い出したという逸話があるのもうなずける。

——小世さんは言わずもがなだけど、ゆり子さんも負けず劣らず綺麗なのに。

前々から思っているが、ゆり子本人にはあまり美人の自覚がないようだ。

今だって、人々の賞賛の視線に気付いた様子もなく、メモ帳を見て唸っている。

ガイドブックの存在を知らないらしく、観光したい場所を思いつくままに列挙してきたようだ。

きっと家政婦達や母に『箱根の見所はどこですか』と聞いて回ったに違いない。

その姿を思い浮かべたら微笑ましくなった。

「ゆり子さん、実はこんなものがあるのですが」

そう言って、孝夫は肩掛け鞄から、箱根の観光ガイドブックを取り出した。

「なんですかこれは！」

言葉と同時にゆり子の細い手が伸び、孝夫の手からガイドブックをかっさらった。

「まあ……まあ！　なんてこと……まあ……！　全部見たいです！　箱根湿生花園というものが新しくできたのですって。湿性花園ってなにかしら？」

「尾瀬みたいな場所では？」

ゆり子が不思議そうに首をかしげる。尾瀬を知らないようだ。

「群馬のほうにある高原です。とにかく広くて、複数の県に跨っている国立公園なんですよ。湿地帯に木の歩道が渡されていて、ハイキングしながら高山植物を見ることができます」

「いつか、そちらにも行ってみたいわ」

そう言って、ゆり子はメモ帳を取り出し『オゼ　国立公園　群馬のほう』と書き込んだ。

「水芭蕉とか、ニッコウキスゲとか、色々咲いているんです。質素だけれど、爽やかな高原で見ると綺麗で、心が洗われますよ」

「みずばしょう、にっこうきすげ……ありがとうございます。よいことを伺いました」

メモを終えたゆり子が、ポケットにそれをしまい込んで孝夫に微笑みかけた。

「ついでに今日の希望も決めました。私、今日は箱根登山電車に乗って、全部の駅で降りて、この駅に戻ってきたいです！」

ゆり子のおねだりに、孝夫は一瞬真顔で考え込んでしまった。

——それ、楽しいかな？　ゆり子さんが楽しいならいいんだが。

彼女の興味の方向性がわからない。服装にもアクセサリーにも興味がないのに、何故電車や機械はそんなに好きなのか。すべての駅で降車したいと言われるとは思わなかった。

「全駅で降車するのは……多分途中で飽きますよ、俺が保証します」

孝夫のちょっぴり意地悪な言葉に、ゆり子が唇を尖らせる。

「そんなの、降りてみないとわからないわ」

拗ねて見せても、ゆり子は大人しく手を繋がれたままだった。

もちろん孝夫も、離す気は毛頭ない。

しばらく人の列に並んで箱根登山鉄道に乗ったものの、ゆり子は、早速一駅目で降りようとする。

——大人しそうな顔をして、意外と探検好きなんだな。

孝夫は笑いを堪えてゆり子をそれとなく引き留めた。

「もう少しで、スイッチバックの地点ですよ。そこまで行きませんか」

「……そう？ なら次のスイッチバック地点まで座っていようかしら」

ゆり子は『仕方ない』とばかりに頷いた。手にはメモ帳を握りしめたままだ。

「いつもなにか書いていますよね。昔から、なんでもメモ帳に書き留めるのですか？」

孝夫の問いに、ゆり子が驚いたように顔を上げる。

「小さい頃、小世ちゃんに『地面には海抜という単位がある』と教えてもらってから、なんでもメモする癖が付いてしまいました。そのせいで大学生の頃はメモガッパと呼ばれていたのです」

可憐で愛らしいゆり子のどこが『メモガッパ』なのだろう。

——美人だから嫉妬したんだろうな……髪形がおかっぱであること以外貶すところがないから。

嘆かわしい話だと思いつつ、孝夫は尋ねた。

「海抜がメモとなんの関係があるんですか？」

「樺木のお家がある場所は海抜が低かったのです。それで、私と小世ちゃんだけは二階で寝ていました。大分前から、二階は使用人部屋で、最近は物置なのですけれど……」

ゆり子の答えが素っ頓狂すぎて、どこに決着するのか想像もつかない。でも、そんなところが可愛いと思えるのだから、仕方ない。

——すごいな、メモの話はどこに行ったんだ。

孝夫は腕組みしつつ、ゆり子の話に頷いた。

「小世ちゃんは一階に綺麗なお部屋があったのに、ほぼ毎日……雨の日なんて必ず、私と一緒に二階に寝ていたのです。もしも大きな川が氾濫したら、私の背なんて簡単に超える水が家に入ってくると」

「なるほど」

「それで私、海抜が高い場所を探すことにしたのです」

ゆり子は『各駅で毎回降りたい』と言い出したことなど忘れたかのように、熱心に語り続ける。

——海抜の高い場所を探す……か。何故そうなる？

だんだん笑いが込み上げてきた。

面白い。なにを言い出すかわからないびっくり箱のようで。

「子供でしたから、将来小世ちゃんと住むのは、海抜の高い場所にしようと思い込んでしまって。それで、偶然海抜の標識を見つけたら、場所と数値をメモすることに決めたのです……それ以来、なんでもメモする癖が付きました」

「海抜、というか標高は地図に載ってますよね？」

からかうように突っ込むと、ゆり子は赤い顔でぷいと窓のほうを向いてしまった。照れている。

「ええ。国土地理院の地図に載っています。まだ五、六歳くらいだったので知らなかったのです！」

「それがきっかけで、メモを取る癖が付いたんですね」

「はい、私にはメモを取ることが向いていました。書き残すことが大事なのです……きっと……」

ゆり子がちらりと孝夫を見つめ、恥ずかしそうに小声で答えた。

「ちなみに孝夫さんは、標高と海抜の違いはご存じですか？」

「同じような意味だと思っていました」

ゆり子には、好きなことを好きなだけ話してもらおう。

そう思いながら、孝夫は窓枠に肘を突いてゆり子をじっと見つめた。

「そうなんです！　同じなんです！　海面には基準となる地点が決められていて、そこから測った高さが標高なのです。海抜も同じなのですが、浸水する危険がある地域に警告するために、あえて『標高ゼロメートル』ではなく、『海抜』という単位を使うのですって。『海』という文字を単位に入れることによって、水害の危険性を意識させるために、あえて作られた単位なのでしょうね。海抜が低いと言われたら、確かに水がどっと流れ込んでくるように思うわ。私、漢字の力に感心いたしました」

夢中で喋っているゆり子に、孝夫は言った。

「ゆり子さん、もうすぐお楽しみの鉄橋ですよ」

「あ……っ、出山鉄橋！」

孝夫の言葉に、ゆり子がサッと窓に近づく。

小さな頭をガラス窓に寄せて、真剣そのものの表情だ。それがまた、愛らしくてならない。

——鉄橋の名前まで……覚えてるんですね……

ゆり子の好奇心の偏り（かたよ）っぷりに、じわじわと笑いが込み上げてくる。高い山の間に架けられた鉄橋は、あっという間に通り過ぎていった。

瞬き（まばた）もせず窓の外を見ていたゆり子が、ぱっと孝夫を振り返った。

「もうすぐスイッチバック地点の信号場ですね！」

「詳しいですね。俺は、奥さんから『信号場』なんて単語を聞くとは思っていませんでしたよ」

しみじみ言うと、窓に貼り付いたままの姿勢で、ゆり子が耳まで真っ赤になった。

「し、調べたからです。私、乗り物が好きで……駅名とかも好きで……多分看板が好きなのです、定義ですから。定義を皆で共有するのが好きなのかしら。信号場という名前も好き。信号で振り分けられた処理をプールするためのエリアに、的確な名前が付けられたと思いました」

ゆり子はもにょもにょと言い訳し、ふたたび照れたように窓のほうを向いてしまった。

「なるほどね」

正直『なにを言っているのかわからん』と言いたいところだが、夢中で喋っているゆり子の可愛い声を聞いていたいので黙っているのだ。

「え……あ……えっと……登山鉄道の場合、信号はオンとオフ、つまり通過か待機かを知らせるためのもので、信号場はオフの場合の電車の待避場所として設け（もう）られた場所なんです。信号の結果を処理する場所、素敵ですね……そういう意味で的確な名前と申し上げました」

言い終えたゆり子が、窓にのの字を書きながら小声で付け加える。

「あの、でも、今のお話、小世ちゃんに聞かせたら『どうでも良いからおやつ食べましょ』って言われたと思います……」

ゆり子は大きな目をそらし、小さな声で言い訳した。

孝夫の切ない心の内など、まるで気付いていない様子だ。

向かいの席にいる男は、ゆり子の言葉も仕草も一つ一つが可愛くて、くるくる変わる表情の変化を記憶に収めておきたいと、瞬(まばた)きもせずに見つめているのに。

今だって『喋りすぎてしまった』と後悔も露(あら)わな表情が、無理矢理風呂に入れられた猫のようで、可愛らしくて仕方がない。

――小世さんは、ゆり子さんが可愛くて大事で、守りたかったと言っていたな。もっと、ゆり子さんの写真を撮りたかったたって……

そこで、孝夫は込み上げる気持ちを呑み込んだ。

――俺は、責任を持って、彼女を自由にしないといけないんだ。

孝夫は電車に夢中のゆり子を見つめながら、気付かれないようにぎゅっと手を握った。

それから数十分ほど乗車しただろうか。

箱根登山電車は、ゆり子をすこぶるご機嫌にしたようだ。

スイッチバック地点を三回経験して満足したのか、ゆり子は目的の駅まで大人しく座っていた。

――あまり遠くまで行くと疲れるから、この辺でお姫様の好奇心を満たしておこう。

孝夫はゆり子と手を取り合って、宮ノ下(みやのした)という駅で降りた。しばらく山道を登って、米軍に接収されたままの美しいホテルにたどり着く。

外から眺めても中の様子はよくわからないが、ホテルの建物群でもひときわ豪華な『花御殿』と呼ばれる建物がちらりと木々の間から覗いていた。

「お城みたいな建物が見えます。これがホテルなのですか？」

ゆり子が孝夫の腕に縋って、精一杯背伸びしながら言う。

「ええ、三十年くらい前に米軍に接収されてしまって、営業していないのですけれどね……。俺の祖父は、このホテルのメインダイニングでカレーライスを食べるのが大好きだったそうです。天井に素晴らしい絵画が描かれているんだそうですよ。接収が解除されて、泊まれるようになったら、また一緒に来てみたいですね」

普通の夫婦のように気軽に未来を約束できないことはわかっている。

けれど、そう言わずにいられなかった。

「素敵。見られて嬉しいわ、ありがとう……花御殿なんて、なんて品格のあるお名前かしら」

ゆり子はポケットからメモ帳を出し、『宮ノ下、花御殿、お城のよう』と書き込んだ。

――お気に召したようでよかった。

同時に、ゆり子が『一緒に来たい』という言葉に反応しなかったことに、現実を突きつけられる。

――そうだな……ゆり子さんは、俺が見合いのときの約束を守ると心から信じているんだ。

なにも言えない孝夫の表情に気付いた様子もなく、ゆり子がくるりと背後を振り返った。

「見てください、素敵なパン屋さんがあります」

ゆり子は微動だにせず、パン屋をじっと見つめている。

「行ってみますか」

「はい！」

ゆり子が目を星のように輝かせた。心から嬉しそうな表情が、ちくりと胸を刺す。

そういえば、ゆり子と外食するのは初めてだ。幸太の言うとおり、ずっと家に閉じ込めて、家事しかさせていなかったのだ。

今更ながらに、後悔する。一緒にいられる時間は短いのに、思い出の一つも作ろうとしなかったなんて、馬鹿だった。

けれど、楽しい思い出をたくさん抱えたまま、笑顔で手を振って送り出せない。ゆり子が笑顔で出て行っても、孝夫はきっと笑えないだろう。

「全部食べたいな……」

ゆり子がメニューボードを覗き込みながら無邪気に言う。

長いまつげを伏せ、微笑む様子は妖精のようだった。

孝夫は肩掛け鞄からカメラを取り出す。駅前の電気屋で、店員の薦めに従って買ったカメラだ。今まで、カメラなんて所有しようと思ったこともなかった。中には、三十六枚入りのカラーフィルムが入っている。

「ゆり子さん、写真を撮りませんか」

孝夫の声に、パンのメニューを検討していたゆり子が顔を上げる。そして、カメラの存在に気付いてにっこりと微笑んだ。

柔らかな風が吹き、ゆり子の肩を越える長さの黒髪をふわりと掠う。

「孝夫さんもカメラがお好きなの？」

きっと小世のことを思い出したのだろう。ゆり子の笑みは、かすかな哀しみを湛えていた。

「いいえ、今日のために買ったんです」

「……実は私も持って来たの」

ゆり子がそう言って孝夫に歩み寄り、自分の鞄から小さなカメラを取り出した。古い品だ。

「いつもこれで、小世ちゃんに写真を撮ってもらっていたのです。私も孝夫さんを撮っていいかしら？」

「今回の旅行中は、ずっと小世さんのカメラをお借りしましょうか」

孝夫はそう言って、自分のカメラを鞄に収めた。

「そちらはお使いにならないの？　せっかくの新機種ですのに」

ゆり子らしい言葉に、孝夫は肩を震わせた。

「この旅行中は、小世さんの代わりに俺が貴女を撮ります。そうすれば小世さんもきっと喜ぶでしょう。俺に『孝夫さんって、なかなか気が利くのね』と言ってくれそうだ」

孝夫の言葉にゆり子が目を瞠る。

そして、涙の溜まった目で笑って頷いた。孝夫はゆり子の手から、小さな軽いカメラを受け取る。フィルムは入っているようだ。カウンターには『1』と表示されている。

――小世さんと同じくらい、貴女を愛らしく幸せそうに撮れるだろうか。

うしろ手に手を組んで微笑むゆり子にピントを合わせ、孝夫は慎重にシャッターを切った。フレームに、水色の花のようなゆり子の姿が収まる。

――フィルム送りもできたな。ちゃんと撮れたはずだ。

カメラを確認する孝夫に、ゆり子が細い手を差し伸べた。

「私も孝夫さんを撮りたいわ」

「俺なんか撮らなくていい、フィルムがもったいないでしょう」

小世の大事なカメラにむさ苦しい男を写してどうするのだろう。

首を横に振る孝夫の手から、ゆり子がサッとカメラを取り上げた。

「小世ちゃんは、このカメラで好きなものしか撮らなかったんです。だから私もそうします。きっと小世ちゃんも快（こころよ）く貸してくれます」

――え……？

なにを言われたかわからず固まる孝夫の前で、ゆり子が慣れた手つきでカメラを構える。顔つきを決める間もなく、パシャッとシャッターの音が響いた。

ゆり子が満足げにカメラを撫（な）で、孝夫の鞄に戻した。珊瑚（さんご）色の唇は、ほのかな笑みを浮かべている。

今ゆり子が言った言葉は、どんな意味があるのだろう。

小さな白い顔からはなにも読み取れない。

「決めました、私、カレーパンとメロンパンを頂きます。孝夫さんは？」

そう言って、孝夫の腕を取ったまま、パン屋の入り口へと歩き出す。ゆり子の優しい体温を感じていたら、孝夫の頭にようやく血が巡り始めた。

「え……あ、俺は……どれに……しようかな」

答えながら、孝夫は小さく唇を噛む。

ゆり子を好きになったら困る、という言い訳も限界だと気付く。

もう好きだ、これ以上抑えられない。

『私は小世ちゃんを守れていましたか』

あの涙を見たとき、孝夫の心に瑠璃唐草（るりからくさ）の種がまかれた。

そして、枯れることなく花咲いたのだ。一輪、一輪が芽を出し、太陽に向けて首をもたげ、儚（はかな）い若葉を広げ、つぼみを付け……

今ではその花々は、祖父が愛した空色の花のカーペットのように孝夫の心を埋め尽くしている。

——ああ、やはり好きなんだ。

小世との約束は破れないのに、心が、どうしても変えられない。

孝夫には、他人でもなく夫でもない、曖昧（あいまい）な立場のまま微笑み続けることしかできないのに。

「見て！　孝夫さんもメロンパンいかがですか？」

いそいそと店に入り、嬉しそうにパンを購入しているゆり子の傍（かたわ）らで、孝夫も同じような笑顔で商品を選ぶ。甘いバターの香りがしたが、いつものように心浮き立ちはしなかった。

店内の空き席に腰を下ろすなり、ゆり子がメロンパンにかじり付く。

「美味しい！」

嬉しくてたまらないと言う笑顔だった彼女が、不意に表情を翳らせた。

「小世ちゃんが生きてたほうが、皆幸せでしたね」

唐突な言葉に孝夫は目を丸くした。

「どうしました、突然」

「新婚旅行に来たのが、小世ちゃんであればよかった。小世ちゃんが新婚旅行に来ている世界のほうが……良かったわ」

ゆり子は目を伏せ、メロンパンを頬張るのをやめてしまった。たった今まで機嫌が良さそうだったのに、急に沈んでしまった理由がわからない。

——小世さんが新婚旅行に来ている世界？　なんだそれは……？

ゆり子が突拍子もないことを言うのは慣れてきた。だが、今の発言は意味がわからない。

「え……ええと、小世さんと俺達の三人で、箱根に来られたら良かったのにという意味ですか？」

「小世ちゃん、大好きだったんです、メロンパン」

ゆり子は膝の上に手を置き、妙に引きつった笑みを浮かべた。

——あ……っ……泣く……

直感し腰を浮かせかけた孝夫は、続いた言葉に凍り付いた。

「私……やっぱり、どうしても受け入れられません。何故小世ちゃんが孝夫さんのお嫁さんになる未来が来なかったのか。ここにいるのが、どうして小世ちゃんじゃなくて、私なのか。毎日考えているんですけど……全然受け入れられない……」

ゆり子が慌てたようにハンカチで目元を押さえた。

「ご、ごめんなさい、おかしな話をして」

取り繕うように謝罪を口にし、ゆり子がぎゅっと唇を閉じる。

「……どうして、急にそんなことを？」

孝夫の耳には、ゆり子の言葉が『私ではなく、小世と結婚してほしかった』としか聞こえない。

——俺と過ごすことが、本当は嫌で、我慢だらけだったという意味……なんだろうか……

そう思いながら、孝夫は低い声で尋ねた。

「そんなに嫌だったんですか、無理矢理俺の家に連れてきたことが」

ゆり子は真っ赤な目で首を横に振る。

「違い……ます……」

「じゃあどうして、貴女じゃなくて、小世さんが俺の奥さんなら良かったなんて言うんですか」

抑えた声に苛立ちが滲んだのが、自分でもわかった。

ゆり子が細い肩を震わせ『ごめんなさい』と呟く。

彼女が男の凄む声が苦手だとわかっていながら、何故こんな乱暴な口の利き方をしてしまったのだろう。

己が冷静さを失っていることに気付き、孝夫はゆっくりと息を吸い、言い直した。

「すみません。でも、俺なんかと暮らしたくなかったという意味に聞こえて、ショックでした」

ゆり子はふたたび強く首を横に振る。

「そうじゃなくて……私じゃなく、小世ちゃんに、孝夫さんのお嫁さんになってほしかったんです」

「どういう意味ですか」

眉根を寄せた孝夫を、ゆり子が真っ赤な目で見上げた。

「小世ちゃんが病気にならずに孝夫さんと結婚していたら、誰も悲しい思いをしなかったでしょう？」

予想外の言葉に、孝夫はとっさに答えが返せなかった。

——確かに、そうだが……

大きな目を彷徨（さまよ）わせながら、ゆり子が小さな声で続ける。

「小世ちゃんは田中先生に出会っていない。私は、孝夫さんを小世ちゃんの旦那様だとしか思っていない。樺木の家も今みたいに壊れていない。その世界のほうが、ずっと幸せだろうなって思うんです」

なにか言い返そうとしたがやはり言葉が出てこない。

——俺は……そうは思わない……

孝夫は視線を、トレイの上のパンに移した。

「だから私は、ここにいるのが私じゃなくて、小世ちゃんなら良かったと思うんです。今見ているのが夢ならいいのに。現実の世界では小世ちゃんがお嫁に行っていて、私はあの家を出て、普通のＯＬさんになっていたらいいのにって。最近ずっとそんなことばかり考えてしまって、駄目ね、突然おかしな話をしてごめんなさい。パン、温かいうちに頂きましょう！」

言い終えたゆり子が、なにかを振り払うようにメロンパンにかぶりついた。

「美味しい。こんな美味しいメロンパン、他で食べたことない！」

無理に明るい笑みを浮かべたゆり子に、孝夫は言った。

「俺は今のほうがいい」

ゆり子が驚いたようにメロンパンをトレイの上に取り落とす。

誤解を与えないよう、孝夫は急いで付け加えた。

「もちろん、小世さんが今も健康で幸せに暮らしていてくれたら嬉しいです。俺もそう思います。でも、俺は……」

この先を言っていいのか、躊躇する。

ゆり子に『力を付けたら、俺の下を巣立って自由になってください』と約束した口で『貴女が好きだ』なんて言うのは狡いし、契約違反だから。

だが、一生ただの名前だけの夫のふりして生きていくのはもう無理だ。

孝夫の心の中には、鮮やかな瑠璃唐草の花畑が息づいている。ゆり子のことを考えるたびに新しい花が開き、どんどん広がっていく果てのない花畑が。

ここに入ってくるのは、ゆり子だけでいい。他の人間に入ってきてほしくない。

「貴女と過ごした時間をなかったことにするのは嫌です」

このくらいならば、聞きようによっては、恋の告白には聞こえないはずだ。

孝夫の言葉に、ゆり子が微笑んだ。

「そうですね。過ごしてしまいましたね、一緒にいる今が現実。小世ちゃんが生きていてくれる世界は、シミュレーションに過ぎませんでした」

「どういう意味ですか」

平静を装って尋ねると、ゆり子の愛らしい顔が引きつっていく。

「私は、いずれ去る人間です。ですから『小世ちゃんが健康だった世界』を想像して、こっちが本来あるべき姿なんだよって、自分に言い聞かせていたんです。今私がいる世界は、本当の世界の影のようなものなんだって。こんなのは良くありません。きっと小世ちゃんに怒られます。馬鹿、複雑な妄想はやめなさい、脳みそは別のことに使えって……」

「まだ難しいですよ、もっとわかりやすく言ってください」

ゆり子がますます顔を歪ませた。

「言わなければ駄目？」

「……はい」

孝夫の言葉に、ゆり子がぎゅっと目を瞑った。

「お別れが怖いのです。私は馬鹿です。大馬鹿者です。最初の約束を、守れていないんです」

そう言って、ふたたびゆり子が顔を覆ってしまった。声を殺して泣いている。

孝夫の胸が甘く疼いた。

ゆり子を泣かせて嬉しいなんて、どうかしている。

今までは泣かれるたび、うなされる姿を見るたびに辛かったのに……

「俺といて幸せなんですか？」

その問いにゆり子は顔を覆ったまま、はっきりと頷く。

瑠璃唐草の花畑にある見えない扉が、閉じた音がした。ゆり子がいればいい。もう孝夫の世界は満たされた。他の人間はもう、ここに踏み込んでこなくていい……

「俺は……俺も、今が幸せです」

だんだん顔が熱くなってきた。よく考えれば他の客もいるではないか。誰もこちらの話を聞いている気配はないけれど……

——さすがに、愛の告白に聞こえてしまった……よな。

そっとゆり子の様子をうかがうと、真っ赤な顔をして孝夫を見ていた。

孝夫の心は彼女に筒抜けらしい。ならばはっきり言葉にしなければ。

「ゆり子さん、俺は貴女が好」

重要なことを言いかけたとき、ゆり子がキッと愛らしい顔を引き締め、袋の中からカレーパンを取り出し二つに割った。

「これもきっと美味しいです！」

目の前に半分に割られたカレーパンが突き出された。

あと三秒くらいで終わるので、告白を聞いてほしい。場所はパン屋だが。もしかしたらパン屋ではなく別の場所のほうがいいのかもしれない。だが……もうどこでもいい。聞いてほしい。

「話を聞いてもらえませんか？」

「……聞きます。これは照れ隠しなのです。わ、わ、私に……熱暴走を冷ます時間をください」

言いながらゆり子がメロンパンとカレーパンを交互に食べ始めた。

「一緒に食べると台無しだわ」

ゆり子はメモを取り出し『メロンパンとカレーパン、別に食べるのが良し』と書いている。挙動（きょどう）が明らかにおかしい。本人が言うとおり、熱暴走中のようだ。

「俺は貴女が好きです。だから、今の時間が大切に思える」

孝夫は小さな耳に唇を寄せ、ゆり子にだけ聞こえるように告げた。めちゃくちゃな順番でパンを食べていたゆり子が、目をまん丸にして、ごくりとパンを呑み込む。

——大丈夫かな？

様子を見守っていると、ゆり子がトマトのような顔でゆっくりと孝夫のほうを向いた。

「何年かしたらお別れするのに、好きになりすぎたくないです」

「別れません」

「無理です、だって……私は……」

「ずっと居座っていいですよ。いざとなったら、駆け落ちでもしましょうか」

冗談めかして言うと、ゆり子は青くなったあと、赤くなった。

「駄目です。孝夫さんは私のことより、斎川グループを優先なさってください」

ゆり子は孝夫と目を合わせずに言う。

「俺は別れたくない」

心のどこかでうっすらと思い続けてきたことだ。

仕事を終えて家に帰っても、ゆり子の声がどこからも聞こえなかったら、姿がどこにもなかったら。考えるだけで心に穴があくような気がする。

自分の人生から、一番愛おしい存在が消えてしまうなんて嫌だ。

「もし父さんが貴女を追い出すと言い出したら、俺と一緒に家を出てくれますか？」

ゆり子が真っ赤な顔で目を潤ませた。

「駄目です。断ります。そんなの、孝夫さんがなくすものが多すぎます」

誠実そのものの答えに、胸に桃色の痛みが走った。

「じゃあ、俺が勝手に決めます。ゆり子さんは、勝手に家を飛び出す馬鹿息子に付いてきてください」

ゆり子はふたたび涙を拭い、小さな声で呟いた。

「……もう一度ちゃんと、そろばんをおはじきになって。ご自分への期待と投資と、これから得られるはずのもの。投げ出して良いものなのか冷静に判断なさってください」

ゆり子の声はひどく冷めていた。叶いもしない話を楽しげにするな、とばかりの表情だ。

必死の抵抗を感じて切なくなる。

『私に幸せな夢を見せないで』

そう訴えかけられているかのようだ。

ゆり子はこれまで散々、悲しみや絶望に心を削られてきた。

だから、『もう私の心を傷つけないで』と怯えているのだ。

孝夫も同じ考えだ。

もうこれ以上誰もゆり子を傷つけないでほしい。

小世の願い通り彼女を守りたい。

「俺はなにがあっても約束通り、ゆり子さんを守ります」

ゆり子は無言で俯いた。少し待ってみたが、なにも言わなかった。

俺は裏切らない、俺は愛している。どんなに言葉を尽くしても、口だけでは傷だらけのゆり子は信用できないだろう。人の心は言葉一つで簡単に癒されたりはしない。

ゆり子は目を潤ませたまま、トレイを手に立ち上がった。

「もう、外に……出ましょう……」

孝夫はゆり子の手からトレイを受け取って片付け、手を繋いで店から出た。

ゆり子は無言でハンカチで顔を押さえたままだ。

――あまり俺の気持ちばかり押し付けるのはやめよう。

孝夫はそっとゆり子の横顔をうかがった。まだ、泣いている。

「登山電車なんですけど……この先の駅にあるのは温泉宿ばかりですから、箱根湯本駅に戻りませんか。そちらのほうが、散策していて楽しいですよ」

ゆり子は顔を覆ったまま頷き、震え声で言った。

「……っ……また、ス、スイッチバックが……体験でき、ます……今度は下り……っ……」

孝夫の目が点になった。

しゃくり上げながら必死に言う必要があることだろうか。

「そんなに好きですか、箱根登山鉄道」

思わず真顔で突っ込むと、ゆり子は真っ赤な目で答える。

「ス……っ、スイッチバックは、日本の……けほっ……ここと、スイスにしかないの……です……」

ひっくひっくと肩を震わせながら、ゆり子が言う。大きな目は『重要なことです』とばかりに、じっと孝夫を見つめていた。

一瞬の間のあと、孝夫は我慢できずに笑い出した。

「そうですね。ゆり子さんがここを好きだということを覚えておきます」

泣き止んだゆり子が、子供のような表情でこくりと頷き、ふと我に返ったように言った。

「私、電車が好きすぎでしょうか？」

真面目な問いに、孝夫はふたたび笑い出す。

「俺が知っている人の中では、一番でしょうね」

ゆり子が無言で目をそらし、斜め下を向く。納得できないときの表情だと最近気付いた。

——拗ねないでください……

どんな反応をされても、可愛くてたまらない。孝夫は繋いだ手を放してゆり子の肩を抱き寄せ、真っ白な頬に口づけた。

ゆり子にキスするのは、初めてだ。

されるがままになっていたゆり子が、きょとんとした顔で孝夫を見上げ、ふっくらした頬を薔薇色に染めた。

「あ……あ……あ……なにを……なにをなさるの……」

頬への口づけだけで恥じらい震えているゆり子を見ながら、孝夫は口元をほころばせる。

「別に」

これ以上のことができる日は、もっとずっと先なのだろう。

——それでも、俺はずっとゆり子さんの側にいる。

孝夫は再びゆり子の小さな手を取り、壊れ物を守るようにそっと包み込んだ。

箱根湯本駅に戻ると、ゆり子はだんだん元気になっていった。

「ちょっとだけ……お土産を……」

あらゆる土産屋を覗(のぞ)き、干物やら謎のお守りやらを小銭で買っては、大切そうに孝夫が持った鞄にしまい込んでいく。

好奇心を抑えられない様子だったが、耳がずっと赤い。この妙な元気さは、先ほど不意打ちでしたキスの照れ隠しなのだ。

わかりやすくて愛おしい。

「美味しい……素敵な味がする……」

ゆり子は蒸したての温泉まんじゅうにニコニコしている。

笑顔を見られただけで、孝夫の心が満たされる。自分でも末恐ろしくなるくらいゆり子が可愛くて仕方がない。

次にゆり子は、河原に下りたいと言い出した。石を投げ、水面を跳ねさせる技を見せてくれるらしい。


まだまだ、耳も頬も真っ赤だ。

『黙ったが最後、恥じらいで爆発します』と林檎（りんご）のような顔には書いてあった。

——頬へのキス一つで、ここまで動揺させてしまうんだな……自重しよう。

そう思いつつ、孝夫は言った。

「川の水面を石が跳ねる……ああ、そう言う遊びがあると聞いたことはあります」

「本当に上手なんです、私」

「意外な……特技ですね」

それ以外なんと言えばいいのだろう。だがゆり子は褒め言葉と受け取ったようで張り切り出した。

「まず、このように石を吟味（ぎんみ）して」

孝夫は、真剣に石を探す華奢（きゃしゃ）な背中を見守った。

新婚旅行で石投げ遊びのための石の吟味（ぎんみ）を始めるゆり子が可愛すぎる。何故そんな技を見せてくれようと思いつくのかも謎すぎる。

——俺は、ゆり子さんが好き勝手にしてるのを見ているのが好きなんだな。

石を探してじりじりと移動するゆり子を見守りつつ、孝夫は微笑んだ。

世に良妻は多かれど、ゆり子のように可愛く、優しく、時に突拍子もないことを言い出す女性はいないだろう。

——俺は変わった女性は苦手だった。俺自身、頭が硬くて冗談も通じないし。でもゆり子さんはいい。貴女の可愛らしさを知ってしまったが最後、俺にはもう、貴女以外は目に入らない。

ゆり子がなにかに夢中になっている姿が愛おしい。

掃除機が好きで、モップが好きで、メモ帳が好きで、珍しい乗り物や食べたこともない物も好きな、はち切れんばかりの好奇心を隠しているゆり子。

それでいて家事は母も感嘆のため息を漏らすほど完璧、というアンバランスなところがいい。

何事も無難がいい、尖った部分がないほうがいい。そう思っていた孝夫にとって、ゆり子の突拍子もなさは新鮮で愛らしく映る。

「ほら見て、見て！　孝夫さん！　こうすれば何回も水面を跳ねるのです！　私はほとんど玩具を持っていなかったので、川面の石ぴょんぴょん技だけは極めたのです！」

いいながら、ゆり子は夢中で石を投げ続ける。

「孝夫さんもどうぞ、お投げになって」

ゆり子の誘いに、孝夫が我慢できずに噴き出した。

「俺もやるんですか？」

「石が水面を跳ねるんですよ？　面白いと思いませんか？　私は思います！」

真剣そのもののゆり子がおかしくて、孝夫も仕方なく付き合うことにした。斎川家の屋敷は高台にあり、近所に遊べる川はない。だから石投げもしたことがない。

ゆり子が投げると簡単に水面を跳ねる石は、何度挑戦しても無残に川に沈んでいった。

だが、楽しかった。手は砂だらけになったが、ゆり子はずっと笑い続けていて、嬉しかった。小世のカメラで、何枚もその笑顔を撮った。

――結局一日目で、小世さんのカメラのフィルムを使い切った。予備を持って来てよかった。

ゆり子の元気いっぱいの笑顔で、フィルムは満たされている。きっと小世も満足しているだろう。

ようやく石投げに飽きたゆり子を連れ、孝夫は宿に向かった。

「温泉にやっと入れますね」

「私、温泉って入ったことがないわ。楽しみ」

かすかな硫黄の香りに鼻をひくつかせながら、ゆり子がえくぼを作った。あんなに動き回り、遊んでいたのに元気いっぱいだ。

孝夫達が宿に着いたのは、十六時過ぎだった。

たどり着いたのは数百年の伝統を誇るという老舗温泉旅館だった。古色蒼然（こしょくそうぜん）、という言葉がこれほどふさわしい建物もなかなかないだろう。

佇（たたず）まいを見て、玄関前で二人同時に『すごい』と声を上げたほどの風格が漂っている。

古い建物の中には凜とした空気が流れていた。

ロビーホールに一歩入ると、使いこまれた木造建築独特の、重厚感ある匂いが漂ってきた。

館内は純和風の拵えで、例えるならば京都の禅寺のようだ。

飴色に磨き抜かれた寄木細工の廊下は、歩くたびに年季の入ったきしみ音を立てる。

窓にはめ込まれているのはアンティークの吹き硝子だろうか。

外の景色がほんのわずかに歪んで見えるのが、えも言われぬノスタルジックな風情だった。

仲居に部屋に案内される間も、ゆり子は天井と壁をぐるぐる見回しながら歩いていた。大きな目にはひたすら驚嘆の光が浮かんでいる。小さな口も開いたままだ。

——喜んでくれて良かった。

案内された部屋は、二間続きで、奥にソファセットのある板の間がある。一面が硝子張りで、零れんばかりの緑が見えた。板の間の右方のすだれの先には、専用の露天風呂があるらしい。

——いい部屋だな。

孝夫はレトロな室内を一通り確認して回った。

「ゆり子さ……」

振り返るとゆり子がいない。仲居について出ていったようだ。

そういえば部屋に案内される最中に、『元湯とはなんですか？　私も見ることはできますか？』と仲居を質問攻めにしていたことを思い出す。

ゆり子は、館内の施設を見せてもらおうと、一緒に出ていったに違いない。

──可愛い。好奇心の塊だな。

動き回りすぎて疲れた孝夫は、板の間の椅子に腰を下ろした。

川のせせらぎが聞こえるが、流れは見えない。

涼しい風が吹き込んできて、とても気持ちのいい場所だ。

部屋の片隅から聞こえるのは、個室露天風呂にお湯が絶え間なく流れ込む音のようだ。

──やっぱり事務仕事が続くと運動不足になるな。歩きすぎて疲れた。

そう思いながら、孝夫は目を閉じた。

水音を聞いていると自然と眠くなってしまう。ゆり子が側で眠っているときに似ている。

眠っている孝夫の耳に扉が開く音が届く。

ゆり子が戻ってきた気配がした。しかし声は聞こえない。

ふすまの開く音がして、しばらくして身体に薄い毛布が掛けられた。

孝夫は薄目を開ける。ゆり子はにっこり笑って、優しい声で言った。

「売店を見てくるので、寝ていてください」

ゆり子は鞄を手にしている。

「わかりました、ありがとう」

孝夫は毛布の礼を言った。ゆり子がひらひらと手を振って部屋を出て行く姿を見送り、孝夫はふたたび深い眠りに落ちてしまった。

仕事が立て込んでいたせいで、身体は予想以上に疲れ切っていたのだろう。

安らぐ川の音に包まれて眠りこけていた孝夫は、ノックの音で目を覚ました。

ゆり子が戻ってきたのかな……と思った孝夫は、窓の外の暗さにギョッとする。宿に着いたのは十六時過ぎだったのに、もう十九時近いのではないか。

「はい」

返事をしながら入り口に足早に歩み寄る。当然ゆり子の声が帰って来ると思いきや、聞こえてきたのは、知らない女性の声だった。

「先ほどからお食事のご用意が整っておりますが」

孝夫は慌てて扉を開け、立っていた若い仲居に尋ねた。

「あの、すみません、妻は先に食堂に伺っているのでしょうか」

「いいえ、もうお帰りになりましたけれども」

「帰った……？」

なにかの間違いでは、と思った。

あんなにこの旅行に喜んで、箱根のあちこちを全部見たいと言い張っていたゆり子が、一人で東京に戻るわけがない。

眉根を寄せた孝夫の様子に気付いたのか、仲居が困ったように言った。

「二時間半ほど前、宿に斎川様の奥様宛の電話が入りまして、ちょうど宿の中を見学していらした奥様にお繋ぎできたのです。その電話を終えられたあと、奥様が『急用ができたから家に戻る』と申されまして」

理解しがたい言葉に、孝夫は目を瞠る。

うたた寝から一時覚めたときに見た、鞄を持って手を振っていたゆり子の姿が思い出された。

――家に戻った……？

いや、違う。毛布を掛けてくれたとき、ゆり子は『売店を見てくる』としか言わなかった。

何故東京に戻ったのだろう。そう思った瞬間、寝起きのぼんやり感が吹っ飛んだ。

「電話はうちの……斎川のほうから掛かってきたのですか？」

「さようでございます、ゆり子さんを呼び出してくれ、と。若奥様は、お義父様からの急ぎの電話だったと仰っていました。今すぐ私だけ戻るから、お洋服などは送り返してほしいと頼まれております」

嫌な予感がした。父はゆり子になにを言ったのか。

「すみません、俺もキャンセルして帰ります。料金は全額お支払いしますので、精算をお願いできますか」

慌てながらも申し出ると、仲居はなにかを思い出そうとするかのように首をかしげ、しばらくして口を開いた。

「え……と……奥様は八時にご自宅にお着きになるそうです。その時間にお電話をくださいと仰っていましたけれど」

帰ろうとしていた孝夫は、時計を見て頭の中で計算する。確かに、今から後を追ったらゆり子に会えるのは十一時近い時間だ。八時まで待って話すほうが早い。

「わかりました。電話で事情を聞いてから判断します」

そう決めた孝夫は、料理はあとにすると仲居に告げ、一人先ほどの椅子に腰を下ろした。

電話は室内にある。利用料は余分に掛かるが、外線にも繋がるようだ。

——もう着いたかな……駄目だ、ただ待つのが辛い、電話して、折り返してもらうか……

受話器に手を伸ばしかけたとき、電話機がなった。

予想していなかった大きなベル音に、孝夫の胸がどくんと嫌な音を立てる。受話器を耳に当てると、受付を名乗る女性の声が聞こえた。

「斎川様、お家のほうからお電話が入っておりますので、転送いたします」

しばらく待つと、父の声が聞こえてきた。

『孝夫か』

父の冷たい声に、孝夫は、はいとだけ答えた。

ひどく嫌な予感がする。

『樺木さんが、うち以外の会社に、千本町の地域の権利書と、登記識別情報通知書を渡していた。土地所有者である奥様の実印も印鑑証明もなにもかもだ。うちは来週、正式な売買契約を結ぶ予定で、最終調整に入っていたところだったんだがな……こんな滅茶苦茶な真似をされて、なにもかもが台無しだ』

父の言葉に、驚きと同時に、斎川グループが被る被害の全貌を概算する。

関連プロジェクトの数からしてかなりの予算達成見込みが消える。

新たな事業計画を立てたところで、追いつかない。

現在進行中の他のプロジェクトを、千本町の再開発と同規模の案件に育て上げるのも、今すぐには難しいだろう。

斎川グループは、社運を懸けたプロジェクトの一つを失ったのだ。

——報道が出たら、株価が暴落しそうだな。千本町の再開発の他に、派手にアピールできる収益案をすぐにひねり出さないと……

冷静に試算しながら、孝夫は父の話の続きを待った。

『買収した相手は、どこぞのきな臭い不動産会社だ。多分バックに外資の金融機関が付いている。千本町の値上がりを予測して、土地を取得する気だ。そして二十年ほど経ったら、高値で売り抜けして大儲けするんだろう。その頃に買収しても黒字は出せない。もう千本町の案件はいい、別件のプロジェクトを中心に動いていくしかない』

状況を理解していくうちに、孝夫の背に嫌な汗が滲(にじ)んできた。

『樺木さんを呼び出して今後の話をしようとしたが、駄目だ。妻が勝手に持ち出したの一点張りで……奥さんが権利書一式と引き換えに受け取ったらしい莫大(ばくだい)な金も、樺木家の金融資産口座にはない。詳細は調査中だ。私達は、逃げた奥さんを捜している。彼女が金を持ち逃げしないよう早く捕まえなければ。損害賠償金を、十億単位で搾り取らないとならないからな』

樺木夫人がおかしいことはわかっていた。

小世が、母のようになりたくないと言っていたことも知っていた。

――だが、まさかここまで馬鹿だとは思わなかった……

夫人は、斎川グループを敵に回して、莫大な慰謝料を請求される可能性を考えなかったのだろうか。考えていないとしたら、正気ではない。

孝夫の耳に、父の声はひどく平坦に聞こえた。

怒りのあまり、感情の抑揚を失ったのだろう。

『奥さんがこのまま捕まらなかったら、刑事事件にするつもりだ。申し訳ないが、ゆり子さんには今日を限りに出て行ってもらう。樺木家との繋がりなど要らない』

孝夫はなにも答えず、受話器に耳を当てたまま一つ瞬きをした。

水色のワンピース姿で、微笑んで振り返るゆり子の姿が浮かんだ。

ゆり子は他人に貶められるような女性ではない。

清らかで愛情深い、素晴らしい女性だ。それに罪など一つも犯していない。

孝夫はそのことを、小世の次によく知っている。

――ゆり子さんが制裁を受ける必要なんて、ないだろうが……

これから、どう動くのが一番傷が小さくて済むか。必死で考えていたことすべてが、頭の中からすっと消えた。

損失を取り返すために、今後の仕事をどう進めようかと、真剣に考えていたはずなのに。

そんなことより、ゆり子のところに行かなければ。他に誰が彼女を守るのか。

『本当に面倒な真似をしてくれたものだ。言いたくはないが、こちらは樺木さんの恩人と名乗ってもいい立場だぞ！　お前が負担していた小世さんの治療費もそうだし、売買契約を締結させるために、ゆり子さんまで嫁に迎えてやったこともだ。……絶対に許さん』

新興ビジネス街の開発を行うにあたり、千本町よりよい条件の土地はない。あんな場所が手つかずで残っていたのは『昭和最後の奇跡』なのだ。

だから父は、何度辛酸を嘗めつつも、千本町を買い取ろうと必死だった。

これからの斎川グループの主要事業の一つ、金の卵を産み続ける鶏になる予定だったのだ。

だがもう、その話もご破算になった……

孝夫は人ごとのように、これから斎川グループは大変だろうな、と思った。

だが、致命的な事態には至らないだろうとも思う。

株主向けの中期五カ年計画で発表した目標達成が、数年遅れることは避けられない。

だが、運が良ければ別の仕事で儲けられる。それは、父の手腕次第だ。

己の醒めた思考に気付いて、孝夫は笑った。

本当に、もう人ごとになっていたからだ。自分は斎川グループの『御曹司』のはずなのに。己のあまりの心の変わりように、乾いた笑いが漏れた。

——俺には、もう関係ない。ゆり子さんを守らなくては。

そう思いながら、孝夫は静かに尋ねた。

「ゆり子さんは、そちらにいるのですか？」

孝夫の問いに、父が吐き捨てるように答えた。

『今、荷物をまとめさせている。家は用意したから、そっちへ移ってもらう。落ち着いたら正式にお前達の離婚の手続きを進めよう』

電話の向こうで、母の声が聞こえた。一方的に怒らずに、ゆり子さんと二人で話させてあげて、と言っている。きつい声音に、父が渋々、わかったと答えた。

しばらく待つと、か細い声が受話器の向こうから聞こえた。

『ゆり子です……申し訳ありませんでした、一人だけで戻ってこいと言うご指示だったので……あえて起こさないで、起きても、しばらく宿にいてもらおうと思って……』

ゆり子の言葉にはっとなる。

宿の仲居は、『八時にお着きになるそうなので、電話をかけてください』と伝えてくれた。慌てて後を追うより『宿から電話をかけたほうが、早く事情を把握(はあく)できる』と思い込ませようとしたのだ。

孝夫がいつ目覚めても追ってこないように。少しでも長く足止めするために。

――そんなときまで賢くなくていい。『売店に行く』なんて嘘を吐かず、俺を揺すり起こしてくれれば……

孝夫は爪が突き刺さるほど手を握りしめ、ゆり子に尋ねた。

「ゆり子さん、大丈夫ですか。おかしな真似(まね)はされていませんね」

『はい……伯母がとんでもない真似(まね)をして、本当に申し訳ありませんでした。これからはお義父様の言うとおりに……』

ゆり子の声が震えて途切れる。

――貴女は悪くない……

形容しがたい怒りが、腹の底から込み上げてきた。

ゆり子は悪くない。

いつだって悪くなかった。

土地の売買契約を結ぶための『人身御供』のような立ち場だったが、それはゆり子のせいではない。

親がいないのもゆり子のせいではない。

樺木夫妻が救いようがない阿呆なのも、ゆり子のせいではない。

なにもかもゆり子は悪くない。

「すぐに戻ります。貴女が謝ることなどなにもない、ゆり子さんのせいではありません」

『いいえ、伯父と伯母のしたことは、養女である私の責任です。会社の皆様に、伯母の居場所の心当たりを聞かれているのですけれど、どうしてもわからなくて。私、隠して……いませ……ん……』

ゆり子が電話の向こうでしゃくり上げた。

胸に嫌な汗が伝う。

父は会社の重役陣や弁護士を呼びつけ、ゆり子を囲んで責め立てたのだろう。

誰も二十二歳の身寄りもないゆり子を庇わなかったのだろうか。

ゆり子の声が怯えたように震えているのは、大の男達に囲まれ、詰問されたせいなのだ。

父もその取り巻きも、まともな紳士だと思っていた。

どす黒い失望感が胸に広がる。

『ごめんなさい……取り乱して。伯母のいる場所に関しては、なにかわかればすぐに、斎川様にご報告いたします。それから、離婚の件ももちろん了承します。このままでは、グループの関係者の皆様も、ご親戚の皆様も、斎川家を支援してくださる皆様も、不愉快な気持ちになると思いますから』

ゆり子の声は不自然にうわずっていた。

泣くのを我慢しているのだ。そう思ったら、耐えがたかった。

「だから、それは貴女のせいではないと言ったはずだ。俺が行くまで部屋に隠れていてください。誰も入れなくていい。父さん達がなにを言っても部屋から出ないで、俺が帰るまで」

電話の向こうからゆり子の小さな声が聞こえる。

『私、もう家を出ないと行けないので』

「ゆり子さん、父の言うことは聞かなくていい」

『あ、の……私……こんなことをしでかしたのに、お義父様の温情で、遠くに、家を借りられることになって……そこで、仕事を習って……独立して……斎川様にお金を……少しでも、返し……』

電話の向こうでゆり子が泣き出す。

その背後から『泣くな。孝夫さんに今更取り入ろうとしても無駄だ』という男の声が聞こえた。

父が軽く窘(たしな)める声が聞こえたが、だってそうでしょう、と言い返している。父の他には、その男を止める人間はいないようだった。

その野次が、孝夫の怒りに火を点けた。

――大の男が、安全な場所からか弱い女性に暴言を吐くなんて……。立場的にも腕力でも絶対に逆らえない存在を平気でいたぶるなんて……

はらわたが煮えくり返って、目がくらみそうになる。

ゆり子を人でなしの側に置いておけない。

「とにかく、すぐに戻ります。待っていてください」

『……いいえ、今までありがとうございました。私……いつかまともな社会人になれたら、孝夫さんみたいな旦那様と、出会いたい……です……』

電話が無情な音を立てて切れる。

なにを言われたのか、とっさにわからなかった。

――ゆり子さん……なにを……

呆然と受話器を下ろしたとき、ふと壁に掛けられた掛け軸が目に入った。

童が二人書かれた日本画だ。

一人は地面にうずくまり、夢中で蟻を見ている。もう一人は、蟻を見ている童の傍らに立ち、袖で日陰を作ってやっていた。

微笑ましい幼子同士の姿を描いた日本画だ。

――小世さんと、ゆり子さんみたいだな。

真っ白になった頭に、そんな思いが浮かんだ。

幼い二人の平和な時間を描いたかのような絵だ。

きっと、いつもこうやって、寄り添って遊んでいたに違いない。

蟻を見ている童がゆり子に重なって仕方がない。これほどに無垢（むく）な存在に、何故牙（きば）を剥（む）くのだろう……

呆然（ぼうぜん）としていた孝夫は、電話が切れる直前のゆり子の言葉をゆっくりと思い出した。

――俺みたいな旦那なんて探さなくていい。

眺めていた日本画がわずかな涙でぼやけた。

――俺で、いいでしょう……

電話の前に座り込んでいた孝夫は、ゆっくりと立ち上がった。

――俺は、貴女を守ると約束しました。口だけで終わらせない。

孝夫は今日まで、自分の意志で、徹底的に斎川グループの方針に従ってきた。

イギリス留学も、グループ会社の一つである斎川貿易の本社勤務も、父や重役達、親戚の助言に従って粛々（しゅくしゅく）とこなした。

曾祖父の代から続く斎川グループの優秀な柱になれるよう、ひたすら自分の意志を押しつぶしてきたのだ。

けれど、たった十分ほどの電話で、なにもかもが綺麗に消えた。斎川家のために捧げるつもりだった決意も覚悟も、全部価値のないただの砂に変わってしまった。

——自分の私有財産をまとめて、父との不和でもう勤務はできないと会社に退職届を出そう。無責任だが……仕方ない。

孝夫にとって大事なのは、小世との約束だ。

『ゆりちゃんを守って』と言われて、頷いた。もう訂正は利かない。

やはり無理ですと言ったところで、聞き届けてくれる人は、天国にいるからだ。孝夫自身も、約束を違える気などさらさらない。

『ご自分への期待と投資と、これから得られるはずのもの。投げ出して良いものなのか冷静に判断なさってください』

ゆり子の涼やかな声が蘇る。

——俺は、貴女を傷つけられて、大人しく『御曹司』の席に座っているつもりはない。

孝夫は荷物をまとめて立ち上がった。

外国で暮らせる程度には英語ができて良かった、人並み程度には教養があって良かった。給与を無駄にせず貯めておいて良かった。

次の仕事だって、死ぬ気で探せばきっとなにか見つかる。

地位も名誉もない暮らしになるが、死にもの狂いで守ってみせる。

だから、どうか『孝夫さんみたいな旦那様』なんて、探さないでほしい。

家に帰り着いたのは十一時過ぎ。

集まったはずの会社の重役達は、もう誰もいなかった。父の姿も見えない。孝夫を避けてどこかに雲隠れしたのだろう。

醒(さ)めた気持ちで自室のドアを開ける。いつも通りの部屋だ。さっきまでゆり子が着ていた美しいネモフィラ色のワンピースが壁に掛けてある。

——ゆり子さんは……？

部屋の中からいくつかものがなくなっていた。ゆり子の鞄と腕時計、それから置いてあった本や文房具……。消えたものは少しなのに、恐ろしいほどの喪失感を覚える。

——俺は待っていてくれと言った、どこにも行っていないはずだ。

異様に静まりかえった廊下に飛び出す。父母はどこに行ったのか。幸太でもいい、誰か状況を知っている人間はいないだろうか。居間に向かいあたりを見回したとき、玄関のほうで物音が聞こえた。

玄関ホールに走ると、上がり框(かまち)に腰掛けて靴を脱いでいる幸太の姿が見えた。

「幸太……どこに行ってたんだ、ゆり子さんは……」

尋ねた刹那(せつな)、幸太が脱いだ靴を思い切り孝夫めがけて投げつけてきた。

硬いスニーカーが胸に当たって床に落ちた。孝夫は無言でそれを拾い上げ、玄関に置こうとした。

身を屈めた孝夫の胸ぐらに、幸太が掴みかかる。

「なんでゆり姉が追い出されるんだよ！　もう連れて行かれちゃったよ！　追いかけたけど、俺の足じゃタクシーに追いつけなかった！」

呆然としている孝夫に掴みかかったまま、幸太が泣き出した。

「ゆり姉は……小世姉ちゃんのことずっと看病してて、この家でも、ずーっと家政婦代わりにこき使われて、可哀相だ。なんで俺……兄貴のあとすぐに産まれなかったんだろ？　どうして十七歳のガキなんだろう、腹立つな！　俺が二十三歳だったら、今日ゆり姉をいじめた奴、全員殴って連れ出せたのに」

なにを言って……と問いかけそうになった孝夫は、幸太の泣き声でようやく気付いた。

幸太が頻繁に小世の見舞いに行っていたのも、少ない小遣いでお見舞いのお菓子を買って持って行っていたのも、ゆり子に会うためだったと今更気付いたからだ。

『兄貴はゆり姉に、家でずーっと家事だけしてろって思ってるんだな。父さんと同じじゃねえか。家に置いてやってるから感謝しろって言うだけ。口だけで全然大事にしてない！』

ゆり子を江ノ島に誘ったときの、幸太のきつい口調を思い出す。

自分が恋した相手を一番大切にしようとした幸太は、本当に正しかった。

なにも言えずに口をつぐんだ孝夫に、幸太はぼろぼろ泣きながら言った。

「でも俺が二十三歳で、大人で、仕事掛け持ちしてでも守るからって言っても、ゆり姉はうんって言ってくれないよ。だってゆり姉が好きなの、俺じゃないもん。……突っ立ってんじゃねえよ、どけ、邪魔だ」

八つ当たりのように突き飛ばされ、孝夫は幸太に場所を譲った。

「……離婚届の、えっと、フジュリ届け……とかいうやつ、明日の朝一に出しとけよ。母さんからの伝言だからな。なにも悪くないゆり姉を離婚歴ありにするなよ！」

確かに幸太の言うとおりだ。ゆり子にそんなものを出されたら事態が悪化する。会社に遅刻の一報を入れて明日は朝一番に役所に行かなければ。

「母さんはどこに？」

「父さんと喧嘩したあと、実家に行った。兄貴に渡すものがあるから取りに行くって。知らねえ、あとは勝手にしろ」

幸太は振り返りもせずにスタスタと家の中に入っていく。

胸の中に鉛（なまり）を詰め込まれたような気分になった。ゆり子の居場所は、明日父を問い詰めて聞き出すか、母になにか手がかりはないか尋ねるか。探偵に依頼してもいい。とにかく捜しようはある。

――色々とすることが山積みだな。

孝夫は足を引きずるようにして自室に戻り、引出しを開ける。

引出しの奥には小世が残した一枚のカードがあった。

『閲覧は孝夫様に限ります。父母がどうしようもないご迷惑を掛けたら、中を見てください。もしなにもなければ、父母のためにもこの紙はお捨ておきください』と書かれている。

孝夫はのり付けされた、分厚いカードを開いた。

――なんだ……これは……？

出てきたのは、古いものも新しいものも含む多量の写真だった。

撮影場所は……玄関だろうか。

男物の靴の写真が何枚も入っている。写真の裏には日付が書き込まれていた。古い写真の字は幼く、新しい写真のものは美しい。

孝夫の脳裏に小世のアルバムのことがよぎった。彼女は幼い頃から、カメラを使うことができたと。写真を撮るのが好きだったと言っていた。

——家に男が上がり込むたびに、証拠に撮っていたのか。

今更ながらに小世の利発(りはつ)さに舌を巻く。

『写真と手紙をすべて父にお渡しください』

そう書かれたメモと共に、畳んだ便箋(びんせん)が入っていた。

小世が父宛に書いた手紙のようだ。日付は、小世の容態が悪化するより少し前、去年秋の日付だ。最後に外泊したときに、あらかじめ用意しておいたものらしい。

『お父様へ　この手紙は、私が死んだあと、お母様が斎川家にご迷惑をおかけしたときに、お父様に渡して頂けるよう頼みました。

親不孝な娘に言われたくはないでしょうけれど、いい加減に目を覚ましてくださいませ。

お父様がお母様を愛していて、甘やかしてしまうことは知っていました。

けれどお父様は薬物の中毒患者と一緒です。

お父様は、何度私があの女の男遊びを指摘しても、現実から逃げてばかりでしたね。

このお手紙を読んでいらっしゃる今ならわかるのではないですか。お父様はご病気です。

お父様が私のお願いを聞き届けてくれたのであれば、ゆりちゃんは間違いなく孝夫さんのところにいると思います』

そこまで読んで孝夫はため息を吐く。

父が苦い顔でゆり子との縁談話を持って来た日、これは小世が仕組んだことなのではないか、と直感したのはどうやら正しかったようだ。そう思いながら、手紙の続きに目を通す。

『それならば、お父様も家を出てください。

お母様の心に自分以外の人間への愛などありません。顔が多少人より綺麗でも、毒がある人間なのです。お父様は優しいので、その毒にやられただけ。

樺木造船の倒産はそもそも祖父や曾祖父の代から蓄積された財務体質の問題でした。

入り婿のお父様を責め、無能と罵る(ののし)お母様が間違っているのです。

お母様の借金は、すべてお母様に背負わせて、お父様は去ってください。お母様にはたくさんの恋人がいます。その恋人達が、お母様の面倒くらい見てくださるのではないでしょうか。あばずれの老後など、私の知ったことではありません。すべては自業自得だと思います。

最後にひと言。私はゆりちゃんと孝夫さんのお陰で、最後まで病と戦うことができそうです。あの二人にとても大切にされて、誰より幸せな人間でした。私になにかしてやりたいと思ってくださるなら、どうかあの二人に恩返しをお願いします。　小世』

小世の手紙を読み終え、孝夫は理解した。

これらの靴の写真は、男が家に上がり込んだ証として、小世が何年もの間に撮りためたものなのだ。

かなり離れた場所から撮影したとおぼしき男女の姿もある。

遠目だが顔はかなりはっきりわかった。小世は相当写真を撮り慣れていたのだろう。

写っているのは樺木夫人とあまり風体の良くない男だ。かなり昔のものだが。

——小世さんは、こんなに昔から、ご両親が抱える問題をわかっていたんだな。

一番古い靴の写真を見ながら、孝夫は苦い気持ちを噛みしめる。

これを渡せば、心を失ったように、ただぼんやりと生きている小世の父も、さすがに離婚を決意するだろうか。わからない。なにも変わらないかもしれない。

だが……小世の父が樺木家を去れば、小世の母の周りにはまともな人間など一人もいなくなる。

その後どんな人生を歩もうが、知ったことではない。小世はそこまでわかっていたのだ。

孝夫は、ゆり子が指輪をしまっていた箱を手に取った。ルビーの指輪の横に、孝夫の小指にも嵌(は)まらないほど小さな、プラチナの指輪が納まっていた。

——俺の給料で買ったんだ……ゆり子さんの指輪だけは……

なにもかも家で用意するから、衣装も飾りもとにかく品格のあるものを調(とと)えろと親族に言われたが、結婚指輪だけは孝夫が買いに行ったのだ。

独りよがりな理由だが、ゆり子をただの道具にしたくなかった。

短い時間であっても、一緒に生きていく相手だと思いたかったからだ。

それにしても綺麗な結婚指輪だ。作りたてで傷一つない。ゆり子はこれをもう一度嵌(は)めて、傷だらけになるまで身につけてくれるだろうか。

孝夫は鞄に、ルビーの指輪とゆり子の結婚指輪をしまい込んだ。

――俺はなにも失わない。お仕着せの分不相応な衣装を脱ぐだけだ。

第五章　私の旦那様

ゆり子が出ていってから一週間ほどが経った。

「この……親不孝者が」

家を出ると言ったとき、吐き捨てられた言葉はそれだけだった。

孝夫は父や親族の前で姿勢を正し、深々と頭を下げた。

――言い訳はしない。俺は後継者教育への投資を無駄にした親不孝者、愚か者だ。

孝夫は、斎川貿易に退職届を出した。業務の引き継ぎは『難しい』『できない』とパニック状態になっている同期達にこんこんと教え諭(さと)して、なんとか終わらせた。

新しい仕事に関しては、明日面接を受ける。斎川グループとはまるで関係ない会社に、いくつか応募書類を送った。死ぬ気で求職活動すればなんとかなるだろう……

親から受け継いだ信託財産や不動産などをすべて放棄(ほうき)する手続きも済み、持てるものは自分の身体と頭、服飾品少々、そして仕事を通じて貯めた貯蓄だけだ。

ほぼ裸一貫になった孝夫は、今こうして両親の前に頭を下げている。

「孝夫君、馬鹿なことを考えるな。同じくらい綺麗な娘なら別の家にもいる。私が仲人に立つから見合いをしてみたらどうだ」

親族の一人の言葉に、孝夫は強い嫌悪感を覚えながら無視を貫いた。

「ゆり子さんはなにも持っていない、親もまともな親戚もいない。世間知らずのお前が守れるのか」

父の言葉に孝夫は笑って答えた。

「どうでしょう。そもそも、俺が会いに行っても、受け入れてくれるかもわからないんですよ」

「は？」

「なんだそれは……」

孝夫の言葉に親戚達がざわめく。

——恋愛なんてそんなものだろう。俺には自分の気持ちしかわからない。

「じゃあなんのために家を出るなんて、孝夫君、君は正気か」

「ええ」

孝夫ははっきりと頷き、唖然としている親戚に告げた。

「俺には、なんの罪もないゆり子さんの人生を滅茶苦茶にして、挙げ句の果てに責めを負わせるこの家の在り方が受け入れられませんでした。ですから、考え方の違いということで、失礼させて頂ければと、それだけです。忘恩の輩であることは重々承知の上です」

視界の端で、幸太がびくりと肩を揺らす。

『跡継』になるはずの兄が突然、妻のために家を捨てると言い出して動揺しているのがわかる。

「幸太」

優しく声を掛けると、弟が泣きそうな顔でじっと見つめ返してきた。子供の頃、両親に怒られるとこんな顔で部屋に飛び込んできたものだ。そう思いながら孝夫は真っ赤な目の弟に言った。

「お前が正しい。元気でな」

「あ……兄貴……」

孝夫はもう一度深々と親戚一同、それから両親に頭を下げて、旅行鞄を手に立ち上がる。

ゆり子の住所は、出て行って彼女を迎えに行くから教えてほしいと真正面から聞いた。

父は『お前は馬鹿だ、絶対に後悔する』と言い、母はなにも言わなかった……

——後悔するもしないも俺次第だ。

父は、孝夫を世間知らずだという。

二十四歳の男など、よほどスレた暮らしをしていない限りは、大抵世間知らずだろう。

だが孝夫にだって多少の自負心はある。

高校卒業と同時にイギリスの大学に送り込まれ、人種的な偏見に何度も遭った。ヨーロッパ人の頭が堅い人間は、本当に東洋人を嫌う。四年間、一度もなにも売ってくれない雑貨屋もあったくらいだ。

仲良くしてくれたのはアラブや中国の大富豪の子息達がほとんどだった。

大学は西欧人と、その他の留学生で二層化されていた。

だが孝夫は『このように差別があることも現実なのだ』と割りきり、四年間経済学の勉強を続けて、優秀学生の一人に選ばれて日本に戻ってきたのだ。

——苦労知らず、世間知らずと言われるが……人と違ったことで苦心惨憺してきたぞ？

会社でも『御曹司は優遇されていて羨ましい』と嘯く同僚や上司から助力を得られぬまま、ミスが許されない海外支社とのやり取りを任されてきた。

入社してすぐの頃、他部署にヘルプを頼まれ『絶対に機嫌を損ねるな』と言われて、気難しいアメリカ人の大富豪のアテンドを押し付けられたこともある。

——むしろあれなんて、俺じゃなければできなかったのでは？

蒸し暑い、日本は汚いと文句しか言わない、絶対に日本語を喋らない大富豪をひたすら宥め、明るい話題に徹すること、一週間。

本人の希望するとおりに東京、札幌、金沢と日本をジグザグに飛び回り、最後は京都の祇園の店で芸者を呼び、川床で遊ばせて、帰国日まで飽きさせないよう振る舞った。

彼が最初に笑顔を見せたのは四日目、六義園のどこまでも続く日本庭園を見回したときだ。

『日本は嫌いだが、庭はいい、とくにこの小さいドーム形の橋が好きだ』

なるほど、我慢強い自分に押し付けて皆が逃げるわけだと思った。

見送りに向かった成田空港のゲートで、彼は孝夫の肩を抱き、流暢な日本語で『ありがとう、楽しかった！　来年は、私がタカオをフロリダの別荘に呼ぼう』と言って去って行った。

どれだけ頑固な男なのだろう。

だが彼は孝夫を気に入ったらしく、いまだにニューヨークから季節の便りをギフトと共に送ってくれる。多忙でヴァカンスに同行できなかったことも快く許してくれた。

――客観的に見て、俺は『世間知らずの甘ちゃんボンボン』じゃないはずだ。不愉快なレッテルを貼られたものだな。多少は、世間の理不尽と戦う知恵もある。

孝夫は無言で家を出て、旅行鞄を手にしたまま、足早にとある場所に向かう。

駅前にあるホテルのラウンジは、富裕層の奥様方で華やいだ雰囲気だった。奥の席に、うなだれてやつれた男が座っている。

「樺木さん」

穏やかに声を掛けると、この半年ほどで別人のように老け込んだ樺木が顔を上げた。

「このたびは妻がとんでもないことを……」

虚ろな表情で頭を下げた小世の父に、孝夫は首を振って見せた。

「俺にはもう関係のない話になりました」

驚いたように目を見開いた小世の父に、孝夫は気さくに微笑みかける。店員を呼んで二人分のアイスコーヒーを頼み、最近の天候の話をして、何事もないかのように切り出した。

「今日お呼びした理由は、小世さんからお預かりしたものをお渡ししたかったからなんです」

萎縮して、孝夫の顔を見るのも苦痛とばかりの表情だった小世の父が、驚いたように顔を上げた。

「小世から?」

「ええ、今のようなときに渡せと」

孝夫は静かに言って、小世の撮りためた写真達と、手紙を入れた封筒を手渡した。

「今のような……とは……」

悲しみの滲む顔で封筒から一式を取り出した小世の父は、不思議そうに靴の写真を見る。しばらく複数枚の写真を繰り返し見つめた彼は、疲れたように首を振って便箋に目を落とす。

動かなくなった小世の父を、孝夫は無言で見つめた。

どのくらい時間が経っただろうか。

アイスコーヒーの氷は生ぬるいクーラーの風でほとんど溶け、コップの結露が流れ落ちて、テーブルに水たまりを広げている。

何度も繰り返し手紙を読んでいた小世の父は、膝の上に便箋を置き、放心したような声で言った。

「……お預かり頂いてありがとうございました」

「いえ……」

遠慮がちに首を横に振ると、不意に小世の父が片手で目を覆った。

「小世のことであんなに世話になって、申し訳ない……私は、どうかしていた」

なんと言っていいのかわからず、孝夫は小さな声で、小世の父に告げた。

「いいえ、お礼は……小世さんを最後まで看取ったゆり子さんに言ってください」

小世の父は動かない。

孝夫はやるせない気持ちで、薄まったアイスコーヒーのストローに口を付けた。

無理もない。一人娘が二十四の若さで先立つなんて、人として耐えがたい悲しみに決まっている。

その上、自己中心的な妻のこと、会社のこと……すべてがのし掛かってきたら、動けなくなっても、無理はない。

重い沈黙がどのくらい続いただろうか。不意に、小世の父が小さな声で言った。

「確かに、私はまず、ゆり子に詫びるべきです。貴方と小世のお陰で目が覚めた」

小世の父はハンカチを取り出して目に押し当て、手紙を乱暴に畳んでシャツの胸ポケットに押し込む。

「ああ……小世……」

しぼり出すような声で言い、小世の父が嗚咽を噛み殺す。

葬儀のときもただ虚ろな目をしていた彼の心は、今ようやく現実に追いついたのだ。

ひとしきり涙を零したあと『申し訳ない』とひと言言って、小世の父が大きく息を吐いた。

「今日は……ありがとうございました……」

「いえ……」

「娘が……言ってくれたとおりだと思います……」

孝夫は無言で頷く。

いつ斎川グループに呼び出されてもいいようにと、小世の父はずっと家で過ごしているらしい。

本来責任を負うべき彼の妻は、どこのヤクザ者と逃げ回っているのか、いまだに手がかりさえ掴めない。弁護士がすぐに小世の父に言いつけ、彼女のパスポートを取り上げたので、日本国内からは出ていないはずだが……

——見つけたところで、彼女にはもう、取り上げる金も残っていないんだろうな。捜索する意味もない。制裁を加えたところでなにが得られるわけでもなし……虚しいものだ。

孝夫の胸に、ひんやりとした感情が湧き上がった。

小世の母にはもうなにもない。

金もなく、社交界の信頼も完全に失った五十近い女。

土地の権利書関係一式を勝手に持ち出し、愛人の言うがままに渡してしまったほどの愚かな女。

夫の保護があるからこそ、まともに社会生活を送れていたことにも気付かず、自分はうまく立ち回っていると思い込んでいた頭が空っぽの女。

そんな女が、ゆり子を傷つけるのは許せない。

ゆり子を男に売って遊びの金に換えようと考えていること自体が汚らわしい……

「お別れになるのが、一番かと思います。奥様の借金の連帯保証人にはなっていませんね？」

「いや、さすがにそれはまだ……最近の家内の様子を見て、まずいと思って、私の実印は実家の兄に預けた」

一応、最低限の思考力だけは残っていたらしい。ほっとした孝夫は、心の中にある氷のような感情を自覚しつつ、穏やかな声で促した。

「では、奥様と離婚されることです。二人だけで話をし、慰謝料を払うからと言いくるめて、すぐに別れてください。決して奥様のお取り巻きを同席させないように」

「そうしたいが、私にはもう、家内を黙らせるだけの金さえも……」

言いよどむ小世の父の言葉を遮り、孝夫は言った。

「これを渡せば、嬉々として離婚届にサインをしてくれるでしょう」

そう言って孝夫は、かつて小世に贈ったルビーの指輪をテーブルに置いた。

「い、いや、さすがにこんな高価なものを受け取るわけには」

「ゆり子さんは、奥様がずいぶんこの指輪に執着していたと言っていました。小世さんが意識があるうちに俺に返却してくれたのも、奥様に奪われないためです」

青ざめた小世の父に、孝夫は低い声で言った。

「俺は奥様を排除したいのです。彼女をあのならず者達の中で孤立させませんか？」

そんな真似をしたら、彼女の未来が閉ざされるとわかっていて、あえて言った。自分の中にこんな残忍な感情があったなんて。

善意の側の人間でいたい、お人好しの『お坊ちゃま』のはずだったのに……

人ごとのように驚きながら、孝夫は言葉を続けた。

「まず、自宅に奥様一人で来るよう促してください。斎川家に謝罪に行った際に、小世のルビーをくすねてきた、とでも言えば信じるでしょう。それを慰謝料代わりに渡すから、離婚したいと」

「普通の人間は『指輪をくすねてきた』なんて言われたら、驚き嫌悪感を示すでしょう。けれど妻ならば、そう告げたほうが、逆に信じそうだ……」

疲れた顔で、小世の父が自虐的な笑みを浮かべた。

「妻に復讐しろと……そうですか……いえ、当然のご要求ですよね」

孝夫は否定も肯定もせず、真っ直ぐに小世の父を見据えて言った。

「奥様に、永遠にゆり子さんの周りをうろつかないで頂きたい。残酷なようですが、奥様のこれからは自浄作用にお任せしたいのです。俺の望みはそれだけだ。今更奥様を捕まえたところで、なにも取り戻せませんから」

これまでの自分とは違う、どす黒い冷たい気持ちが滾々と湧き上がってくる。

無知な中年女が、外道にすべてを搾り取られたあとにどうなるかなんて、馬鹿でもわかる。

もう二度と陽の当たる世界には戻ってこられないはず。

わかっていても、孝夫は小世の父の背中を押す。彼女がゆり子の前に現れないこと。ゆり子の幸せを妨げないこと。それが、孝夫の望みだ。

孝夫の鋭い視線に気圧されたように、小世の父は頷いた。

「そうですね、ゆり子こそ幸せになるべきだ。ろくに報いてやれなかったゆり子が、小世を支えてくれていたのに。私なんて、寝ずの番は酔っ払っていて、葬儀の記憶も……まともに……」

ふたたびハンカチを顔に押し当てた小世の父に、孝夫は言った。

「もう俺にはお渡しできるお金がない。なにがなんでも奥様を言いくるめて、その指輪と引き換えに離婚をお願いします、いいですね」

小世の父は顔を隠したまま、しっかりと頷いた。

「ありがとうございます、孝夫君……離婚話には、兄と兄の弁護士に立ち会ってもらう。そうすれば妻の愛人達は寄ってこないだろう」

再会時とは別人のようにしっかりした口調で、小世の父は約束してくれた。

◆

夢の中、ゆり子は必死に壁を登ろうとしていた。

つるつるの壁だ。とても高くて向こう側が見えない。

あの向こうに小世と孝夫がいるのに、どう頑張っても壁を越えられない。登れないのだ。

何度も爪を立てようとしても、鉄の扉を滑る（すべ）ように、指が引っかからなかった。

——消防署に行ってはしご車を借りられないかしら？

現実ではない分、突拍子（とっぴょうし）もない考えが浮かんでしまう。

——そうだ、消防署に行ってはしご車を……待って、ここはどこ？　真っ暗でなにも見えないわ。

あたりを手探りしながら歩き回っていたゆり子は、なにか硬い物にぶつかってはっと目覚めた。

——痛い！

玄関のノブにお腹をぶつけ、はっきりと自分のいる場所を自覚する。ゆり子は裸足で玄関のポーチに立っていた。

手は鍵に掛かっている。

振り返って居間の時計を見ると、四時だった。もう目覚ましが鳴る時間だ。

寝ぼけて外に出ようとしたのだと気付き、ぞっとした。

――チェーンを掛けておいて良かった。外すの難しいから、今のところ外に出ないで済んでるわ。

ここは、横浜市外の住宅地にあるマンションの六階だ。越してきてから半月近くが経つ。

孝夫の父親が、ゆり子のために用意してくれた家だ。

三年間、無償で貸与してくれるという。ちゃんとしたマンションで、周囲の治安も悪くなく、駅も近くてスーパーもあり、なにより職場に近い。

身寄りのないゆり子にはもったいないほどの物件だった。

ここから斎川家の関連会社に勤めに行き、真面目に貯金をして独り立ちするようにと、別れ際に孝夫の父親に言われたことを思い出した。

――私のことなんて引っぱたいて、裸で叩き出したかったでしょうに。ちゃんと約束を守って、こうして保護してくださるんだから……感謝しなくては。

ふらふらと部屋に戻ると、ゴミ袋が目に入った。中にはメモ帳からちぎり取ったページが入っている。

甘いものが好きなことやほうれん草のジャリジャリ感が嫌いなこと、好きな花は瑠璃唐草(るりからくさ)。

一生覚えておきたかったことは全部、断腸の思いで捨てた。

なのに、ちぎったメモを入れたビニール袋をゴミ捨て場に持って行けないままだ。

『とにかく、すぐに戻ります。待っていてください』

最後に聞いた孝夫の声を、ゆり子は強く振り払う。

――ありがとう、孝夫さん……最後まで庇(かば)ってくれようとして嬉しかった。

滲んだ涙を拭おうとしたゆり子は、手首のあたりにある痣を見てぎょっとした。

鏡を見ると、頭にはこぶがあり、鎖骨のあたりもどこの出っ張りにぶつけたのか、痣が浮いている。

すねも膝も、数日前に寝ぼけて転んだときの痣だらけだ。

腕には擦り傷のかさぶたもある。

――なにこれ。もう私、明らかにおかしいわ、どうしよう……。孝夫さんがいてくださったときより明らかに寝ている間の行動がひどくなってる。

しかし記憶がまったくない。辛い思いをすればするほど症状が悪化していく気がする。

――今日も仕事なんだから、しっかりしなきゃ……

仕事先として、孝夫の父からはいくつかの職場を紹介された。

ゆり子は、樺木の家から一番遠い、見つかりにくそうな横浜の老人ホームの厨房の、調理師補助の仕事を選んだ。引っ越しの翌日から、すぐに仕事は始まった。

家には最低限の家具もあったし、ショックが大きすぎたためか、身体の疲れは感じなかった。

それに元々、早起きは慣れている。

――大丈夫、私は平気。いい職場で良かった。

勤め先の老人ホームは、裕福な人が入居する施設らしく、穏やかな空気が流れている。

仕事柄ずっと厨房にいるので外部の人に会わないし、仕事中はずっと三角巾にマスクだから、侵入者が覗きに来てもきっとゆり子には気付かない。

そもそも施設の警備もしっかりしていて、よそ者が入ってくる心配がないのもいい。

早朝シフトのゆり子は、日の出と共に出勤して、おやつの支給が終わり、夕飯の下ごしらえをするまでが担当だ。

暗くなる前には自宅に帰れる。

独りになったゆり子が一番危惧(きぐ)しているのは『伯母に捕まること』だ。

だが、今の勤務体制のお陰で、夜中に遊び回り、朝帰りして夕方まで寝ている伯母とは生活時間帯がほぼ正反対になった。だから、老人ホームの厨房の早朝シフトのパートは、都合が良かった。

目覚ましが鳴る前に止めて、ゆり子は地味な長袖(ながそで)ブラウスとジーンズに着替えカーディガンを羽織った。

髪を一つに縛り、度なしの伊達眼鏡をかけ、スニーカーにリュック姿で家を飛び出す。

勤務開始時間は朝の五時。入所者の七時の朝食に間に合うように作業をする。

仕事先の人は皆冷たくもなく、過干渉でもなく、過ごしやすい。

——お金を貯められる環境を紹介頂いたんだから、頑張ろう。ここから人生を立て直さなくちゃ。

ゆり子は職場に着き、守衛室に「おはようございます」と声を掛けてロッカールームに向かった。

ロッカーには『楡崎(にれざき)』という姓が書かれている。樺木でもなく、斎川でもない。実の父の名字だ。

楡崎ゆり子。まるで別人のように感じる名前だった。

この名前を使うようにと、孝夫の父から指示が出た。

彼はゆり子に『樺木家には戻らなくていい。離婚手続きと、実のご両親の籍に戻る手続きは、弁護士に進めてもらう』と言ってくれた。

——これが私が生まれたときの名前……

いまだに不思議に感じるネームプレートから目をそらし、ゆり子は支給された白衣に着替え、三角巾をきっちり巻いて、マスクをポケットに入れて厨房に向かった。

所定の場所のファイルから、今日納品される予定の食材一覧を手にして、通用口へ向かう。

通用口でしばらく待っていると、いつものように八百屋の卸の人が大量の段ボールを運んできた。

手にしたチェックリストと納品物を照合し、サインをして、ゆり子は台車に載せた段ボールを厨房に運び終えた。

仕事をしていると孝夫のことを思い出さずに済む。

最近、ほとんどメモも取らなくなった。

しかし『楡崎さんはもの覚えがいい』とリーダーには褒めてもらえる。

——小世ちゃんが亡くなったときと同じ。メモしたいこと、なくなっちゃった……ここにも珍しい冷蔵庫や床洗浄用の機械とか、色々素晴らしいものがあるのに、私、全然楽しくない……

ゆり子は冷蔵庫に食材を収納し終えて、はあ、と息を吐き出す。

あのメモ帳は、いつの間にかゆり子の『大事なこと』を記録するものになっていたのだ。小世の容態や薬の量、小世の言葉、気に入ったものの名前、絶対に把握(はあく)しなければならないお金のこと。

そして……

「おはよう」

明るい声と共に、中年の女性リーダーが入ってきた。

ゆり子の脳裏から『瑠璃唐草(るりからくさ)』と書かれた美しい文字が消える。

「おはようございます」

「受け取りしてくれたの、ありがとね」

納品物の受け取りとチェックはゆり子の仕事と決められている。

なのに、リーダーは毎日『受け取り、ありがとうね』とお礼を言ってくれる。

これが普通の人で、普通の職場なのだと思いながら、ゆり子は同じような笑顔で、リーダーにチェックリストを手渡した。

——真面目に働けばきっと幸せになれる。頑張ろう。三年後には家を借りて、もっとしっかりした立場で働いていられるように。

ゆり子は自分にそう言い聞かせた。


夕方六時過ぎ。

早朝シフトの仕事を終えて、スーパーでの買い出しを済ませたゆり子は、自宅のあるマンションに入ろうとして立ちすくんだ。

——う……そ……

エントランス前に伯母が立っていた。

風体の良くない男と二人、ゆり子の住むマンションを見上げている。

ゆり子は息を殺して、マンション側の建物の陰に隠れる。

——私の家……伯母様に見つかった……？

どくん、どくんと心臓が音を立てる。伯母は腕組みして建物を見上げたまま、忌々しげに言った。

「どの部屋かしらね、家にいるかしら」

「おい、本気で養女を誘拐するのか。金目のものを脅し取って退散するんじゃないのかよ」

男の言葉に、伯母が肩をそびやかした。

「ゆり子は私の妹に似て、男受けする容姿なの。高く買うって仰ってくださる方が何人もいたわ」

嬉しげな伯母に、男が苛立った声で言った。

「それよりお前、なんで離婚届にあっさり判子を押したんだ。お前の元旦那は、お前の借金の連帯保証人になっていない。お前一人でどうやって金返すつもりだ」

男の言葉に、必死で様子をうかがっていたゆり子は目を丸くした。

——離婚……伯父様と伯母様が？

伯父は、生活能力のない伯母を見捨てられず、重い鬱状態になってもずっと別れずにいた。小世が亡くなったあと、ゆり子が嫁いでからは連絡も取り合っていなかったが。

「登記簿を盗み出して渡してあげたじゃないの！　アレを売ったお金がそのうち私の口座に入ってくるんだから、そのまま待ってばいいじゃない」

「馬鹿だな、お前」

男に突き飛ばされた伯母が、怒りの声を上げた。

「なにするのよ！」

「千本町の土地の代金なんて、俺らのボスに全額渡ったよ。お前に払われるわけないだろうが。もう権利書も登記簿も一式、先方のものになったんだ」

「な……なにを……言って……うちの土地なのよ、うちにお金が払われるに決まってるじゃない……」

伯母の声が震える。

ゆり子は息苦しさに、そっと息を吸い込んだ。

斎川家で伯母の居場所を詰問されたときは、信じられなかった。いくらなんでも、そんな詐欺に簡単に引っかかるほど頭が悪いと思いたくなかったからだ。

だが、今わかった。伯母は本当になにも考えずに、伯父が用意した千本町の所有権に関する書類一式を、あの愛人達に渡してしまったのだ……

そうすれば、お金が振り込まれると信じて。

土地開発は時間との勝負だ。地価もライバル企業の開発進度も凄(すさ)まじい勢いで変化する。

斎川グループは、千本町の土地を不法に奪った企業と泥仕合をする時間があったら、新しいプロジェクトに着手するに決まっている。もちろんその傍(かたわ)らで裁判を進めるだろうが、相手が裏社会の人間では話は進展しないだろう。

ゆり子は冷や汗を滲(にじ)ませたまま、ゆっくりと後ずさる。

「よその家の女房を誘拐(ゆうかい)したら、俺らが警察に追われるだろうが、内臓売って金作れ、金！」

男の罵声(ばせい)に、伯母が引きつった早口で答える。

「ゆり子を売るのがどうして駄目なの！」

「そのゆり子、って女は、もうお前の養女でもなんでもないだろうが」

「親は親よ！」

伯母のヒステリックな声に、男がこざかしげな口調で応(こた)えた。

「馬鹿、お前の養女は叩き出されたとはいえ、戸籍上はまだ斎川グループのご令息の奥様だ。誘拐(ゆうかい)するリスクがデカすぎる。もし下手こいたら刑務所送りだ」

「そのうち離婚するわよ、関係ないからさっさと攫(さら)っちゃいましょう」

「だとしても、離婚後は実親の姓に戻るに決まってるだろう。お前の借金に関わりたいわけがない、お前はもうそのゆり子とやらの養母じゃないんだよ」

男の言葉に、伯母が金切り声を上げた。

「あのルビーじゃ足りない、もっとお金が欲しいの、私はゆり子の母親よ。親が娘を嫁がせてなにが悪いのよ……」

わめき声のあまりのうるささに、マンションの部屋から、何人かの住人が顔を出す。

男が焦ったように伯母の口を塞(ふさ)ぎ、暴れる伯母を引きずって歩き出し、すぐ側に停車していたライトバンに伯母を押し込んだ。

——どういうこと、なにが起きているの……私がまだ離婚していないって？

斎川家を出されるときに、離婚届にはサインをし、判子を押した。自分の意志で間違いなく書いた。

冷や汗を長袖で拭いながら、ゆり子はふうと息を吐いた。

そのときだった。ポンと背後から肩を叩かれ、ゆり子は飛び上がりそうになる。

背後に立つ白いシャツにジャケット姿の美しい青年を見上げ、ゆり子はぽかんと口を開けた。

——孝夫……さん……？

名前を呼ぼうとした瞬間、孝夫が長い指を立てて唇に当てる。

呆然としているゆり子の手を引いて、孝夫が足早に歩き出す。腕を掴む左手の薬指には、プラチナの結婚指輪が嵌まったままだった。

行く手には、日の入りのわずかな時間にしか見られない、薄明の空が広がっている。

地平線から滲んだ茜色がだんだんと濃紺になっていく境に、えもいわれぬ淡い瑠璃色の一帯が見えた。

——瑠璃唐草は、あんな色なのかしら……

しばらく歩き、孝夫は子供達のいなくなった公園で足を止めた。彼はデニムのポケットに財布を入れているだけで、手ぶらだ。まるですぐ近くから歩いてきたような格好をしている。

「孝夫さん……あの……」

どうしてここにいるのか、何故ゆり子に会いに来たのか……そもそも今の貴方はどんな状況でなにをしていて、何故ゆり子の家を知っていて……

駄目だ。聞くべきことが大量にありすぎて処理が追いつかない。

ゆり子は頭の片隅で質問をまとめつつ、己の姿を見下ろした。

――一応、変装しているのだけど。一発で見抜かれてしまうものなのかしら？

リュック姿で長袖長ズボン、前髪は九対一で分けてがっちりとピン留めし、うしろ髪は一本に縛って伊達眼鏡まで掛けている。

メモガッパ時代とも、短かった奥様期間ともまるで違う、リニューアルした姿のはずなのに。

「よくわかりましたね、私だって。変装が足りなかったかしら？」

目をまん丸にして言い放ったゆり子に、孝夫が驚いたように言い返した。

「再会の挨拶がそれですか？」

じっと見つめ合ったあと、広い肩を揺らして孝夫が笑い出す。

優しい笑顔だ。

箱根で別れた日から少しも変わっていないように見える。

「ごめんなさい。びっくりして……今、頭の中で孝夫さんに聞くべきことをまとめていたのです」

ゆり子の鼓動が少しずつ速くなっていく。

「まとまりましたか」

「はい……どうしてその指輪を外していないのですか……？」

左手に視線をやったまま恐る恐る尋ねると、孝夫が優しい笑顔のまま言った。

「俺は、貴女と離婚する気はないからです」

伯母とつるんでいた男が言っていたのは本当のことだったのだ。鼓動が速くなるにつれ、頭の中が真っ白になっていく。視界が涙で歪み始めた。だが構わずに、ゆり子はできるだけ平気な口調で孝夫に言った。

「いけません。ご自分が……どれだけ期待されていたか……」

「それはわかっています。ですが、俺の生き方と斎川グループの考え方は合わなかった。だから、両親と親族一同に謝罪して、家を出てきました。実家にはもう、なにも求めることはありません」

ゆり子の目から、勝手に涙が流れ落ちる。つうっと垂れた涙が、顎から幾粒もしたたり落ちた。

「駄目ですよ……孝夫さん……」

「もう遅いです、親戚一同の前で宣言してしまったので。受け継いだ信託財産類は全部父に返して、自分が働いて貯めた金と、その金で買った品物だけを持って、家を出てきました」

――どうし……よう……

ゆり子は耐えがたくなって顔を覆う。

「でも楽しいんです」

場違いな明るい声が聞こえて、ゆり子はびっくりして泣きながら顔を上げる。

「俺は朝から晩まで走り回る仕事、好きみたいです」

そう言って、孝夫はゆり子の涙でぐしゃぐしゃの顔を覗き込む。

「今は、外資の海運会社で、荷下ろしの監督さんを補助する仕事をしています。どんな仕事かというと……そうですね、事故がないよう計算しながら、船に荷物を積めるだけ積んで、これまた港で荷物の破損がないように荷下ろしをする仕事、その見習いです。ずっと港で立ち会いですよ、俺の上長は外航船の担当なので、対応する船のクルーも基本、英語しか喋ってくれません」

言われてみれば、ずいぶんと孝夫は日焼けしている。

ゆり子は涙を拭いて、孝夫に尋ねた。

「それでいいのですか」

「いい……とは？」

心外そうに孝夫が首をかしげる。

「そのお仕事では、企業幹部にはなれません。本社の管理業務に携わらなくては、孝夫さんの素晴らしいキャリアが生かせないと思うのです」

ゆり子の指摘に、孝夫が肩をすくめた。

「そうかもしれません。でも、自分になにが向いているのか、走りながら考えたっていいじゃないですか。今は、がむしゃらに積荷のことを考えているのが楽しい」

「あ……」

口を開けたが声が出なかった。彼になにを言うべきなのだろう。ごめんなさい、ありがとう、やめて、今すぐに皆様に謝って……どの言葉も正しくて、ゆり子には選べない。

「あ、あの、孝夫……さん……」

「そうだ、これ、母さんから預かってきました。女学生時代、母はゆり子さんのお母様と同じ日舞の教室に通っていて、歳の差はあれ、それなりに親交があったそうです」

「え……」

差し出された古い葉書を受け取り、今度こそゆり子は言葉を失った。

ぼんやりとした白黒写真には、若い男性と、ゆり子に生き写しの女性、それから女性の腕に抱かれた二歳くらいの女の子が写っている。

――この子は……私……？

写真の裏には、ボールペンで短い手紙が書かれていた。

『斎川絹代様　おひさしぶりです。あれから娘が生まれました。名をゆり子と申します。いたずら好きですが、いつも笑っていて可愛くてたまりません。駆け落ちの際には本当にお騒がせいたしました。そのうち、絹代様のお宅にもお邪魔させてくださいませ。楡崎えり子』

初めて父母の顔を見た。

白黒の写真だけれど、どんな顔でどんな風に笑う二人なのかは、はっきりとわかった。

シャッターのタイミングがずれたのか、父母共に、優しい視線をゆり子に注いでいる。まん丸な顔のゆり子は、今も面差しが変わっていなくて、ご機嫌な笑顔だ。

――私のお父さんと……お母さん……

こんな人達だったのか、という言葉が頭の中にこだまする。胸がいっぱいで、なにも言えない。

「……母だけは、俺の選択を『間違っていない』と言ってくれました」

孝夫の静かな声に、ゆり子は写真から目を離して、彼の整った顔を見上げた。

「ゆり子さんのご両親は、どんなにゆり子さんを守りたくても、もうなにもできない。だから、夫である俺が守れと。大切な存在を見失わなかった俺の選択を誇りに思うって」

ゆり子の目からふたたびぼろぼろと涙が溢れ出す。

――お義母様が……私のお母さんのお知り合いだったなんて。

義母がなにくれとなく庇おうとしてくれた理由がわかって、ますます涙が溢れた。

「今は頼りなくても、かならず強い夫になります」

泣きじゃくるゆり子の小さな手を取って、孝夫が真剣な声で言った。

「だから俺と、これからも夫婦でいてください」

ゆり子は唇を噛みしめる。

この美しい人は、生まれたときに咥えていた銀の匙を投げ捨てて、ゆり子を選んでくれたのだ。

彼はもう引き返せない。引き返すつもりもないだろう。たとえゆり子が拒んでも斎川家には戻らず、一人で己が決めた道を進んでいくに違いない。

ゆり子が孝夫に付いて行きたいかどうか。

孝夫に問いかけられているのはそれだけだ。

ならばゆり子の答えも一つしかない、差し出された彼の手を取ろう。

ゆり子は涙で曇った眼鏡を外し、空いているほうの手で涙を拭った。

「わ、私は、どんなにお金がなくても、なにかしら食べるものは作れます！　モヤシ、お豆腐、お魚屋さんで売れのこった大きな魚の頭、パンの耳、曲がったきゅうり……貧乏料理は得意中の得意なのです。ですから、どんとお任せください！」

言い終えてはっとなる。

なんという返事だ。これではいけない、もっと素敵な言葉を……そう思った瞬間、ゆり子の身体が広い胸に抱き寄せられた。

抱擁されるのは初めてだ。心臓がばくばくと大きな音を立てる。

「ありがとう、ゆり子さん」

孝夫の優しい声に、何度目かわからない涙が零れた。

「でも、そこまで貧乏じゃないですから、気負わなくて大丈夫です」

笑いを堪えた声で孝夫は言い、ゆっくりと身体を離して、懐から取り出した、小さな指輪をゆり子の左薬指に嵌めてくれた。

傷一つないキラキラの指輪を見つめ、ゆり子はまた涙を拭った。

「こんな良いお品を頂いてよろしいの？」

「はい、その指輪だけは、結婚式の前に俺が買ったんです。ずっとお揃いで着けていましょう」

孝夫の言葉に、ゆり子は震える手を目の前にかざす。お揃いの指輪がきらりと夕日を弾いた。

「わかりました」

指輪の重みを感じながら、ゆり子は孝夫のくっきりした切れ長の目を見つめ、微笑んだ。

――この人は、本当に私の旦那様なのだ。

『妻』になって初めて、心の底からそう思った。

指輪をじっと眺めているゆり子に、孝夫が言った。

「ゆり子さん、食材に生ものはありますか？」

「大丈夫です、今日は鰹節と、ネギとお芋を買っただけなので……」

「じゃあ、今日からもう、俺の家に来ませんか？」

突然の誘いにゆり子は顔を赤らめる。

「孝夫さんのおうち……ですか……」

ゆり子の言葉に孝夫は頷き、大きな手をゆり子に向かって差し出した。

「俺の家に来て、俺とずっと、一生一緒に暮らしてください。迎えに来るのに時間がかかってしまって、不甲斐なくて申し訳ない。ゆり子さんがいなくて、身体も心も穴があいたみたいでした」

「た、孝夫……さん……」

ゆり子もだ。ゆり子も同じ気持だった。ずっと会いたかった。

毎晩毎晩夢に這い上がれない壁が出てきて、怖くて辛くて、たまらなかった。

壁の向こうに行けば会いたい人達に会えるのに。

そう思いながら、がらんとした寂しい部屋の中で、転んで痣だらけで目覚めて。

ゆり子はごめんなさい、と言いかけてはっと思い出す。

『謝らないでください』

嫁いだ翌日、孝夫から掛けられた温かな言葉。夫が妻を迎えに来るのは当たり前だと、彼なら言うだろう。そう気付いて、ゆり子は涙を堪えて、違う言葉を絞り出す。

「ありがとう……迎えに来てくれて、本当に嬉しい……です……」

ゆり子は、そう言って孝夫の大きな手に、己の子供みたいに小さな手を委ねる。

孝夫は嬉しそうに微笑んだ。

「よかった、遅いって叱られるかと思いましたよ」

冗談めかして言うと、孝夫が逞しい肩を揺らして笑った。

ぎゅっと胸が締めつけられる。やっぱり、孝夫のこの笑顔が好きだ。

どんなに質素な格好をしていても、髪の毛を昔のようにきっちりなでつけていなくても、別れた日より日焼けしていても、孝夫は水際だって美しい。

彼の周りを、きらきらした光が彩っているように見える。

孝夫はゆり子が知っている男性の中で一番気高く美しい、本物の貴公子だ。

小世の病室でも、お見合いの日も、結婚式の花婿姿のときも、斎川邸で過ごしていた日々も、そして、ゆり子と手を繋いでいる今も、孝夫の本質はまるで変わらないように見える。

——周りの環境が『貴公子』にしていたんじゃない。孝夫さん自身が、どこに行っても貴公子なんだ。

凛とした横顔を見上げ、ゆり子は改めて思う。この人ならば、どこに行っても己の本質を歪ませることはないだろう……と。

ゆり子の手からスーパーの袋を取り上げ、孝夫が明るい声で言った。

「うちの冷蔵庫に自炊の材料が残っていますから、それと合わせてなにか作りましょう。俺の家はここから歩いて、たいしてかかりません」

孝夫の言葉に一瞬戸惑ったあと、ゆり子は素直に頷いた。

「わ、私に作れるのは、粗末な物ばかりですが！」

「粗末ですか？　いや、ゆり子さんが作ればご馳走になるんじゃないかな」

孝夫の言葉に、ゆり子は頬を赤らめた。

「そ……そんなことは……私は自己流で……料理は……己の舌のみを信じて作っていて……」

褒められ慣れていないので、ぎくしゃくしたロボットのような喋り方になってしまう。

真っ赤になって右手と右足、左手と左足を同時に前に出して歩いているゆり子の様子に、孝夫がくすっと笑った。

きっと今自分は林檎より赤い、みっともない顔をしているだろう。

「俺の家は、駅前の商店街の近くにある一軒家です。地主さんが貸し出している何軒かのうちの一つらしくて。巡り合わせよく、いい家を借りることができました。一人で住むには広いですけど、家族ならちょうどいいかと思います」

自然な孝夫の言葉に、ゆり子は惹きつけられるように彼の顔を見上げた。

——家族……？　そうね、ええ、孝夫さんと私は……家族になるんだわ。

赤い顔のままゆり子は頷いた。

先ほど見せてもらった、幼い自分と父母の写真が浮かぶ。

——あんなふうに、なれるかな……私達。

自分が両親に可愛がられ、大事にされている姿なんて想像もしたことがなかった。

伯母は母の話を尋ねるとヒステリーを起こし『あんたを幼稚園に預けて、夫婦で散歩に出掛けた先で車に轢き殺されたのよ！　それ以上知ったことですか！』としか教えてくれなかったから。

——幸せに……なりたいな。お父さんとお母さんも、きっと私の幸せを願ってくれたはず。小世ちゃんが、私をなにがなんでも助けようとしてくれたみたいに。

写真で見た両親のことを思うと胸がいっぱいになった。

自分と孝夫は、写真の中の父母のように、幸せそうに笑い合う二人になれるだろうか。

天国に行く日まで、互いを、そして家族を愛せる夫婦になれるだろうか。

孝夫と手を繋ぎながら歩いていると、恥じらいと同時に、安らかな幸福感が満ちてくる。

ゆり子は甘い気持ちで、何気なく空を見上げた。

空の色はもう藍色に変わっている。

——ああ、なんて綺麗な空……毎日違うはずなのに、なんだかあの日にそっくりだわ……

小世が世を去った日の夕方、放心しながら見上げた空も、こんな色だったことを思い出す。

葬儀の日は小雨が降って寒かったけれど、あの日は晴れていて、今日のように、天国まで見えそうな透き通った空だった。

——小世ちゃんが、私を孝夫さんの隣に連れてきてくれたんだわ。

与えられた救いの大きさに改めて目眩がする。

——私じゃ恩を返せないよ、小世ちゃんにも……孝夫さんにも……

ふたたび潤み始めた目を誤魔化そうと、ゆり子はじっと涙を堪え、瞬きをした。

「たくさん、いろんなものを捨てさせてしまって、ごめんなさい……」

しおれたゆり子の言葉に、孝夫がふたたび笑い出す。

「どうしたんです、急に。俺は捨ててはいませんよ」

ひどく楽しそうな表情に首をかしげると、笑い納めた孝夫が明るい声で言った。

「自分の人生を、自分で選んだだけです。むしろ、選べた己（おのれ）が誇らしい、いい人でいたいだけの自分で終わらなくて、本当に良かったと思っています」

そう言って孝夫がゆり子の肩を抱き、一軒の家の前で立ち止まった。

二階建ての小さな家だ。どこにでもある普通の『おうち』だった。

「俺には一戸建ての選び方がよくわからなかったんですが、水回りが綺麗だし、庭も狭くて草むしりが楽だし、両隣の家とはそれなりに離れているし、商店街も近くていいなと思って、この家を借りることにしました。あとは念のため、過去の水害事例も調べましたけど、このあたりは古くからの住宅街らしくて、問題なさそうでしたね」

「合理的な選択基準だわ」

孝夫の家選びの確かさに、ゆり子は思わず笑い声を立てた。

「ゆり子さんのお墨付きが得られたなら大丈夫だな」

孝夫が楽しげに言うと、鍵を取り出して玄関を開けた。

三和土（たたき）はタイル敷きで、二人立てばいっぱいくらいの広さだ。

上がり框（かまち）も小上がりも木張りで、壁は砂壁だった。その先には廊下があって、右手には台所と畳敷きの居間、ふすまで区切られた八畳ほどの和室がある。

左手にはお手洗いとお風呂に洗面所、玄関に一番近い場所には二階に上がる階段があった。

平和なこぢんまりとした佇まいだ。

古くて広くて、至る所から木が軋む音が聞こえる樺木のお屋敷とも、お殿様が暮らすようだった斎川家の邸宅とも違う、小さな穏やかな家だった。

昔、こんな場所を駆け回っていたような気がする。

木の廊下を裸足で走って『ゆり子、静かに』と諭されたような。妄想かもしれないし、勘違いかもしれない。でも……

「私も、両親がいたころは……こんな家に住んでいたのかもしれません……」

ゆり子は思わず手を差し伸べ、柱に触れた。

まだ新しい。壁も床も綺麗だ。築浅なのだろう。それにゆり子の両親は横浜ではなく、東北に住んでいたと聞いた。

この家と、ゆり子が生まれた家は別の場所だ。

それでも不思議と、孝夫が選んだこの家が愛おしく思える。

「ここに住むんですね、私達」

「はい」

孝夫が優しい笑顔で頷く。ゆり子は頷き返して、もう一度つるつるした柱を撫でる。

これから、この家で孝夫と暮らすのだ。

そう思うと、柱一本にさえ、不思議な愛着が芽生えるのだった。

その日の夜……。先にどうぞと、お風呂を勧められたゆり子は、呆然と台所の真ん中に佇んでいた。

家に入った瞬間から『今日から孝夫とここで暮らす』と意識してしまい、頭が回らないのだ。

――ふ、夫婦になるということは……ふ、夫婦になる……ということよ……

脳が停止している自覚はあるのだが。

――熱暴走しては駄目。駄目よゆり子、奇行に走っては駄目!

己にそう言い聞かせるごとに、余計な緊張が高まっていくのがわかる。

台所を右往左往しながら、ゆり子は無意味にシンクを掃除し、床を拭いて、手を洗った。

――そうだ、お風呂上がりにビールを飲んでもらおう。冷えていたかしら?

ゆり子は赤い顔のまま冷蔵庫に走った。

中にはゆり子の買ってきたネギの残りと、孝夫がまめに作りおいている麦茶、それに買い置きの野菜とハムと卵しかない。

それにしてもきちんとした冷蔵庫だ。

無駄なく整然としていて、非常に孝夫らしい。ビールは入っていなかった。

――そういえば、ビールを飲まれるのはお義父様とお義母様だけだったわ……毎日用意はしていたけれど、孝夫さんは飲まれないのかも?

よく考えると、ゆり子は孝夫がお酒好きかどうか知らないのだ。甘いものが好きなことはしっかりと把握済みなのだけれど。

——私……孝夫さんに聞かなければいけないこと、たくさんあるわね……あ、喉渇いたかも。

ゆり子は麦茶を取り出してコップに注ぎ、まず自分が飲んだ。

——おいしい。そういえば私、ずーっとジタバタしていて、なにも飲んでいなかったわ。

右手に麦茶ポット、左手にコップを持ち、台所の中央で麦茶を飲み干すゆり子の背後で、不意に声が上がった。

「俺にもください」

突然の声に飛び上がったゆり子の手から、麦茶のポットとコップを取り上げ、孝夫が笑った。

「どうしてさっきから台所をぐるぐる回っているんですか？」

さっきからうろうろしていた様子を見られていたのだと知り、ゆり子は真っ赤になった。

「ひ、あ、え、あの、台所が好きなので！」

「……へえ」

孝夫は意味ありげな笑顔のまま、ゆり子が使っていたコップに麦茶を注いで口を付けた。

「あ、まだ洗っていません、そのコップ……」

孝夫は気にした様子もなく麦茶を飲み干す。ゆり子はごくり……と息を呑んでその姿を見守った。

冷静に見ると、孝夫はパジャマズボン姿で、上半身裸だ。

——あ……う……お腹が割れてる……

ゆり子は無意識に、ぷにっとした己の腹の肉をつまんだ。肉付きは薄いが、むにむにしていて筋肉がどこにあるのかわからない。

一方の孝夫は、風呂上がりの半裸でボサボサの頭でも、非の打ち所がないほど美しい。

――うう……メモガッパちゃんの私と、同じ人間とは思えません……

賞賛の思いだけが、ひたすら頭をぐるぐると回る。

裸の若い男性なんて、学校のプールでしか見たことがなかった。そして、こんなに綺麗な男の人は学校のプールにはいなかった。

まばゆいばかりの半裸姿から目が離せない。あんまりじっと見ていると変な人だと思われそうだが、ゆり子は気になるものは見ずにいられない性質なのだ。

――落ち着いて……凝視しすぎよ、私……

言い聞かせてみたものの、目は離せないままだ。

――不公平感すら覚えてきたわ……！　どうして私は百五十センチちょっとしかないの？　神様、もう少しだけ脚を長くしてくれてもよかったのではなくて……？

斎川グループの御曹司に生まれて、英語がペラペラで、頭も性格も良くて、心根が美しくて、そのうえ見た目がこんなに良いなんて。

神様は孝夫を作るときだけ本気を出したのだろうか。

だとしたら……

「もったいない」

思わず口に出すと、孝夫が驚いたようにコップから唇を離した。

「なにが？　俺、麦茶こぼしましたか？」

「いいえ、私の旦那様になるにはもったいないって。こんなに素敵な方なのに」

ゆり子の言葉に、孝夫が目を丸くする。また笑われるのかなと思っていたゆり子の前で、孝夫が見る間に赤くなっていった。

——孝夫さん？

「……あの、俺のこと『素敵な方』とか、他人行儀に言うのやめてくださ……いや、やめてくれ」

妙にぎこちなく、孝夫が言った。

普段の上品で丁寧な言葉遣いをあえてやめたことに二度驚くゆり子に、孝夫が精悍（せいかん）な顔を耳まで赤く染めて続けた。

「俺は、ただの家出男で、新しい会社で必死に働いて、貴女……じゃなくてゆり子さん……いや、ゆり子を頑張って養うだけの……普通の男なんです、いや……普通の男なんだ」

「無理しなくていいです」

思わず正直な意見が口から出てしまった。

慌てて口元を覆（おお）うゆり子の前で孝夫がますます赤くなる。

「やはりそう思いますか。すみません、俺はどうにも切り替えが下手なようで……二十四年ずっとこんな感じでいたせいか……会社でもお坊ちゃまみたいだとからかわれるんです」

そればかりは無理もないだろう。孝夫は生まれつき後光が差しているような、気品溢（あふ）れる美青年だから。そう思いつつ、ゆり子は孝夫に微笑みかけた。

「ええ。私が普通に話すわ。孝夫さんが合わせてくれればいい」

ゆり子は孝夫が置いた麦茶のポットを冷蔵庫に戻し、コップを受け取って洗いながら言った。

「私は雑草育ちだし、言葉遣いだって普段は普通よ。小世ちゃんだってああ見えて口が悪かったの。伯母様のことだって、こっそり『クソババア』って言ったりしていて……慌てて私に『こういう言葉遣いは真似(まね)しちゃダメ』って言ってたくらいなんだから」

言いながらおかしくなってしまった。

紳士たれ、どんなときも礼儀と気品を忘れるなと育てられた孝夫が、ゆり子に突然馴れ馴れしい態度を取るなんて無理に決まっている。

やんちゃな幸太にどんなにからかわれても、汚い言葉を一度も吐かなかったような人なのだから。

今日からゆり子がざっくばらんな口調で話すから、だんだん慣れてくれればいい。

そう思いつつ、コップを洗いかごに戻したとき、腕を引かれた。

「どうしたの？」

尋ねると同時に、孝夫の美しい顔が近づいてきて、ゆり子の唇を奪った。

すぐにはなにをされてるのかわからず、ゆり子は立ったまま瞬(まばた)きをした。

目の前に孝夫の顔しかない。石鹸のいい匂いがする。唇の間から、舌が入ってくる……

そこまで理解した瞬間、全身がかっと熱くなった。

——あ、あ、き……キス……されて……

お風呂上がりの火照(ほて)った身体にまた汗が滲(にじ)んだ。

孝夫の舌がゆっくりと奥へ入ってくる。

――舌……？　ああ、こ、これ、皆こうするの……？　小世ちゃんに聞けば良かった。

心の中で『私に聞かないで』という、小世の呆れた声が聞こえた……気がした。

ゆり子の戸惑いとは裏腹に、舌は躊躇(ためら)うことなくゆり子の口腔(こうこう)に入ってくる。孝夫の舌を噛まないよう、ゆり子は慌てて口を開けた。

――や……っ……何これ……っ……

舌先で舌をゆっくり舐められ、身体中が震え出す。初めての口づけは、ひどく淫(みだ)らな味がする。

腕を掴まれたまま、ゆり子はひたすら孝夫の舌を受け止めた。

――なんだか……お腹の奥が熱く……

緊張で動けないゆり子の唇から、孝夫の唇がゆっくりと離れた。

「俺は、今日、貴女と寝たい」

ゆり子の身体から更なる汗が噴き出す。

「あ、え、今日ですか、今日……大丈夫です、問題はありません、寝ます、寝ましょう」

――最悪の……受け答えに……

自分の頓珍漢(とんちんかん)ぶりに気が遠くなる。

――ああ……こうならないために、あらかじめ脳内でシミュレーションしようと思っていたのに！

内心慌てふためくゆり子に、孝夫が緊張ぎみの笑顔を向けた。

「……ずっと、ゆり子さんを抱きたかったんです」

「えっ？」

孝夫の言葉が意外すぎて、ゆり子の目が点になる。

素っ頓狂な声を上げたゆり子の身体が、そのままひょいと抱え上げられてしまった。半裸の孝夫に抱えられたまま、ゆり子は彼の首筋にしがみつく。

「どういうこと、えっ？　ずっととは？　期間はいつから？　私は掃除機と草刈り機の話ばかりしていたのに？　孝夫さんは王子様、私はメモガッパで、検証実験魔……特技は石投げ……正確にはどの日付あたりからそのような……新婚旅行に行くことが決まった頃？」

ゆり子は矢継ぎ早に尋ねた。

——駄目、やめなさい、黙りなさい、私……！

抱き上げられたまま、石像のようにカチカチになったゆり子に、孝夫が真面目な口調で答えた。

「結構前から好きだし……抱きたくてたまらなかった。多分、俺は素直じゃないから、隠すのが上手かっただけです」

ゆり子の頭の中で花火がドンと爆発した。

——う、うう……これ、殺し文句……ってやつだ……！

孝夫はゆり子を抱いたまま廊下を通り、ふすまの開いた奥の間に入っていった。

ここが寝室らしい。

さっき説明された気がするが舞い上がっていてなにも覚えていない。

畳の上に布団が一つだけ敷いてある。どういう意味かは、さすがのゆり子にもわかった。

「あ、あ、あの」

羞恥心が最高潮に高まったゆり子の口から、意味不明な言葉が飛び出した。

「こ、こ、この家の海抜はどのくらいですか？」

「浸水はしない地域です。昔ながらの高台ですよ」

孝夫がゆり子の身体を布団に横たえた。

「なら、海抜は……安心……かしら……」

額に汗が伝った。もう駄目だ。間を持たせる話題がなにもない。

心の準備ができないまま初夜に突入してしまった。

だがこれで良かったのかもしれない。

怖がりのゆり子には、おそらく心の準備なんて永遠にできなかったから、孝夫に強引に進めてもらうほうがいい。

「ええ、安心です……だから今日から、何も心配せずに俺の奥さんになってください」

大きな手がパジャマのボタンを外していく。

ゆり子は手伝わねばとぶるぶる震える手で、下からボタンを外そうとした。

だが指に力が入らず、なにもできない。パジャマを剥ぎ取られ、下に着ていたキャミソールも脱がされて、ゆり子は思わず胸を覆った。

孝夫の視線を感じて、ゆり子は真っ赤になりながら口を引き結ぶ。だが彼は痛ましげな目で、ゆり子の身体のあちこちに触れてきた。

「この痣は？」

「寝ぼけてぶつけたの……毎晩、断崖絶壁を登ろうとしていたから……夢の中で……」

痣を撫でていた孝夫が、不意にゆり子のパジャマのズボンをするりと脱がせた。

「あ」

「脚も痣だらけですね……可哀相に」

言いながら孝夫は、軽々と持ち上げたゆり子の右脚の膝の内側に口づけた。

——そ、そんなところに……キス……っ……？

驚きのあまり、声も出なかった。玩具のようなひょろっと頼りない脚に、孝夫が繰り返し口づける。彼はふくらはぎにも腿にも、何度も執拗に、愛おしげに口づけてきた。

唇が触れるたびに、くすぐったさと妙なむずがゆさで、ゆり子の身体がびくびくと揺れる。

「痣は痛々しいのですが、肌がマシュマロみたいでおいしそうです」

意味ありげな言葉に、じくじくとお腹の奥が熱くなる。

ゆり子は額に汗を滲ませ、薄い布一枚でかろうじて隠された下半身を意識しながら、小声で告げた。

「でも……私は、お菓子ではなく人間なので、タンパク質の塊……甘くは……あぁ……っ」

もう静かにしていろとばかりに、内股の危うい場所を舐められゆり子は思わず声を上げた。

「俺にとってはお菓子と同じです、こんなにふわふわで、甘い匂いがして……」

からかわれているのか、そうでないのか……目の前がクラクラする。

「恥ずかしいからもうやめて」

真っ赤な顔で抗議すると、孝夫が脚から唇を離して身を乗り出してきた。

脚にキスされるのも恥ずかしかったが、孝夫の異様に整った顔が目の前にあると、それはそれで、どんな顔をすればいいのかわからない。

——こ、この美しい顔は罪……何故一人だけこんなにかっこいいのか……夫婦不平等……どうすれば服を脱いでもこんなにノーブルな表情を保っていられるの？

ゆり子は孝夫に追いつけないまでも、できるだけきりっとした表情を保とうと、ぎゅっと口元を引き結んだ。

「どうしてそんな妙な顔をしているんですか……？　可愛いから、いいんですけど」

「か……わ……？」

信じられない言葉が聞こえて、ゆり子の全身が熱くなった。

ゆり子を好きになってくれたのはしっかりとわかっていたが、まさか『可愛い』とまで言ってくれるとは。

孝夫の口から『可愛い』という言葉を聞くのは、生まれて初めてだったからだ。

——わ、私を可愛いなんて言ってくれる人、小世ちゃんだけだったのに！　孝夫さんも、緊張すると妙なことを言ってしまうタイプ……のわけないわね。本気で言ってくれたの？

ますます真っ赤になったとき、突然唇が塞がれた。

孝夫の大きな身体をすぐ側に感じて、ゆり子は身体を強ばらせる。

穿いていた下着が、するりと脚から抜き取られた。

孝夫は唇を離し、自分も穿いていたズボンを脱いで、無駄一つない全身を晒す。ゆり子は恥じらって目をそらした。

「触っていいですか」

「どこに？」

尋ねた刹那、ゆり子の脚が大きく開かれた。

——ひ……っ……！

もうなにも考えられない。大きく脚を開いたゆり子の前で、孝夫が枕元にあったボトルを手に取った。なにも考えられなかったはずのゆり子の心に、むくりと力強い疑問の芽が生えた。

「それはなに？」

今は黙っていたほうがいいのだろうな、と思いつつも、我慢できずに聞いてしまう。

「……潤滑剤です」

その説明だけではわからなかった。『潤滑剤』なんて普段聞かない名前だ。

「何に使う物？　どこで買ったの？　材料はなにかしら……」

こんな状況でも、ゆり子の好奇心は留まることを知らない。

「お薬みたいだわ、その容器」

そこで孝夫が滑らかな頬を赤らめ、小さな声で教えてくれた。

「医者でもらいました。新婚なので、奥さんが痛い思いをしないようにしたいと相談したら、これを」

「まあ……お医者さまにわざわざ……」

ゆり子は申し訳ない思いで、眉をひそめた。

医者にそんなことを相談するなんて、さすがに恥ずかしかったに違いない。

だが、小心者のゆり子に、痛みや恐怖を与えないよう考えてくれたのだと思うと胸にあたたかな想いが込み上げてくる。孝夫は優しい。凛とした堂々とした態度を保つ一方、いつだってずっと優しかった。

「ありがとう」

ゆり子は小声で言って、孝夫がボトルの中身を掌にぶちまけるのをじっと見守る。

――材料はなにか……今度こっそり調べよう……

ぬるついた透明な液を指に伸ばした孝夫が大きな身体を脚の間に割り込ませた。

「今から触ります」

硬い口調で孝夫が言う。無意識に拳を握った瞬間、ゆり子の片脚がひょいと曲げられた。

「……！」

驚きすぎて声も出ない。この体位では……丸見えではないか。頭の中が真っ白になると同時に、有り得ない場所に孝夫の指が触れた。

「あ、っ、いやっ……」

ゆり子は慌てて手を伸ばし、孝夫の手を押しとどめようとした。だが、冷たい液体を纏った指は、ゆり子の脚のあわいを遠慮なくまさぐってくる。

脚を閉じようにも、孝夫の身体があって無理だった。ゆり子はあられもない姿をさらしたまま、必死に孝夫の腕を押しとどめようと、彼に比べてずいぶん短い腕を伸ばす。

「そんなところ、触るの……あ……」

小さな孔を探り当てた指先が、そのまま中へと沈み込む。異物を押し込まれた衝撃で、びくんと腰が震えた。

「……っ……だめ……っ……」

ゆり子の身体中に得体の知れない汗が滲む。

「駄目なんですか？」

問い返されて、はっきりと拒めなかった。孝夫に触れられた自分の身体が、熱く潤ってきたのがわかるからだ。

抗わないゆり子の態度に安堵したのか、孝夫が次に、丸出しになった乳房に唇を寄せてきた。

「や、あの、あ、あ……」

乳嘴の先端を舌先で舐められ、ゆり子の身体がびくんと痙攣した。同時に、指で暴かれた場所から、どろりと雫が滴ってくる。

逆らおうとする腕の力が抜けた。

孝夫の肩に手を掛け、ゆり子はひたすら、生まれて初めての羞恥(しゅうち)を堪(こら)える。

舌先が、ゆり子の乳嘴(にゅうし)を何度も優しく転がした。

まるで大好きなお菓子を味わっているかのような舌使いだ。

ざらりとした舌が無防備な部位に触れるたび、身体中に未知の痺(しび)れが走る。つぼみをちゅっと吸われた途端、指を咥(くわ)え込んだ秘部からますます蜜が溢(あふ)れた。

「……っ……どうして……舐めるの……」

尋ねると同時に、最後のひと仕上げとばかりに、やや乱暴に胸の先端を舐め上げられた。

指を受け入れた蜜窟がうねり、腰が揺れる。

ゆり子は思わずヒッと短い声を漏らした。

「ああ、良かった。少し緩んできましたね」

孝夫がそう言って、ますます大きくゆり子の脚を開かせる。

「待って……灯りを消し……っ……」

今気付いたけれど、どうして灯りを消していないのだろう。ゆり子は泣きそうになりながら、必死に膝(ひざ)を閉じようとした。

これから夫婦になるのだと頭でわかっていても、ここは人目にさらすべき場所ではないという恥ずかしさで涙が出てくる。

「いや……恥ずかしい……こんなところに指……っ……」

「拒まないでください、俺はもっと貴女に触りたい」

孝夫は低い声で言うと、熱くとろけた秘裂の奥へと指を押し込んできた。

「あぁぁっ」

未熟な襞を暴かれる刺激で、ゆり子の下腹部がひくひくと波打つ。

「どこもかしこも小さくて、狭いな」

中をまさぐる指を止めないまま、孝夫が苦しげな声で呟いた。長い指が行き来するたびに、ゆり子の腰が不器用に揺れる。

「い……いや……動かすの……あ……」

孝夫の指がずるりと引き抜かれ、ゆり子は思わず腰を浮かした。

「もうすこし塗ります」

そう言って、孝夫が身体を起こした。

ゆり子の蜜で濡れた手に、孝夫が真顔で潤滑剤を滴らせる。

「まって……もう……あ……」

呼吸が乱れて、きちんと喋れない。気付けば顔も汗と涙でベタベタだ。

孝夫はふたたび身を乗り出し、ゆり子の顔をじっと見つめたまま、熱く濡れそぼった中をまさぐり始める。

中を満たす質量が増したのがわかった。ゆり子の足の指が、無意識に布団のシーツを掴む。

「やぁ……指、増えてる……っ……」

そう訴えるだけでも息が弾んで仕方ない。

「二本に増やしたのがわかるんですか？　貴女のここはとても敏感なんですね」

「あ、う、動かさな……っ……」

指が前後するたびに、ぐちゅぐちゅという音が聞こえる。

中から滴り落ちた熱いものが、綺麗だった布団を濡らすのがわかった。

「よ、汚れるから、だめ、孝夫さ……あぁ……見ないで……いや……」

身体中を火照らせながら、ゆり子は孝夫の肩に縋る指に力を込める。

こんなに顔をしかめたり、びくびく震えたりしているのを見られながら、秘部を弄られ続けるなんて耐えられない。

けれど孝夫はいつものように『すみません』と譲ってはくれなかった。

「孝夫さん、目をつぶって、お願い、見ないで」

「嫌です。俺は、貴女の可愛い顔を見ながら触りたい」

言いながら孝夫が指を蜜窟の奥へと進める。

「んう……っ……」

強い刺激に思わず声が漏れた。二本の指を付け根まで咥え込まされて、ゆり子の脚が震えだす。

「私、別に……かわいくな……い……っ」

「何言ってるんですか、可愛いのに……可愛いだけでなく、こんないやらしい顔もするんですね」

「いやぁ……っ！」

ゆり子の喉から悲鳴のような声が漏れた。

もう、本当に恥ずかしくて無理だ。

ゆり子は孝夫の肩から手を離し、熱くなった顔を覆い隠す。

広げられた脚の間で二本の指が何度も行き来する。ゆり子の身体はそれを悦ぶかのように、脱力して、従順になっていった。

自分の意思と裏腹に、異物を受け入れた場所の痛みや違和感が、別の感覚に変わっていく。

指で触れられた粘膜が孝夫の肌に反応して、溶けていくかのようだ。

痛いくらい不自然に強ばっていた肩や手足が少しずつ自由になってきた。

「なんで……ずっと指だけ……なの……」

「まだ狭いから、もうすこし慣れてもらいたいんです。俺は貴女に怪我をさせたくない」

「……大丈夫……もう……そんなに指でされるほうが……あっ……！」

「そうですか？　じゃあ、一度試させてください、大丈夫かどうか」

執拗に奥をまさぐっていた指が不意にずるりと音を立てて抜けた。

ほとびた裂け目から、じわじわとぬるいものが溢れ出す。

孝夫が身を起こした隙に、ゆり子はちらりと『元気なもの』に目をやった。

さっきから孝夫とゆり子のお腹の間で揺れて、時折ぴたぴたと肌に当たってきて、どんな状態になっているのか、気になって仕方なかったのだ。

目にしたものはどす黒く、逞しく、想像した以上の質量だった。

——こんなに……大きくなるの……？

好奇心を抑えきれずに見てしまったことを申し訳なく思いつつ、ゆり子は恐る恐る尋ねた。

「ねえ、変なこと聞いてもよくて？」

「駄目です。どうせこれのことを詳しく聞きたいんでしょう……今じゃないときにしてください」

形の良い眉根を寄せ、孝夫が苦しげに言った。

「触ってもいい？」

「なおさら駄目です」

しかし、ゆり子も譲れない。自分だって触らせたのだから、少しだけ触れてみたい。

「ちょっとだけ。ほんとうにちょっとでいいから」

「……わかりました」

やはり孝夫は優しい。

ゆり子はそっと手を伸ばし、さわさわと立ち上がった杭(くい)の表面を撫(な)でた。

——こんな手触りなのね……先が濡れてる……

指先でちょんと触れただけで、孝夫がごくりと息を呑む。ちらりと表情を窺うが、我慢している顔が痛いからなのか別の理由なのかわからなかった。

「こんな風に大きくなってるときは、苦しいの？」

孝夫が形の良い耳の縁を赤く染め、小声で答えた。

「ええ……まあ……」

「もう少し触っていい？」

「ええ、もう少しだけですよ」

かすれた声で孝夫が言った。ゆり子は頷いて、太い肉茎に手を添えたまま、指先で先端に触れた。やはり濡れている。ここから人間を作る材料が出てくるのかと思うと、人体の神秘に胸打たれる思いだった。

「硬いわ。皆さんこのくらい大きくなるの？」

孝夫はなにも答えずに、苦しげに大きく息を吐く。触るだけで辛そうだ。

——あんまり表面を触ると痛いのかしら……怪我（けが）して腫（は）れてるのと同じ状態？

労（いたわ）るように優しく握ると、それが掌（てのひら）の中でびくんと脈打った。とても堅い。女性を抱くときだけ変化するなんて上手くできているものだ。

「そろそろ苦しいです」

孝夫の言葉に、にぎにぎと夢中で感触を確かめていたゆり子ははっと我に返った。

「あっ！　ごめんなさい。私の握り方、痛かっ……」

尋ねる前に、ゆり子の唇が乱暴な勢いで塞（ふさ）がれた。

「ん……！」

手首も無理矢理掴まれて、肩の上あたりで押さえつけられる。

——動けない！

鋼（はがね）のような力だった。振りほどこうとしてもびくともしない。

孝夫は今までまったく本気を出していなかったのだとわかった。

「ん……う……」

もがいて背を逸らすと乳房の先が汗で濡れた胸に当たる。

先ほどのキスと同じように、また、口の中に舌が割り込んできた。さっきよりも獰猛で、より欲情を感じさせる激しさだった。

ゆり子は無我夢中で舌先を舐め返し、ぎゅっと目を瞑る。お腹の上に、さっきまで握っていた肉竿が軽く触れた。

孝夫の息づかいが荒くなり、唇が離れた。半身を起こした彼は、濡れた口元を手の甲で拭い、荒い息を弾ませながら言った。

「ゆり子さん、貴女が不思議がっているこれを、貴女の中に挿れたいです。痛かったらすぐにやめます。今日は避妊具を付けますね」

硬い口調で孝夫が言い、枕元の籠に手を伸ばそうとする。ゆり子は思わずその手を押しとどめ、小さい声で孝夫に告げた。

「待って、いらないわ」

籠のほうに視線をやっていた孝夫が、ゆり子を見下ろして目を丸くする。

「何故？」

こんなに驚いた顔の孝夫を見るのは初めてかもしれない。

勇気を出して、ゆり子はもう一度言った。

「それ、いらない……私、子供ほしい……」

汗の浮いた顔で、孝夫が低い声で言う。

「……子供は玩具ではありませんし、貴女の好きな機械とも違いますよ」

「わかってる……でも、子供が欲しいの……一緒に育てたいわ」

ゆり子の脳裏に、白黒の父母の写真が浮かんだ。

幼いゆり子を挟んで、優しく微笑んでいた二人。

ゆり子も、この家で孝夫と一緒に、あんな顔で我が子を挟んで笑ってみたい。中央にいる子供がどんな子でもいい。孝夫なら、いっしょにその子を守り、育て、叱ってくれるだろうと思えるから。

「一緒に育てる……ですか」

ゆり子の言葉を復唱した孝夫が、花ほころぶように笑った。

「……俺も、ほしいです。斎川家の跡継なんかじゃなくて、俺と貴女の子が」

淡々とした孝夫の言葉に、挙式のときの情景が思い出された。

巨大なグループを背負うため、自分の人生をすべて捧げようとしていた孝夫の表情は、二十四歳の若者とは思えないくらい威厳に溢れていた。

だが、これからゆり子と一緒に平凡な道を歩む孝夫も、きっととても素敵なはずだ。

何故なら孝夫は、どこにいて、なにをしていても、本物の貴公子だからだ。

ゆり子は吸い寄せられるように手を伸ばし、孝夫の端整な頬にそっと触れた。

「はい。だから……そのまま来て……」

言い終えて、ゆり子は自分に強く言い聞かせた。

――今日合体に失敗しても、何度も挑戦すればいい！

ゆり子はおずおずと脚を開き、ともすれば逃げようとする自分を叱咤する。

――孝夫さん……好きよ……大好き……

触れあう肌が温かくて愛おしい。孝夫も同じように思ってくれているだろうか。

ゆり子はぎゅっと唇を噛みしめて、遠慮がちに押し付けられた熱杭に触れ、己の入り口へ導いた。

蜜口に孝夫の先端を宛がい、小さな声で囁きかける。

「こ……ここに……この奥に来て……」

孝夫がゆり子の右膝に手を掛け、脚を曲げさせた。くちゅりと音を立てて、不器用にほぐされた秘裂が開く。

息が弾み、熱くなってきた。

開かれた部分に孝夫の視線を感じて、身体中がむずむずする。羞恥心と共に、剥き出しの乳房の先端が固く凝るのがわかった。

「お薬塗ってくれたから、平気だと思うの」

「ええ」

――入るかしら……

閉じ合わさった裂け目が開き、ゆり子には余るほどの大きさの杭の先端を呑み込んだ。

――ち、力……入れちゃ駄目……

未知の感覚に身体を暴かれながら、ゆり子は震える手で、半身を支える孝夫の腕を撫でた。

「だ、大丈夫、そのまま、もっと……」

「……っ、はい……」

孝夫の声からは、いつもの余裕が失せていた。

身体が硬い杭で押し開かれていく。さっき塗ってもらった液剤のお陰で、痛みは思ったほどではない。ゆっくりと隘路を割り広げながら、孝夫がゆり子の中に入ってくる。

圧倒的な異物感に、ゆり子はかすかに顔をゆがめた。

——物理的なサイズが一致しない……私の身体の中、ちゃんと伸びるかしら？

孝夫の息がますます乱れる。歯を食いしばるゆり子の頬に触れ、汗に濡れた顔で尋ねてくる。

「大丈夫ですか」

その声には気遣う優しさが溢れていた。ゆり子は手を上げてそっと孝夫の額の汗を拭う。

「ええ、人間同士だから、どうにかなるはず」

真面目に答えると、孝夫が軽く笑った。

「それもそうですね」

孝夫がゆり子に濡れた額を押しつけ、軽く息を吐く。脚がより強く曲げられ、更に奥へと硬い肉杭が押し入ってきた。

「ゆり子さんの中……破れないかな……」

「う……平気……粘膜はすぐ治癒するから。皮膚の数倍の速さで……ん……っ……」

「無理そうなら言ってください、俺が止められるうちに……」

震えながら頷くと同時に、更にずぶずぶと深いところを貫かれる。どこまで入っていくのかと思うと不安になってきた。

「平気……平気だから……」

蜜口を覆(おお)う和毛(にこげ)に、孝夫の体毛が触れたのがわかった。どうやら、根元まですべて呑み込めたらしい。お腹の中が孝夫でいっぱいに満たされているのがわかる。

「こんなに……奥まで……あ……」

強引に曲げられていた右足が、優しく布団の上に降ろされた。

孝夫が、ゆり子の身体をそっと抱きしめる。体重をかけないよう、肘(ひじ)で身体を支えているようだ。

「乗っかっても、大丈夫よ」

みっしりと中を満たした肉杭(にくくい)の脈動を感じながら、ゆり子は震える声で言った。

「駄目です。確実にゆり子さんが潰れます」

――そうかも……

お互いの体格差を思い、ゆり子は身体の下で頷いた。こうして胸を合わせて抱き合うと、ゆり子の額(ひたい)は孝夫の肩のあたりに来る。

――これじゃ孝夫さんの顔が、私が小さすぎて……！

彼もそのことに気付いたのか、上半身を起こして、ゆり子の顔を覗(のぞ)き込んだ。

「やっぱり、顔を見ながら動きたいです」

動くとは……？　と尋ねようとした刹那(せつな)、ゆり子の両手がふたたび掴まれ、布団に押し付けられた。

「身体中綺麗すぎて壊れないか不安になる」

不意に、ゆり子の中を満たしていたものが前後に動いた。

突き上げられる動きに、身体が揺さぶられる。

無垢な蜜路を貫く熱杭が、前後に動きながら襞を繰り返し擦った。

ただそれだけの動きなのに、身もだえするような掻痒感が下腹部に沸き起こり、ゆり子は思わず身をくねらせた。

「あ、や、やだ……あ……！」

襞が肉杭の刺激を受け止めるごとに、身体がじわじわと火照っていく。

物欲しげに乳嘴が固くなり、身体中の肌が血色を帯びてきた。

「……身体を離したままセックスするのは、寂しいですね」

ゆり子の身体を緩やかに食んでいた孝夫が、ふと呟く。

——え……？

訳がわからないうちに、ひょいとゆり子の身体が抱き起こされる。

ゆり子はつがいあったまま、あぐらをかいた孝夫の膝に跨がっていた。一拍遅れて、軽々と抱え起こされたのだと気付く。

——な、なに、この姿勢……っ……

呑み込んだ孝夫のものがお腹の奥をぐいと押し上げてきて、苦しいくらいだ。いくら薬を塗ってくれても大きさまではいかんともしがたい。

「い、いや……恥ずかし……」

この格好では、たぷたぷと揺れる胸が孝夫の胸板に触れてしまう……その事実に気付いただけで、ゆり子の身体の火照り(ほて)がますます強くなった。

「何故？　俺はこうやって抱きしめながら交わりたいです」

言いながら孝夫がゆり子の額(ひたい)の髪をかき上げて笑った。

「ほらね、互いの顔がすぐ側に見える」

孝夫の肩にそっと手を掛けて、ゆり子は無言で頷いた。

「俺は肌が触れあっているほうが安心できますが、貴女は……？」

「わ……私も……このほうが……いいかも……」

ゆり子は恐る恐る広い肩に頭を寄せると、孝夫が優しく背中を抱き寄せてくれた。

「……夢みたいです……貴女と本当の夫婦になれて」

言葉と同時に、お腹の奥をまっすぐに押し上げていたものが、ぐっと固くなった。

「身体を揺すってもいいですか」

孝夫にもたれかかり、ゆり子は小さく頷いた。

背に回されていた大きな手が、ゆり子の腰をがしりと掴む。

「壊しそうで怖いけれど、もう、我慢が利かなくて」

孝夫はそう言いながら、掴んだゆり子の腰を上下に揺さぶった。

「あ……」

小柄（こがら）なゆり子の身体は、孝夫の腕力に翻弄（ほんろう）され、軽々と弾む。その動きと同時に、熱杭（ねつくい）を呑み込んだ場所から、くちゅくちゅと紛れもない性交の音が響いた。

「や、あぁ……っ……あ、あ……」

不慣れな場所が繰り返し突き上げられ、息苦しさと未知の快感に小さな声が漏れた。

「そんな声を出されたら駄目だ、もっと動かしたくなる」

「や……だめ……お願い……優しく……あぅ……」

動きの激しさにゆり子は戸惑い、小さな声を上げた。

「あぁぁ……っ……」

擦られるたびに下腹部がうねって、腿（もも）をぬるい雫（しずく）が伝い落ちていく。

乳房が弾んで孝夫の胸板に押し付けられ、こすられて、身体が熱くて涙が出た。

投げ出した両脚が震える。無意識に敷き布団を蹴って甘い抽送（ちゅうそう）から逃れようとしても、こんなにしっかり捕まっていたら到底逃げられない。

「待って……孝夫……さ……あぁ……」

気付けばゆり子は、恥じらいも忘れて裸の胸を孝夫の身体に押し付けていた。

「柔らかいですね、貴女の身体は……頭がおかしくなりそうなくらい、なにもかもが美しい」

揺すられる動きが止まり、今度は接合部同士がぐりぐりと擦れあわされる。

「ひぅ……」

身体の奥を走り抜ける快感に、ゆり子は思わず腰を浮かせようとした。

「逃げないでください、最後まで抱きたい」

「……っ、う……」

ゆり子は無意識に孝夫の肩に爪を立て必死で頷いた。

痛いし、苦しいのに、お腹の深い場所が硬い異物を受け入れるかのように花開いていく。心を満たすのはただ『愛する男に抱かれている』という幸せな思いばかりだ。

番(つが)いあう場所が、口づけを交わし合うように何度も押し付けられては離れ、また押し付けられる。

そのたびに、繋がりが深まるのがわかった。

今のゆり子の身体は、誰も触れたことのない場所まで、孝夫に埋め尽くされている。

「ん……んっ……」

ゆり子の未熟な道が、受け入れた杭(くい)を愛おしむようにひくひくと収縮を繰り返す。重ね合った肌が、孝夫の汗で潤い始める。

「貴女の中がどんどん熱くなってくる」

孝夫の言葉に、ゆり子の耳がチリチリと熱くなった。

「だって……」

「俺は興奮しています、ゆり子さんも少しは気持ちいいですか？　苦しいだけではなく？」

ゆり子は強く腰を掴まれたまま、素直に頷いた。

多分、生まれて初めて剥(む)き出しの姿をさらし合って、結ばれることで、冷たく小さなゆり子の身体も、欲情を覚え始めているのだろう。

——孝夫さん、汗……すごい……

下腹部の痛みと疼(うず)きを覚えながら、ゆり子は顔を上げて、孝夫の顎(あご)のあたりに口づけた。腰を掴む指が、ますます強く肌に食い込む。

「なにを貴女は可愛いことを……」

呻(うめ)くような声で孝夫は言うと、腰から手を離し、ゆり子の身体をぎゅうっと抱きすくめた。

「こんなに愛おしくて可愛い貴女に、俺の実家で辛い思いをさせて、本当に申し訳なかった」

ゆり子は、抱きしめられたまま首を横に振った。

「いいの、もう、十分幸せだから」

「ゆり子さん……」

孝夫の身体から激しい鼓動の男が伝わってくる。

「このまま果ててもいいですか」

ゆり子は孝夫の肩から手を離し、首筋にぎゅっと抱きついた。思い切り伸びをしたような姿勢になり、胸もお腹も、すべてが孝夫の身体に密着する。

隙間(すきま)なく肌を合わせたとき、孝夫の喉から、ああ、と呟きともため息ともつかない声が漏れ出た。

ゆり子の身体が、したから突き上げられるように揺さぶられる。

身体が弾むたびに淫(みだ)らな音が聞こえてきて、抑えきれないほどにお腹の奥が疼(うず)く。

——なにをされてもいい、私……

汗の匂いも早鐘を打つ胸も、何もかもが愛おしくて、この人にならば全部許していいと思えた。

「……っ、済みません、ゆり子さん、このまま……っ」

ゆり子の腰から手が離れ、背中が力いっぱい抱き寄せられる。息もできないくらいの抱擁と同時に、ゆり子のお腹の奥に、経験したことのない熱い粘りが広がった。

汗だくになり、激しく息を乱す孝夫がひどく愛おしくて、ゆり子も孝夫を抱きしめ返す。

涙と汗で濡れた顔で孝夫の肩のあたりに頬ずりし、ゆり子は小さな声で言った。

「私……孝夫さんのこと……愛してます……」

はっきりと言葉にしたのは、今が初めてだ。

ゆり子の告白に応えるように、身体を抱きしめる腕の力が強まった。

——愛しているわ、孝夫さん……私、生涯を掛けて孝夫さんを幸せにしなくては……

繋がり合ったまま、ゆり子は目を瞑る。

翻弄され続けた身体から、ゆっくりと力が抜けていくのがわかった。

——この人が……私の新しい……家族……

閉じたゆり子の目から、新たな涙が一筋伝った。

いつの間にか意識を手放していたゆり子は、美しい夢を見ていた。

——これ、孝夫さんの好きなお花じゃないかしら。

見回すと、あたり一面が美しい青に染まっている。

きっとこれが、孝夫が語ってくれた『瑠璃唐草』の花畑だ。淡瑠璃色の花のカーペットは、踏むのも躊躇う美しさだった。

天国が空にあるならば、きっと大地はこんな青だろう。

——あ……れ……？

ゆり子は、振り向いた先に、若い女が佇んでいることに気付く。

そこにいたのは、『金魚みたい』な振り袖姿の小世だった。

元気なときと同じ笑顔で、ゆり子に向かって手を振っている。

——小世ちゃん！

駆け寄ろうとしたが、脚が動かない。小世は優雅に振り袖の袂を押さえ、手を振り続けながらゆり子に向かって叫んだ。

「ゆりちゃん、私の声、聞こえる？」

そちらに行きたい、と叫ぼうとしたが声が出ない。涙ぐんだまま深々と頷くと、小世は安心したように手を振るのをやめ、ふたたびゆり子に向かって叫んだ。

「先生の写真とメッセージ、ありがとう、私、ゆりちゃんのこと大好きよ！」

ゆり子はぼろぼろ涙をこぼしながら、ふたたび何度も頷いた。

夢に、元気な小世が出てくるのは初めてだ。

これまで見たどんな夢の中でも、小世は冷たくなって、動かなかったのに……

——小世ちゃん、まって、小世ちゃんのところに行きたいよ！

大好きな彼女の手を取りたい。抱きつきたい。でもそれはもう、永遠に叶わないと知っている。

こうして小世の声が聞こえているのも、きっとなにかの奇跡なのだ。

「大好きだから、幸せになって頂戴、絶対幸せになるって約束して！」

ゆり子はしゃくり上げながら、深々と頷き、小世に大きく手を振り返した。

私は、今でも貴女が大好きだ。

生きていてほしかった。

幸せになってほしかった。

私は貴女に、素敵な写真をたくさん見せられるよう、貪欲に幸せになってみせる。だからどうか、
私達の撮る写真をどこかで見て笑ってほしい……

そう想いを込めて、必死に手を振る。小世が頷いて、大声で言った。

「大丈夫、全部聞こえているわよ！　たくさん見せてね、ゆりちゃん達の写真……楽しみに……」

小世の言葉と同時に、凄まじい風が吹き荒れた。瑠璃唐草の花びらが舞い上がり、ゆり子の夢を覆い尽くす。

——小世ちゃん……！

淡い瑠璃色の嵐に巻き込まれ、ゆり子の身体が青い地面から落ちていった。

——小世ちゃんの声……初めて聞こえた……嬉しいよ……ありがとう……

ゆり子の顔を幾筋も涙が伝う。はっとなって涙を拭うと、そこはまだ見慣れぬ和室の中だった。

孝夫はゆり子を抱いたまま、半裸で眠っている。ゆり子の身体には、孝夫のパジャマの上が着せ

かけられていた。

――夢……

ゆり子は無言で、涙に濡れた目をまたたかせる。

たとえ夢であっても、あの小世の声だけは、本物だったと思えた。

――小世ちゃん……ありがとう……

きっと彼女は、どこかでゆり子を見守っていてくれるのだ。そう思った刹那、嬉しさと切なさで、ふたたびゆり子の目から涙が溢れ出す。

――ありがとう、小世ちゃん……私を、ここに連れてきてくれて……

そう思いながら、ゆり子は眠っている愛しい『夫』の身体に、そっと身を寄せた。

エピローグ

今日は土曜日。

本来ならば孝夫の会社は休業日だが、気になる案件があったので、午前中だけ会社に顔を出してきたところだ。

ゆり子と結婚したあと、孝夫は二度転職した。

最初の会社では、英語が堪能であることを理由に配置部署が変わり、海外との商談を任されるようになった。そして仕事の場で偶然、イギリス留学時代の友人と再会し、アジアリージョンの社員を捜しているから是非に、と誘われて、彼の父が経営する大きな商社に転職したのだ。

そこで三年ほど勤めただろうか。

次に転職したのは日本で一番大きなエネルギー開発会社だった。

転職した理由は、前の会社で好業績を上げた孝夫に、ロンドン支社への転勤の打診が来たことだ。出世したければ受けるべきオファーだったが、孝夫は日本に腰を落ち着けたかった。理由は、そろそろ二人目の子供が欲しかったからだ。

――昔は海外で仕事に打ち込みたかったのに、家族が優先になるなんて。俺も変わったな。

新しく入社したエネルギー開発会社は、日本企業の中でも入社最難関といわれるだけあって、求められる仕事のレベルが高い。

孝夫が採用された海外渉外部は、前職にもましてハードな交渉を求められるが、やりがいがある。そもそも孝夫は『どんな相手にも弁舌で負けるな』と教育されてきた。相手が逆上しようが懐柔してこようが、自社の利益を損なうことなく交渉するのには慣れている。

――斎川の御曹司たれ、と教育されたことが、どこに行っても生きるものだな。

転職後は給与も上がり、借りた家の側に、新しく広い家を買うこともできた。

四歳の息子、誠一郎は、数ヶ月前に引っ越してきた新しい家で元気に育っている。通っている幼稚園は変わらないので、大好きなお友だちとお別れさせずに済んでよかった。

今日は誠一郎と公園に行く約束をしていたが、急な仕事で留守番させてしまった。お詫びに、駅前のケーキ屋でショートケーキを三つ買ってきたところだ。

——誠、喜ぶかな。ショートケーキが大好きだからな、俺に似て……

無邪気な誠一郎の笑顔を思い、孝夫の口元が自然と緩ぶ。

「ただい……あれ……？」

いそいそと自宅に戻った孝夫は、居間の一角に貼られた謎のテントに気付いた。

朝出掛けるときはなにもなかったはずだが、あれは何だろう。

テントの入り口からは、ゆり子の細い脚がにょきっと出ていて、幼い息子の身体を挟んでいる。

——ゆり子……どうして誠一郎を蟹挟み（かにばさみ）しているんだ？

なにをどこから突っ込んでいいのかわからず、孝夫は謎のテントと、妻子の姿を見守った。

——相変わらず面白いな、ゆり子は。

「誠、そのテントは何だ？　ママが作ったのか？」

ゆり子の脚に挟まれて絵本を読んでいた誠一郎は、孝夫を見上げて嬉しそうに頷いた。

顔立ちは自分にそっくりだが、笑顔だけは不思議とゆり子に似ている。

誠一郎の愛らしさに、孝夫は思わず微笑む。親馬鹿なのはわかっているが、可愛い。どこもかしこも無愛想な自分そっくりなのに、何故こんなにも可愛いのだろうか。

「あら、誠ちゃん、パパ帰ってきた？」

テントの中からゆり子の声が聞こえた。だが出てくる気配はない。孝夫は笑いを堪（こら）え、誠一郎を手招きする。

誠一郎は笑顔で母の脚の間から抜けだし、孝夫の脚に抱きついてきた。孝夫は小さな頭を優しく撫で、テントの中のゆり子に尋ねた。

「ゆり子、ケーキ買ってきたけど、君も今食べるか？」

「ええ！　紅茶も淹れてくださいな」

待っていましたとばかりに、即返事が聞こえた。

ゆり子は『パパのは本場仕込みだから』と、孝夫が入れる紅茶をえらく気に入っている。

斎川の家に嫁いできたときの、なにも望まない、ずっと身を硬くしていたゆり子の面影は、今はもうどこにも見当たらない。

ゆり子に何気ない頼み事をされるたび、孝夫の胸には静かな幸福感が満ちてくる。ああ、世界で一番愛する人は、今自分の側で、幸せに過ごしてくれているのだと……

「ダージリンでよろしいですか、マダム」

冗談めかして尋ねると、ゆり子がテントの中から答えた。

「誠ちゃんは麦茶にしてあげて、苦いお茶はまだ飲めないから。誠ちゃん、パパとおんなじ色のお茶じゃないと嫌なんですって」

注文の多い奥様だ。孝夫は笑いをこらえながら言った。

「わかった。じゃあ君と俺はダージリンで、誠は麦茶だね」

「お願いね、ありがとう」

やはりゆり子はテントから出てこない。

孝夫は台所で手を洗い、くっついてくる誠一郎と二人で、丁寧にケーキを箱から出した。

「誠はどれがいい？　選んでいいよ」

尋ねると、誠一郎は立ち上がり、最近ゆり子に買ってもらった定規を持って来た。

——なるほど、測るのか……ママそっくりだな……

孝夫は無言で息子のすることを見守った。

親馬鹿かもしれないが、なかなか上手に定規が使えていると思う。

「パパはお茶を用意してくる。まだ食べないで待っていて」

万が一にも喉に詰まらせたら大変だからだ。誠一郎は、孝夫の言葉に素直に頷く。

「うん」

帰ってきてようやく誠一郎の声を聞いた。

誠一郎はとても大人しくて、滅多(めった)に喋らない。赤ちゃんの頃からあまり泣くこともなくて、当時は本当に心配だった。

『お医者さまが平気だと言っていたわ』というゆり子の言葉さえ信じられず、有休を取って乳児検診に同行してしまったこともあるほどだ。

結果的に、誠一郎は医者の言うとおり平気で、人並み外れて無口なだけだった。

聞かれたことにはちゃんと答えるし、絵本もゆり子と孝夫が驚くほどちゃんと読めている。ただ、喋らないのだ。

孝夫はお湯を沸かしながら、居間の様子を覗(のぞ)いた。

賢いとはいえまだ四歳だし、目を離すことはできない。

だからテントに潜り込んだゆり子も、脚で蟹挟みにして捕まえていたのだろうと気付いた。やはりゆり子は面白い女性だと、改めて思う。

誠一郎はケーキを測り終えたらしく、お皿を、ゆり子と孝夫の席に慎重に移動している。

「どれを食べるか決めたのか」

「パパ、あまいの、すきでしょ……あげる、おおきいの」

小さな声で誠一郎が言う。孝夫は紅茶と麦茶をテーブルに並べながら笑った。

「誠も好きだろう。誠が大きなケーキを食べていいんだよ」

「じゃあとうふ、おおきいの……ちょうだい」

豆腐が大好きな誠一郎が、真剣な顔で言った。

――交換条件があったのか。こんなに小さいのに意外と色々考えていて侮れないな。

時々うちの子は、本当に四歳児なのだろうかと思うときがある。

小さな頃から『海抜の高い場所』を探し歩いていたというゆり子の話を思い出した。

誠一郎もママ同様ちょっと変わっていて、とびきり頭が良いのかもしれない。将来が楽しみだ。

「いいよ、じゃあ今度おかずに出てきたとき、誠に一番大きい豆腐をあげる」

「メモしてください」

その言葉だけははっきりと通る声だった。誠一郎は父と母にメモを取ってもらうのが大好きなのだ。自分でもなにかグニャグニャと書いている。孝夫は我慢できなくなり、声を上げて笑った。

「わかったよ、パパが書いておく」

孝夫は卓上に置いておいたメモ帳を手に取り、一ページ目でふと手を止めた。

産後しばらく、メモを取る余裕もなかったゆり子の代わりに、孝夫が書き付けた文字が並んでいる。

予防接種や検診の予定、ゆり子が病院で言われたこと、寝返りをした日付、ハイハイができるようになった日付、初めて喋った日付……それから、孝夫自身のメモもところどころに書いてある。

『誠一郎、生後初めて発熱　ゆり子と共に眠れず』

——あの頃は、本当に必死だった。

ゆり子に余裕ができてからは、この孝夫用のメモ帳は、なかばまで書かれて放置されていた。

再び使われ出したのは最近、誠一郎がメモを取ってくれとせがむようになってからだ。

時の流れの速さにしみじみとなりながら、孝夫はメモ帳の空きページを開く。

「お豆腐は、一番大きいのを誠一郎にあげる」

声に出しながら、ひらがなでメモを書き込む。身を乗り出してメモ帳を見ていた誠一郎が、孝夫の顔を見てニコッと笑った。

——やっぱりゆり子に似ている。可愛いな、本当に可愛い。

愛息子の頭を撫(な)でていたら、ようやくゆり子がずりずりとテントから這い出してきた。

「ベテルギウスの位置が決まらなかったの」

「なにをしてたんだ」

妻が予想外のことを言い出すのは知っていたが、今日の言葉も何のことやらさっぱりだった。目を点にした孝夫に、ゆり子が嬉しそうに言った。

「引っ越してお家が広くなったでしょう、だからプラネタリウムを作っていたの」

言いながら、ゆり子はショートケーキを小さなフォークですくい、傍ら(かたわ)の誠一郎に差し出した。

「はい、誠ちゃん、あーんして」

誠一郎は素直に口を開け、満足そうにケーキを食べている。ゆり子はケーキに載っていた苺のヘタを外し、フォークで小さく割ると、それも誠一郎の口に入れた。

かいがいしく息子の世話を焼いているゆり子の様子を見ながら、孝夫は思わず口にした。

「ゆり子、勤めに出るのはまだ先でいいんじゃないか、誠にだってまだ手がかかるだろう。いくら母さんの頼みとはいえ無理しなくていい」

孝夫は、家を出てしばらくしてから母と連絡を取り始めた。ゆり子と一緒になるとき、背中を押してくれたのは母だったからだ。

実家の父は、まだ孝夫の出奔(しゅっぽん)を怒っているらしい。慌てて孝夫の代わりの後継者として幸太を教育しているようだが、本人は父を無視して淡々(たんたん)と大学に通っているようだ。

幸太はたまに、誠一郎の顔を見に来る。元気そうだ。父に反発し、斎川グループ以外の会社に勤めようとしていることも、それなりにモテるのに彼女がいないことも、本人の口から聞いた。

「お義母様の頼みだからよ。誠ちゃんが生まれたとき、うんとお世話になったじゃないの。頻繁(ひんぱん)に

「私と誠ちゃんを見に来て、おさんどんもしてくださって……今度は私がお手伝いしなきゃ」

誠一郎の口元を拭いながら、ゆり子が言う。

母は、ゆり子に、新しく設立するNPOの経理を手伝ってくれないか、と打診したらしい。

数学科を出ているゆり子なら数字に強いだろうし、気立てのよいゆり子なら、辛い思いをしている女性に親身になれるだろうから、というのが母の考えだったようだ。

——確かにぴったりな人材だけど、育児もパートもゆり子にやらせるのは嫌だ。

不満げな孝夫に、ゆり子が言った。

「週三回、誠ちゃんが幼稚園に行っている間だけだから大丈夫よ」

「でも疲れるだろう？　俺が忙しくて、家事もほぼ君に任せきりなのに」

「そのあたりはご心配なく」

ゆり子がつんとすまして言った。

孝夫は家の中を見回す。謎のテント、謎の箱、謎の筒……ゆり子の作った謎グッズはたくさん存在するが、家自体は塵一つ落ちていないほど綺麗で、家事が行き届いている。

ゆり子は料理もそこらのプロより上手だし、美しいし、可愛いし、最高の奥様なのだ。もしかしたら孝夫はヤキモチゆえに、ゆり子を外に出したくないだけなのかもしれない。

——俺の狭量がゆり子の自由を妨げているのかな。だとしたら良くない。でも、早く二人目が欲しいってお互い言っているのに……

孝夫の内心の葛藤を読み取ったように、ゆり子が振り向いてニコッと笑った。

相変わらず孝夫はこの笑顔に弱い。

「大丈夫よ、なんとかなる。駄目そうなら諦（あきら）めて再チャレンジすればいいの」

「それはそうだけど」

孝夫が心配性過ぎるのだろうか。結婚当初は、ゆり子は主婦業も老人ホームの厨房のパートも掛け持ちしていて、とても大変そうだった。

誠一郎をお腹に授かったあとも、お腹が大きくなるまで仕事を続けて、会社に『奥様が産気付いた』と電話が来ないかと、ひどくハラハラさせられたのだ。

「パパは自分の仕事にはアグレッシブだけど、私には過保護で良くないわ」

「そうかもしれない。俺一人が頑張れば事足りると思いたいのかも」

「駄目。稼ぎ柱が一本じゃパパが病気になったときに困るから。ね、誠ちゃん、二本のホースでお水を入れたほうが、すぐにプールにお水が溜まるわよね」

ゆり子の言葉に、誠一郎がこくりと頷いた。

「みっつあれば……もっと……だよ……」

「あら！　お利口！」

「賢いな」

孝夫とゆり子の言葉が重なり、思わず同時に噴きだした。色々と意見の相違はあれど、夫婦揃って親馬鹿なのは変わらない。

誠一郎に一通りケーキを食べさせたあと、ゆり子は『ママの苺も食べる？』と尋ねながら、ショートケーキを食べ始めた。誠一郎は大人しく、ケーキを夢中で食べているゆり子を見守っている。

「誠、幼稚園に行っている間、ママがお仕事に行っても大丈夫か？」

孝夫の問いに、誠一郎が頷いた。

「せんせいいるから、へいき」

四歳児のくせに、物わかりが良すぎる。やはり誠一郎は天才なのかもしれない。

誠一郎が立ち上がり、リビングの棚の引出しからカメラを取り出してきた。

「ママ！　これ、とろう！」

小さな手に小世のカメラを持ち、誠一郎がテントを指さす。

「おほしさまの、いえ、とろう！」

どうやらあの『プラネタリウム』のことを『お星様の家だ』と説明しているらしい。

ゆり子は星の位置まで真剣に決めているようだった。四歳児のためのプラネタリウムを、そこまで正確に作る必要などないのに。だが、その律儀(りちぎ)さがゆり子らしい。

「はいはい」

ショートケーキの最後の一口を押し込んだゆり子がカメラを受け取り、フィルムが設定されていることを確認すると、誠一郎に手渡す。

「一枚撮ったらママの所に持って来て」

誠一郎は頷くと、テントの前にかがみ込む。そしてカメラのファインダーを覗(のぞ)き込み、何度も何度も角度を確かめ、場所を移動して、最高のポジションを探し始めた。

この数ヶ月、誠一郎はカメラにとても興味を示すようになった。かなり上手で、子供だからと侮れない腕前だ。撮影させた写真を現像して渡すと、長い間夢中で見入っている。

「この前なんて、二枚目を撮ろうとして、自分でフィルム巻いてたの。私のすることを見てるのね」

ゆり子が微笑んで言った。

小世の古いカメラはまだ現役だ。あのカメラで、誠一郎の赤ちゃん時代の可愛い姿や、家族で出掛けた先の光景、ゆり子が家で作ったご馳走、庭のプランターにネモフィラが咲いた様子など、頻繁に写真を撮って、アルバムに残している。

斎川家の分厚いアルバムを、きっと小世もどこかで見ているに違いない。

気丈だった彼女のことだ。もしかしたら『どうして駆け落ちなんてしたの、斎川グループを捨てるなんてもったいない！』と、孝夫を天国から叱咤している可能性すらある。

――俺ももっともっと効率よく働いて、小世さんに合格点をもらえるくらいの男にならないと。

それが、小世からゆり子を託された孝夫の目標だ。

「もっと出世できるといいな」

孝夫の呟きに、ゆり子が困ったように言った。

「仕事もいいけれど、がむしゃらに働いて、身体を壊したりしないでね。パパは今でも、十分すぎるほどすごいんだから」

ゆり子の言葉を聞きながら、孝夫は「ありがとう、大丈夫だよ」と返事をする。

——時間ではなく、過去に作ったコネクションを使っているから問題ないな。

最近、留学時代の友人の一人との旧交が復活した。

彼はアラブの富豪の息子で、王族の血を引いている。大学内ではヨーロッパ貴族の子弟達と隔絶されながらも、四年間温めた大切な縁だ。斎川家を出た孝夫に、彼は『今でも君本人に友情を感じている』と連絡をくれた。仕事の面で力になれそうだ、とも。

彼との話がまとまれば、会社が現在確保しているルートよりも、わずかに有利な条件で、エネルギー資源を購買できる可能性があった。一パーセント以下の割引率でも、支払う金額を思えば膨大な額になる。この計画が成功すれば、孝夫の会社での地位は、一段抜かしで上がるだろう。

——小世さん、俺は自分の力で、行けるところまで行きます。ゆり子と誠一郎は、絶対に守り抜きますから。

息子の手にある小世のカメラを見つめながら、孝夫は心に固く誓った。


孝夫が家を出て十四年後。日本最大のエネルギー資源開発会社で、会社史上最年少の役員に上り詰めた孝夫は、大手のヘッドハンティング会社から一枚のオファー・レターを受け取った。

——素直に謝ってくればいいのに。

あれから子供が四人に増え、購入し直した広い自宅の書斎で、孝夫はオファー・レターの中身を一瞥して、薄く笑う。

ヘッドハンティングの内容は『斎川グループ』のホールディング会社の、経営企画担当役員のポジションに着いてみないか、というものだった。

要するに父は、孝夫に『帰ってきてくれ』と言ってきているのだ。

素直ではないところは、孝夫にそっくりだ。孝夫もこの十四年、破竹の勢いで出世を遂げながら『父さんに頭を下げるつもりはない』と母の仲介を突っぱね続けてきた。

——でも、まあ、いいか。仕事内容も、給与も悪くない。今更帰ってきたのかと陰口を叩かれても大丈夫だ。面の皮もずいぶん厚くなったからな。

孝夫は『保留』と書いたトレイにオファー・レターを置いて立ち上がる。

そして階下の居間に向かい、扉を開けた。

「カメラ貸してぇ！」

三男の絶叫が耳を突き抜ける。また上の兄と喧嘩をしているのだろう。

「静かにしなさい」

孝夫の一喝で、次男と三男は小世のカメラを取り合うのをやめた。

……家族が増え、この家もすっかり賑やかになった。

ゆり子の作ったプラネタリムはまだ現役で、下の子供達が夢中で入っている。

誠一郎は、もう中学生で、相変わらずまったく手がかからない。

成績もずば抜けて優秀で、弟達の面倒も良く見てくれる。

不安になった孝夫が『いつもいい子に振る舞わなくていい。なにかあったら父さんに我儘言ってもいいんだからな』と耳打ちしたところ『えっ何？　俺いい子なの？』と驚いた顔で問い返されてしまった。

どうやら、この優等生ぶりは地らしい。一体誰に似たのだろう。

ゆり子はソファに座って、笑顔で甘えん坊の四男をあやしていた。

三歳になった四男の名前は、千博という。

女の子だったら別の漢字をあてて『ちひろちゃん』と呼ぶ気で用意した名だ。

だが、夫婦共々女の子が欲しくて、最後にどうしても……と願いつつ作った四人目も男の子だった。心のどこかでそんな気はしていた。元気で生まれてくれたのであれば、もう言うことはない。

「パパぁ！」

千博がゆり子の膝を飛び降り、孝夫に向かってちょこちょこと走ってきた。孝夫は相好を崩して、小さな千博を抱き上げる。

「ママも、パパも、きょう、いるね！」

腕の中の千博がきらきらした笑顔で言った。

ただでさえ仕事で不在がちの父と、ＮＰＯの仕事で忙しいゆり子が家にいるので、嬉しくて仕方ないのだろう。

——千博……お前は本当に可愛いな……可愛すぎる。

四人もいるのに、どの子も抱っこするたびに『可愛い』と思う。

だが、下三人はまだしも、あんなに可愛くて毎日抱きあげ、頬ずりしていた誠一郎は、もう抱っこなどさせてくれなくなった。

この前挑戦しようとしたら『俺はもう百七十センチ、五十キロある。父さんが腰を悪くするからやめてほしい』と冷静に断られ、風呂でちょっと泣いてしまったほどだ。

もみじのような手の可愛い誠一郎は、いつの間にこんなにも大きくなったのだろう……

「パパ……おでかけ……する？」

千博が内緒話のように口元を手で覆い、孝夫に尋ねてくる。孝夫は笑って頷き、居間で思い思いに過ごしている愛おしい家族に声をかけた。

「そろそろ夕方だ。これから皆で食事に行こうか」

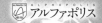

OLの華（はな）は近々、退職して留学する予定。…のはずが、留学斡旋会社が倒産し、払った費用を持ち逃げされてしまった。留学も仕事も住むところもなくなる華。そんな中、ひょんなことから営業部のエース外山（とやま）と一夜を共に！　さらに、自分のどん底状態を知った彼から「住み込み家政婦として俺の家で働かないか？」と提案されて──!?

B6判　定価：640円＋税　ISBN 978-4-434-23649-5

この作品に対する皆様のご意見・ご感想をお待ちしております。

おハガキ・お手紙は以下の宛先にお送りください。

【宛先】

〒150-6008 東京都渋谷区恵比寿 4-20-3 恵比寿ｶﾞｰﾃﾞﾝﾌﾟﾚｲｽﾀﾜｰ 8F
（株）アルファポリス　書籍感想係

メールフォームでのご意見・ご感想は右のＱＲコードから、
あるいは以下のワードで検索をかけてください。

アルファポリス　書籍の感想

ご感想はこちらから

財界貴公子（ざいかいきこうし）と身代（みが）わりシンデレラ

栢野すばる（かやの すばる）

2020年 10月 25日初版発行

編集－斉藤麻貴・宮田可南子
編集長－太田鉄平
発行者－梶本雄介
発行所－株式会社アルファポリス
〒150-6008 東京都渋谷区恵比寿4-20-3恵比寿ｶﾞｰﾃﾞﾝﾌﾟﾚｲｽﾀﾜｰ8F
TEL 03-6277-1601（営業） 03-6277-1602（編集）
URL https://www.alphapolis.co.jp/
発売元－株式会社星雲社（共同出版社・流通責任出版社）
〒112-0005 東京都文京区水道1-3-30
TEL 03-3868-3275
装丁イラスト－八千代ハル
装丁デザイン－ansyyqdesign
印刷－中央精版印刷株式会社

価格はカバーに表示されてあります。

落丁乱丁の場合はアルファポリスまでご連絡ください。

送料は小社負担でお取り替えします。


ISBN978-4-434-27993-5 C0093